David Osborn · Tödliches Experiment

W0341096

John und Susan sind im Leben angekommen. Gerade haben der renommierte Neurobiologe und seine Partnerin ein neues Haus bezogen, als ein schwerer Autounfall ihr Leben zerstört. Johns Tod wirft Susan komplett aus der Bahn, bis man ihr ein attraktives Jobangebot macht. Für eine angesehene Stiftung soll die Wissenschaftlerin Johns Arbeiten zur Hirnforschung weiterführen. Es geht um nichts Geringeres als die Verbesserung der menschlichen Denkleistung. Was wäre, wenn menschliche Bedürfnisse das Denken nicht beeinflussen würden? Das Team forscht in einem streng geheimen Bereich, zu dem Susan keinen Zutritt hat. Doch eines Tages macht sie eine schockierende Entdeckung. Es beginnt ein mörderischer Kampf gegen Wissenschaftler, deren Ehrgeiz keine Grenzen kennt. Ihr bleibt keine Zeit mehr und sie riskiert alles.

**David Osborn** wurde 1923 geboren. Schon während seines Studiums an der Columbia University schrieb er erste Stücke für Off-Broadway-Theater.
Für das Drehbuch zu „The Trap" erhielt er die Nominierung für den „Oscar" als bester ausländischer Film. In den frühen 1970er Jahren arbeitete er zeitgleich für die Disney-Studios und für Jacques Tati in Frankreich. 1974 veröffentlichte er mit „Open Season" (deutsch „Jagdzeit") einen Welterfolg, der noch im selben Jahr mit Peter Fonda erfolgreich verfilmt wurde. Der mit zahlreichen Academy Awards ausgezeichnete Autor hat bislang neun Romane und 24 Drehbücher geschrieben. Er lebt heute in Connecticut.

David Osborn

# Tödliches Experiment

Übersetzt von Manfred Jeitler

PENDRAGON

*Für Robin in Liebe*

## Prolog

Nacht. Der schwache Geruch von Desinfektionsmitteln. Die Lautsprecheranlage des Krankenhauses, ein gedämpftes Flüstern in den schwach erleuchteten Gängen, Schwesternzimmer als stille Inseln. Da und dort Gestalten in der uniformen weißgestärkten Kleidung des Krankenhauspersonals, lautlose weiße Schuhe mit Kreppsohlen.

Der Mann in Zimmer 203 im Westflügel lag im Sterben. Bauchspeicheldrüsenkrebs, der auf die Leber übergegriffen hatte. Weder Strahlentherapie noch medikamentöse Behandlung hatten das erbarmungslose Wachstum des Karzinoms aufhalten können. Der Patient hatte noch eine Woche zu leben.

Bestenfalls.

Und wusste es. An diesem Morgen war er auf ein Privatzimmer verlegt worden. Er war bis auf die Knochen abgemagert, sein Haar ganz schütter und stumpf. Die Haut war gelb, die Augen, tief in den Höhlen, blickten schläfrig, in hoffnungsloser Resignation. Den ganzen Nachmittag hatte er auf das verblassende Septembergrün der Bäume im Krankenhausgarten gestarrt und gewünscht, es wäre Oktober, damit er noch ein letztes Mal sehen könnte, wie das Laub rot und goldfarben wurde.

Er erkannte den Arzt nicht, der eintrat. Ebenso wenig die Frau, offenbar auch eine Ärztin, dem weißen Kittel und dem Stethoskop nach zu schließen, das lässig in einer Seitentasche steckte. Er hatte keinen von beiden je gesehen.

Der Arzt zog einen Stuhl nahe an das Bett. Er war verhältnismäßig jung und sah außerordentlich gut aus, ein hagerer männlicher Typ, mit tiefliegenden klugen

Augen und einem ausdrucksstarken Gesicht. Er hatte eine ruhige Art und wirkte müde und überarbeitet. Die Frau, ebenfalls jung und offenbar genauso müde, hielt sich im Hintergrund, respektvoll und aufmerksam. Sie war schlank, feingliedrig und ziemlich hübsch mit bernsteinfarbenen Augen, das tizianrote Haar in einem losen Knoten zusammengefasst. Der schwache Duft ihres Parfums erreichte den Sterbenden. Einen Augenblick lang verweilten seine Augen auf der sanften Wölbung ihrer Brust unter dem weißen Kittel. Sie war das Leben und er war der Tod.

Der Arzt stellte sich vor. „Ich bin Dr. Michael Burgess. Das ist Katherine Blair, meine Mitarbeiterin. Wir kommen vom Forschungslabor der Borg-Harrison-Stiftung in Bethesda. Dürfen wir einen Augenblick mit Ihnen sprechen?"

Ohne eine Antwort abzuwarten, öffnete Michael eine Mappe mit biografischen Informationen. Der Sterbende hatte einen Intelligenzquotienten von 138, einen Magistertitel in Soziologie und einen Doktortitel in Politikwissenschaft. Er war zwanzig Jahre verheiratet und würde eine Frau und zwei halbwüchsige Töchter zurücklassen. Er war genau das, was sie für ihre Forschungen brauchten.

Michael tat so, als studiere er die Unterlagen, obwohl er sie bereits viele Male gelesen hatte. Der Sterbende sollte Gelegenheit haben, sich an ihn zu gewöhnen, obwohl der magische Name Borg-Harrison die Patienten im Allgemeinen beruhigte, die er als Freiwillige zu gewinnen suchte. Dann sagte er: „Ich weiß, dass Sie wissen, wie krank Sie sind, und deshalb will ich gleich zur Sache kommen. Was würden Sie sagen, wenn ich Ihnen eine mehr als fünfzigprozentige Chance biete, noch wenigstens zwei oder drei Jahre zu leben?"

Der Sterbende sah ihn mit leerem Blick an. Michael war daran gewöhnt, das taten sie alle. Er sagte: „Verstehen Sie mich? Wir sind ganz sicher, dass wir Sie am Leben erhalten können."

Die stumpfen Augen flackerten in plötzlichem Zorn auf. „Soll das ein Scherz sein?"

Michael stand auf und blickte aus dem Fenster. Vereinzelte Straßenlampen bildeten Inseln matten Lichtes inmitten der in tiefem Dunkel liegenden Rasenflächen und Bäume, die das Krankenhaus umgaben. Er sagte: „Kaum. Sie wären nicht mehr mobil, könnten nicht mehr aufstehen und umhergehen, so wie jetzt. Aber Sie hätten keine unerträglichen Schmerzen mehr und könnten mit der Welt in Kontakt bleiben, sich mit Freunden unterhalten, lesen." Er lächelte und machte eine Handbewegung in Richtung des ausgeschalteten Fernsehers; er war sicher, dass der Kranke nie fernsah. „Am Leben anderer Menschen teilhaben. Wir arbeiten an einem Gehirnforschungsprogramm und würden Ihren Körper – und Ihren Krebs – durch ein neurologisches Blockierungsverfahren von Ihrem Gehirn isolieren und so die Bildung von Metastasen verhindern."

Es gab noch mehr zu sagen, aber für gewöhnlich bemühte sich Michael hier aufzuhören. Mit Laien musste man vorsichtig sein – man durfte nicht zu viel erklären. Manchmal fragte ihn einer wegen des Essens und dann sagte er ihm, dass er alles, was er benötigte, ausschließlich durch parenterale Ernährung erhalten würde: Aminosäuren, Traubenzucker, Eiweiß, Mineralstoffe, Insulin. Alles würde mit einer Geschwindigkeit von zwanzig Tropfen pro Minute intravenös zugeführt.

Dieser hier fragte nichts mehr. Er war zu sehr mit seinem Tod beschäftigt. Er sagte: „Das klingt ja wie eine medizinische Utopie." Aber der Zorn war nun gewichen, der Ton anders.

Michael bemerkte die Veränderung. Plötzlich wollte der Patient glauben. „Das tut es wohl", gab er zu. „Aber wer konnte denn zum Beispiel vor ein paar Jahren ahnen, dass es gelingen würde, menschliches Leben in der Retorte zu erzeugen?"

Die Augen des Kranken fixierten ihn wieder. „Gut, aber warum soll ich eines Ihrer Versuchskaninchen sein? Darauf läuft es doch hinaus, oder? Ein Experiment? Es gibt tausende Menschen in meiner Lage. Sie können bislang noch nicht sehr viel Erfolg gehabt haben. Ich habe noch nie von dieser Sache gehört und im letzten Jahr habe ich doch fast alles über neue Entwicklungen in der Medizin gelesen."

Michael wusste, dass diese Rede den Patienten ungeheure Anstrengung gekostet hatte. Der Mann musste Übelkeit verspüren, sein ganzer Körper war von der tödlichen Krankheit erfasst und betäubt von den Medikamenten, die die entsetzlichen Schmerzen bekämpfen sollten. Allein zu sprechen, ja bloß ein paar Worte zu sagen, war beinahe ein Ding der Unmöglichkeit in dieser Situation.

„Aus zwei Gründen", antwortete er. „Erstens nehmen wir nur Menschen, die im Sterben liegen. Zweitens ist das Programm limitiert und unterliegt gewissen staatlichen Sicherheitsbestimmungen. Was Sie persönlich betrifft, so war es, ehrlich gesagt, reiner Zufall. Ihr Name wurde von einem Krankenhaus Verbundcomputer ausgeworfen."

Zum ersten Mal sprach Katherine Blair. Ihre Stimme war sanft und gleichzeitig bestimmt. „Ihre Chancen liegen bei mehr als achtzig Prozent. Wenn wir gleich beginnen."

Der Sterbende sah, wie sie mit dem Arzt einen Blick wechselte. Sie schien zu zögern.

„Dann fangen Sie an“, sagte er. „Sie haben vielleicht noch Zeit, ich nicht.“

Er fragte sich flüchtig, ob diese Frau, trotz Burgess' professionellen, sicheren Auftretens, vielleicht doch stärker war als er, pragmatischer, und so seinen – möglicherweise größeren – Idealismus ergänzte. Oder vielleicht war sie auch ehrgeiziger. Trotz ihrer stillen Art schien sie die Verantwortliche zu sein.

Michael sagte: „Gut. Wenn Sie sich einverstanden erklären, werden Sie Ihre Familie nicht mehr wiedersehen. Und auch keinen Ihrer Freunde. Niemals. Sie werden Ihre ‚sterblichen Überreste‘ der Wissenschaft vermachen. Ihre Angehörigen werden darüber informiert, dass Sie gestorben sind; man wird ihnen einen versiegelten Sarg übergeben.“

Er erhielt dieselbe Reaktion wie immer. Atemlose Stille. Vor Schrecken geweitete Augen. Der Gedanke an sofortige, unwiderrufliche Trennung entsetzte alle, genauso wie der Gedanke an den Tod selbst. Doch gleich darauf sah er, wie der Schock ein wenig nachließ und wieder ein Hoffnungsschimmer auftauchte. Aufgrund seiner Erfahrung konnte er die Gedanken des Sterbenden erraten. Noch zwei Jahre am Leben bleiben. Wer weiß, was noch alles geschieht? Vielleicht wird in dieser Zeit ein Mittel gegen Krebs gefunden …

Dies war genau das, was der Sterbende dachte. Er blickte zu der Ärztin hinüber. Ihr Lächeln war voller Fürsorge. Plötzlich vertraute er ihr.

„Wann soll es gemacht werden?“, fragte er. „Ist es eine Operation oder was anderes?“

„Es ist zum Teil eine Operation“, antwortete sie. Sie

war nähergekommen und legte ihre Hand auf die seine. Ihre Hand war kühl. „Und wenn wir es tun, dann muss es sofort geschehen, noch heute Abend. Sie werden all Ihre Kräfte brauchen, denn von jetzt an geht es mit Ihnen stetig bergab."

Etwas Stahlhartes fasste nach seinem Herzen. Wieder stockte ihm der Atem. Er brachte kein Wort heraus. Heute Abend? Nein! Es war unmöglich. Er versuchte zu denken. Der Tod stand ganz nahe vor ihm. Ein dunkler Schatten direkt an seinem Bett, der entsetzliche Schrecken, nicht mehr zu sein, die schwarze Bewusstlosigkeit für immer. Es gab keine Worte dafür. Jeden Morgen lag er bereits in Schweiß gebadet und musste seine Schreie unterdrücken. Und betete darum, ins Koma zu fallen. Er wollte den letzten Augenblick nicht erleben.

Er sagte: „Wann immer es Ihnen recht ist."

Michael nickte und zog ein gedrucktes Formular aus der Mappe. „Ich brauche Ihre Unterschrift."

Er las den Bogen nicht. Wozu auch? Außerdem war Borg-Harrison eine angesehene Organisation. Ihr Vorsitzender, Admiral Walter Burnleigh, war mit dem Präsidenten der Vereinigten Staaten befreundet. Die Organisation war über jeden Verdacht, etwas Betrügerisches oder Unethisches zu tun, erhaben. Er kritzelte mit Michaels Füller seine Unterschrift, kräftig, denn er wusste, wenn er sich nicht beherrschte, würde er zusammenbrechen.

Er fragte: „Wann wird es meine Frau erfahren?" Er fühlte, wie sich sein Herz bei dem Gedanken an die Vergangenheit und an das, was hätte sein können, zusammenzog.

„Morgen früh. Wir werden ihr sagen, dass Sie im Schlaf gestorben sind, ohne gelitten zu haben. Dafür wird sie dankbar und glücklich sein, Ihretwegen."

Er fühlte Tränen aufsteigen.

Michael erhob sich. „Wir kommen in einer Stunde wieder."

Ein warmer Händedruck, ein ruhiges Lächeln. Die Tür schloss sich hinter ihm und Katherine Blair. Nur der schwache Duft ihres Parfums bewies, dass sie überhaupt hier gewesen waren.

Es war vollbracht. Minuten zuvor war da nichts gewesen als schwarze Verzweiflung angesichts der unerbittlichen Ungerechtigkeit, der Unvermeidbarkeit des Todes. Warum? Warum er? Nun gab es plötzlich Hoffnung.

Eine Schwester verabreichte ihm eine Spritze. Er dachte wieder an seine Frau, an ihre liebevolle und tapfere Art. Wie sie ihre Angst versteckt hatte. Ihrem Elend heute ein Ende zu setzen, war das Letzte, was er für sie tun konnte. Er dachte an seine Töchter; das Leben, das vor ihnen lag. Er hatte die Hoffnung aufgegeben, noch etwas von ihren Leben, von ihren Träumen mitzuerleben: College, Männer, Heirat, Enkel.

Aber nun würde er es vielleicht doch können.

Er blickte starr auf das dunkle Rechteck des Zimmerfensters. Es war, als wäre der Tod in die Nacht hinausgeschickt worden, um draußen zu warten. Dann hörte er auf, an andere zu denken. Er dachte nun nur noch an sich. Er brauchte nicht zu sterben. Er würde vielleicht weiterleben. Vielleicht.

Es war ihm, als sei ein Wunder geschehen.

Kurz darauf kamen Schwestern mit einem Krankenbett, um ihn zu holen.

# 1

John Flemming, groß, schlank, mit zerzaustem Haar, war der leicht exzentrisch geniale Abkömmling der Hauptlinie einer alten Familie aus Philadelphia, eine Abstammung, die er gerne als antidemokratisch verleugnete.

Als jüngster medizinischer Direktor, den das Gehirnforschungslaboratorium der Universitätsklinik in Washington je gehabt hatte, war er aufgrund seiner Arbeit im Bereich der Neurometrik vor Kurzem als möglicher Kandidat für den Nobelpreis genannt worden; es handelte sich um ein hochkompliziertes Computerverfahren, bei dem mit einem gewöhnlichen Elektroenzephalographen aufgezeichnete Gehirnströme von Computern analysiert und mit statistischen Normalwerten in einer Weise verglichen wurden, die bei einer ganzen Reihe von Erkrankungen todsichere Diagnosen ermöglichte.

John hatte ein altes Fachwerkhaus an der von Bäumen gesäumten 6th Street gemietet, hinter der Kongressbibliothek, das er gemeinsam mit Susan McCullough bewohnte. Susan, die aus dem Mittleren Westen stammte, war seine Assistentin und stand knapp vor dem Abschluss ihrer Studien in Neurophysiologie. Vor einem Jahr hatte sie plötzlich verkündet, dass sie zu ihm ziehen wolle; hinter einem oft zynischen und chauvinistischen Äußeren verbarg sich, so fand sie, ein Mann, den sie unbedingt heiraten wollte.

Heute Abend gaben sie eine Party: Anlass war der glückliche Umstand, dass sie endlich genug Geld zusammen hatten, um das Haus zu kaufen. Sie hatten das Labor, eine Ansammlung von abgelegenen Mansardenzimmern im ältesten Gebäude des Krankenhauses, wo die Farbe von den Wänden blätterte und sich auf den Arbeitstischen Bücher, Papiere und Computer türmten, früher verlassen als gewöhnlich. Susan trug enge Jeans, Sandalen und eine fantasievoll bestickte Trachtenbluse, die gut zu ihrem dunklen Haar, den meergrünen Augen passte, zu dem wohlproportionierten Körper mit den langen Beinen und zu ihrer Lässigkeit. Sie hatte Spaghetti alla Carbonara, Knoblauchbrot und Salat gemacht. John hatte eine frische Baumwollhose und Turnschuhe angezogen. Er war in die Weinhandlung um die Ecke gelaufen und hatte Chianti und Chablis gekauft.

Die Party war ein voller Erfolg; Kollegen waren gekommen, einige von ihnen Ärzte wie John, andere Studenten knapp vor dem Abschluss wie Susan. Drei von Johns Studienkollegen von der Harvard Medical School waren ebenfalls aufgetaucht. Gemeinsam mit John wollten sie ein Seminar über Gehirnforschung an der Johns-Hopkins-Universität in Baltimore besuchen.

Die stickige Septemberhitze lag noch immer über Washington. Die Leute saßen auf den Stufen der Hauseingänge oder hielten sich in den Hinterhöfen auf. John hatte Percival, seinen außerordentlich großen, außerordentlich freundlichen Hund, in der Hundehütte angekettet, und Percy lag den ganzen Abend da drinnen und keuchte. Nur sein riesiger schwarzer Schädel und die traurigen Augen waren in der Öffnung sichtbar.

Es war jedoch nur scheinbar alles in Ordnung. Die Gastgeber hatten eine Stunde vor der Party einen Riesenkrach gehabt und sprachen nicht miteinander. Ursache war ein unglückseliger Artikel über Gehirnforschung in einer Zeitschrift gewesen. An sich eine recht harmlose Angelegenheit; was der Autor geschrieben hatte, wussten die Fachleute nur zu gut, die Öffentlichkeit aber hatte kaum eine Ahnung davon. Er verglich das menschliche Gehirn mit einem großen, unerforschten Meer und warf die Frage nach seiner tatsächlichen Leistungsfähigkeit auf – hatte die Menschheit doch schon mit nur fünf bis zehn Prozent der Gehirnzellen den elektrischen Strom und das Atom nutzbar gemacht, die Herrschaft über Meer und Luft errungen und komplexe Rechts- und Sozialsysteme geschaffen, ebenso wie Kunst, Musik und Literatur von ehrfurchtgebietender Schönheit.

In einer eher persönlichen Art aber hatte er etwas geschrieben, das für Susan schmeichelhaft war, allerdings auf Johns Kosten ging. Unter einem aufreizenden Foto von ihr – von John gab es kein Bild – hatte er vermerkt: „Das außergewöhnliche Genie Dr. Flemmings wird geleitet von Susan McCullough, einer Erscheinung von seltener Schönheit unter den für gewöhnlich langweiligen Wissenschaftlern. Sie bringt Ordnung in das Labor, in dem sonst das Chaos herrscht."

John war stolz auf das Labor und auf die Art, wie er es führte, und obwohl er es nicht zugegeben hatte, wusste Susan, dass ihn diese Bemerkung wirklich geärgert hatte. Er ließ es an ihr aus und beschuldigte sie einen Versuch verpatzt zu haben. Sie wehrte sich – es sei nicht ihre Schuld gewesen. Eine achtzigstündige harte Arbeitswoche während einer Hitzeperiode verlangte ihren Tribut. Als die Gäste eintrafen, sprachen die beiden nicht mehr miteinander; Ärger war vorprogrammiert.

Zum großen Krach kam es dann um etwa halb elf. Susan hatte eben eine große Karaffe eisgekühlten Chablis aus der Küche geholt und sah, dass John über sein Lieblingsthema dozierte – Medizin und Wissenschaft, die viel zu oft zum Selbstzweck würden und nicht mehr dem Menschen dienten. Das Wort, das am häufigsten im medizinischen Wörterbuch vergessen würde, sei „Mensch", hatte er immer gesagt. Es machte ihn wütend, wenn medizinische Neuerungen in viel Gerede gehüllt und geheim gehalten wurden.

Er hatte Michael Burgess, einen der Gäste, aufs Korn genommen. Michael war ein alter Kollege, Neurochirurg, der für die Borg-Harrison-Stiftung im Bereich Gehirnforschung arbeitete. John hackte auf Michael herum wegen dessen „verdammter Geheimnistuerei". Michael war schon in der High School ein Wunderkind in Biologie gewesen und hatte an der Universität und während seiner Facharztausbildung viele brillante Ideen gehabt, dann aber hatte er John zutiefst enttäuscht, weil er sich seit beinahe fünf Jahren hinter einer Wand voller Geheimnisse verschanzt hatte.

„Ich habe keine Ahnung, was du überhaupt tust, Michael", hörte Susan John sagen. „Was soll das denn für einen Sinn haben? Oder wird irgendwer so freundlich sein und es uns nach einer gesetzlich vorgeschriebenen Frist von neunundneunzig Jahren erzählen?"

Sie blieb stehen. John war vom liebenswerten Exzentriker zum Eiferer geworden. Er gestikulierte wild mit den Armen, seine Stimme war zu laut. Susan fragte sich, wie viel er wohl schon getrunken hatte.

„Geheimnisse sind wie Lügen", fuhr er fort. „Und das weißt du auch. Man beginnt mit ein paar Notlügen und schließlich mordet man die Wahrheit komplett. Und du, mein Lieber, tust wahrscheinlich etwas, womit sich die Medizin überhaupt nicht beschäftigen sollte. Wenn Borg-Harrison deine Arbeit nicht an die Öffentlichkeit bringen kann, dann ist das entweder irgendein verdammter, gegen die Menschheit gerichteter, geheimer Unsinn für das Pentagon, oder es ist Wissenschaft um ihrer selbst willen, was auf das Gleiche hinausläuft. Und wenn du das nicht einsiehst, dann bist du genauso naiv wie Susan, die immer noch glaubt, dass ihr nie operiert, wenn es nicht nötig ist."

Das reichte. Ach so, sie war also naiv. Und was noch!? Sie hielt mitten im Gehen inne, öffnete den Mund, um zu protestieren, sah seinen überlegenen, leicht triumphierenden Gesichtsausdruck und änderte ihre Meinung. Worte würden nichts bringen. Sie musste etwas tun. Ohne weiter nachzudenken, schüttete sie ihm die ganze Karaffe eisgekühlten Weins über den Kopf. „Ach, sieh mal einer an", sagte sie, „jetzt hast du den Faden deiner Volksrede verloren."

Sie hätte wissen müssen, dass John nicht böse sein würde, sondern verletzt. Der Wein lief ihm über das verblüffte, sensible Gesicht, er ging wortlos nach oben. Sie rief ihm nach, dass es ihr leidtat, wirklich, aber er antwortete nicht.

Michael lachte und schüttelte den Kopf. „Du darfst uns nicht so ernst nehmen, Susan. Letzten Endes haben John und ich wohl so ziemlich die gleichen Ziele, denke ich."

Sie sah John den ganzen Abend nicht mehr. Die Gäste amüsierten sich über das, was sie getan hatte, dann vergaßen sie es. Als alle gegangen waren, begann sie ihn zu suchen, konnte ihn aber nirgends finden.

Im Hinterhof war Percival, gezählte achtzig Kilogramm schwer, aus seiner Hundehütte hervorgekommen. Er war zur Hälfte Neufundländer und zur Hälfte wahrscheinlich Pferd, wie John immer sagte. Eines Tages hatte er den bereits voll ausgewachsenen Percival aus dem Tierheim nach Hause gebracht. „In so einem kleinen Käfig haben sie ihn dort gehalten!", hatte er aufgebracht erzählt. Er und Percival waren sofort ein Herz und eine Seele gewesen.

Percival winselte. „Was ist denn los, Percy?", fragte Susan, während sie seinen riesigen Schädel streichelte und sich im Hof umsah. Warum war der Hund denn so unruhig?

Da spürte sie plötzlich etwas an ihrem Bein. Etwas Kriechendes, Lautloses. Sie erstarrte; es war eine menschliche Hand, die ihren Unterschenkel vom Knie zum Knöchel hinabglitt und hart zupackte.

Der Schrei blieb ihr in der Kehle stecken, eine vertraute Stimme sagte: „Komm rein. Ich habe alles hier, was wir brauchen."

John! Sie versuchte etwas zu sagen, brachte aber kein Wort heraus. Ihre Knie waren weich wie Wachs.

Ein Streichholz flammte auf. Eine Kerze flackerte. Sie sah genauer hin. Er lag in der Hundehütte. Er hatte sie für Percival extra sehr groß gebaut, hier war genug Platz für zwei Neufundländer. Er hatte eine Decke ausgebreitet, darauf standen eine Flasche Champagner in einem Sektkübel und zwei Gläser. Er erhob eines davon. Es funkelte. „Trinken wir auf die Wohnung, die mir zusteht."

„Du Dummkopf. Die steht uns beiden zu." Sie kroch zu ihm in die Hütte.

Der Boden war hart. Es roch fürchterlich nach Hund. Die Kerze verbreitete zusätzliche Hitze und ein- oder zweimal verspürte Susan einen Flohbiss. Nachdem sie den gesamten Champagner ausgetrunken hatten, überredete sie John schließlich dazu, ins Haus zurückzukommen, wo sie sich dankbar auf den glatten Baumwolllaken ihres alten Messingbettes ausstreckte.

Bevor sie einschlief, dachte sie: „Du lieber Gott, ich werde einen dieser verrückten Wissenschaftler heiraten." In ihren Träumen war Lachen.

Als sie am nächsten Morgen geduscht hatte und gerade die Zähne putzte, roch sie den Kaffeeduft. Sie wickelte sich ein Handtuch um die Hüften und ging hinunter. John war in der Küche. Er rührte die Eier, der Toast steckte im Toaster. John trug ein T-Shirt und Boxershorts; die Beine wirkten heute besonders dürr, er sah unrasiert und übernächtigt aus. Er musste einen fürchterlichen Kater haben.

„Warum lässt du mich das nicht machen?"

„Ich schaff das schon. Setz dich." Herrisch.

Susan verbarg ein Lächeln und holte die Zeitung von der Türstufe.

Sie aßen schweigend. John las die Titelseite. Plötzlich merkte Susan, dass er sich kratzte. Er stellte mit einem ernsten Blick die Kaffeetasse ab, holte mit finsterer Miene etwas aus der Achselhöhle und hielt es hoch, um es zu untersuchen.

Sekunden später krümmten sie sich vor Lachen. Sie setzte sich auf seinen Schoß und legte ihm die Arme um den Hals.

„Du Verrückter! Ich liebe dich."

„Ich liebe dich." Er küsste sie. „Ich glaube, ich werde ein paar Flöhe ertränken gehen", sagte er.

Zwanzig Minuten später fuhr er zu dem Gehirnforschungsseminar in Baltimore, nachdem er versprochen hatte, bis halb sieben wieder zu Hause zu sein, damit sie es noch in die Frühvorstellung im Kino schaffen würden.

Als er hinausging, blieb er auf den Stufen stehen, drehte sich, ganz gegen seine Gewohnheit, noch einmal um und sagte: „Abgesehen davon, dass du wirklich schön bist, Susan, hatte der Bursche auch noch in einer anderen Beziehung recht. Es stimmt, dass du Ruhe in das Chaos bringst, dass du mich leitest. Wenn es dich nicht gäbe, würde wohl nie jemand von uns im Labor auch nur irgendetwas zu Ende führen. Ich jedenfalls sicher nicht."

Susans Augen begannen zu schwimmen. Sie sah ihn

kaum, als er über die Straße zu ihrem Wagen ging. Er setzte sich hinter das Lenkrad. Dieser liebe Kerl mit seinem schlaksigen Körper, der manchmal aussah, als wäre er noch keine zwanzig.

Sie konnte nicht ahnen, dass sie ihn so nie wiedersehen würde.

## 2

Der Unfall ereignete sich genau um 18 Uhr 12, genau an der Ausfahrt Maryland Route 197 der Autobahn Baltimore – Washington, etwa dreißig Kilometer nördlich der Hauptstadt. Das Wetter war klar, die Fahrbahn trocken.

John war früher als geplant von Baltimore weggefahren. Abgesehen von den Erinnerungen, die er mit seinen Studienfreunden von Harvard ausgetauscht hatte, war der Tag enttäuschend gewesen. Er hatte in dem Seminar nichts Neues erfahren und die meiste Zeit nur an Susan und die letzte Nacht gedacht.

Geistesabwesend fuhr er mit nur achtzig dahin, vielleicht nicht schnell genug angesichts des starken Samstagsverkehrs auf der Autobahn. Er befand sich auf der rechten Spur und fuhr in südlicher Richtung, als sich die Fahrbahn vor der Ausfahrt auf die Route 197 zu erweitern begann. Als John merkte, wohin er fuhr, hatte er gerade noch Zeit, den Wagen auf die Autobahn selbst zurückzulenken.

Er blickte kurz in den Rückspiegel und übersah dabei die schwere Buick Limousine, die sich mit hundert dem linken hinteren Ende seines Wagens näherte. Reifen quietschten und der Buick krachte mit seinem rechten vorderen Teil in Johns Wagen. Der Honda schlitterte quer über die Fahrbahn und stieß gegen den hohen Randstein zwischen der Autobahn und der Ausfahrt. Bei dem Aufprall wurde das Auto in die Luft geschleudert, streifte einen Lichtmast, stürzte auf die Rampe und krachte dann, auf der Seite liegend und noch immer in schneller Bewegung, mit dem Dach voran gegen das hintere Ende eines Ford Kombi. Der Ford wurde nach vorne katapultiert. Der Honda lag nun auf dem Dach, rutschte noch zehn Meter weiter und blieb dann liegen. Ein Blitz und der Benzintank explodierte.

Alles in allem hatte der Unfall etwa sechs Sekunden gedauert.

Oben auf der Autobahn war der Buick gegen einen Chevrolet auf der linken Spur geprallt, aber beide Fahrer behielten die Kontrolle über ihre Fahrzeuge. Es kam noch zu drei kleineren Auffahrunfällen, als sich auf allen Spuren die Fahrer im dichten Verkehr bemühten, ihre Wagen rechtzeitig zu stoppen.

Auf der Ausfahrtsrampe vor dem Honda sah es schlimmer aus. Der Aufprall des Honda hatte den Fahrer des Ford wie einen Peitschenhieb getroffen und in eine Schockstarre versetzt. Der Ford geriet außer Kontrolle und schoss auf die Route 197 hinaus, wo er mit einem Fünftonner zusammenstieß. Der LKW bekam relativ wenig ab. Der gesamte vordere Teil des Ford jedoch, einschließlich Motor, Armaturenbrett und Lenkrad, wurde weggerissen. Dem Fahrer wurden beide Beine, die Nase und der Kiefer gebrochen, außerdem trug er schwere Schnittwunden davon. Der Sicherheitsgurt bewahrte ihn davor, mit dem Kopf voran auf die Straße geschleudert und mit ziemlicher Sicherheit getötet zu werden.

Dann geschah etwa zwanzig Sekunden lang gar nichts. Es herrschte eine unheimliche Stille.

Als Erstes kam Leben in den Fahrer des Lastwagens. Der junge Mann sprang aus dem Führerhaus und lief zu dem Ford. Er dachte an nichts anderes als an die zusammengesunkene Gestalt hinter dem Lenkrad, aus deren freiliegenden Beinen das Blut hervorschoss.

John wurde zuerst von einer Frau mittleren Alters in einem Pontiac Firebird bemerkt, die die Ausfahrtsrampe als Fluchtweg benutzt hatte, um einen Zusammenstoß zu vermeiden. Sie stieg zitternd aus ihrem Wagen und blickte die Rampe hinunter. Das eingequetschte Dach des Honda befand sich auf gleicher Höhe mit den Türen und der Motorhaube. Johns Kopf und Schultern sowie ein Arm ragten hervor. Durch das Dach festgeklemmt, lag er mit dem Gesicht nach unten auf der mit Glassplittern und Ölspritzern übersäten Fahrbahn. Er war offensichtlich bei Bewusstsein. Die Frau sah, wie sich sein Arm bewegte. Das gesamte Heck des Honda stand in Flammen, aber der Fahrer war noch durch die eingeklemmten Vorder- und Hintersitze geschützt.

Die Frau behielt die Nerven und fand schließlich acht Wagen weiter hinten, oben auf der Autobahn, einen Feuerlöscher. Er war lächerlich klein, nur zweieinhalb Kilogramm schwer. Als die Frau und ein Mann nahe genug waren, um ihn zu betätigen, schien er in Sekundenschnelle leer zu sein und überhaupt keine Wirkung zu haben. Sie lief, um einen neuen zu holen.

Mehrere Minuten verstrichen. Die Flammen erfassten die Sitze des Honda. Ein paar Männer versuchten mit vereinten Kräften, den Wagen wieder auf die Räder zu stellen, aber die Hitze war nun zu stark.

John begann zu brennen. Und zu schreien. Sein Mund, dicht über der Betonfahrbahn, öffnete sich, seine Augen traten hervor. Seine entsetzlichen Schreie gellten ununterbrochen. Einige Leute hielten es nicht aus und wandten sich ab.

Hundert Meter weiter an der Route 197 lag eine Tankstelle. Der Tankwart hatte sofort die Rettungszentrale verständigt, als sich der Unfall ereignete.

Der Krankenwagen war schneller als die Polizei. Er kam vom fünf Kilometer entfernten Thomas-Benton-Krankenhaus in der Nähe der Stadt Laurel und brauchte sechs Minuten. Die Polizei traf nach sechseinhalb Minuten ein. Es war eine Autobahnstreife der Polizei des Staates Maryland.

In dem Krankenwagen befanden sich außer dem Fahrer noch zwei Sanitäter. Als sie hörten, dass es sich um einen schweren Unfall handelte, hatte einer von ihnen vorsorglich bei der Funkzentrale einen Kanal angefordert – in diesem Fall eine permanent offene Funkverbindung mit der Unfallstation am Thomas-Benton-Krankenhaus.

Sie erreichten den Unfallort auf der Route 197, und da der Honda noch immer brannte, versorgten sie zuerst den Fahrer des Ford und überließen es der Polizei, das Feuer mit Fünfundzwanzig Kilogramm Löschern zu bekämpfen. Sobald sie beide Beine des Fahrers mit Hilfe aufblasbarer Schienen ruhiggestellt hatten, legten sie ihn auf eine Krankentrage, deckten ihn zu, prüften die lebenswichtigen Funktionen, verabreichten ihm fünfundsiebzig Milligramm Demerol und schoben die Trage in den Rettungswagen. Der Fahrer gab dem Verletzten Sauerstoff, machte alles für eine Plasmainfusion bereit und begann, mehrere schwere Schnittwunden am Kopf zu versorgen.

Die zwei anderen Sanitäter liefen zum Honda. In der Zwischenzeit war ein Feuerwehrwagen aus Laurel eingetroffen. Die Feuerwehr löschte die Flammen, deren die Polizei nicht Herr geworden war, und spritzte Wasser auf das Wrack, um es abzukühlen. Feuerwehrleute mit schweren Asbesthandschuhen stellten den Wagen aufrecht und begannen, die eingeklemmte Tür und das Dach auf der Seite, auf der John lag, mit hydraulischen Rettungszangen zu bearbeiten. Sie brauchten nicht mehr als drei Minuten, um ihn herauszuschneiden.

Als die vielen Schaulustigen Johns Körper erblickten, versuchte keiner mehr, näher heranzukommen. Von der

Brust abwärts war John völlig schwarz; er roch nach verbranntem Fett. Einer seiner Füße war fast gänzlich verbrannt, man sah nur mehr verkohlte Knochen. Er war bei Bewusstsein, aber verwirrt und in einem so schweren Schockzustand, dass er keine starken Schmerzen empfand.

Die Sanitäter verloren keine Zeit. Sie hievten ihn in den Rettungswagen, zogen ihm eine Sauerstoffmaske über das Gesicht und fuhren los in Richtung Thomas-Benton-Krankenhaus. Während der Fahrt gaben sie seinen Zustand über Funk durch:

„Sechzig Prozent der Körperoberfläche Verbrennungen dritten Grades, zwanzig Prozent zweiten Grades. Linker Fuß verbrannt. Puls hundertsechzig, Blutdruck achtzig zu null, palpierbar. Atemfrequenz vierzig pro Minute. Tachykardie und Hypotonie."

Der diensthabende Arzt an der Unfallstation wies sie an, das Demerol abzusetzen. Bei einem so niedrigen Blutdruck konnte ihn das umbringen. Er wies sie weiter an zu versuchen, einen i.v. Zugang herzustellen und, wenn möglich, mit der Infusion einer Lactase modifizierten Ringerlösung zu beginnen.

„Wir werden's versuchen, aber er sieht schlimm aus."

„Was ist mit der Lunge?"

„Ist noch frei. An Kopf und Gesicht hat er keine Verbrennungen."

Fünf Minuten später war der Rettungswagen beim Thomas-Benton-Krankenhaus. John und das Opfer aus dem Ford wurden auf die Unfallstation gebracht. Ein junger Assistenzarzt, der eben erst von der Uni gekommen war, der Stationsarzt und drei Schwestern hatten hier Dienst. Zwei der Schwestern waren altgedient, eine war jung und unerfahren. Als sie John erblickte, begann sie zu weinen. Die Oberschwester schickte sie weg, um gemeinsam mit dem Turnusarzt den Fahrer des Ford zu versorgen.

Der Stationsarzt gab John sofort eine Sauerstoffmaske, um die Gefahr eines Lungenödems abzuwenden. Dann begannen er und die Oberschwester, Johns Kleider zu entfernen, indem sie sie vorsichtig von den Stellen schnitten, wo sie am verbrannten Fleisch festgeklebt waren.

Bevor John eingeliefert worden war, hatte der Stationsarzt eine Atemtherapeutin gerufen, um einen Blutgastest zu machen. Die ruhige, grauhaarige Frau stach rasch eine Nadel in eine Oberarmarterie, entnahm eine Blutprobe und schickte den Laboranten, der sie begleitet hatte, schnell mit der Probe fort.

Die Sanitäter hatten nicht genug Zeit für eine Plasmatransfusion gehabt, und sobald die Therapeutin fertig war, half die Oberschwester dem Stationsarzt, Katheter in die großen Venen unter dem linken und rechten Schlüsselbein einzuführen. Sie musste etwas verbrannte Haut wegschneiden, bevor sie den linken Katheter legen konnte. Sobald dies geschehen war, hängte die Schwester Flaschen mit Ringerlösung auf und brachte die Klemmen für eine Tausend Kubikzentimeter Infusion an.

„Trendelenburg Lagerung“, sagte der Arzt. Sie hoben Johns Füße an und betteten den Kopf tiefer, um die Wirkung des Schocks zu bekämpfen.

Er bekam drei Liter Sauerstoff. Nach fünf Minuten traf der Befund des Blutgastests ein. Der Stationsarzt warf einen Blick darauf. Die Werte waren normal, aber Lungenkomplikationen würden sicherlich bald auftreten. Er wies die zweite Schwester an, zwei Ampullen Natriumbicarbonat zu verabreichen und danach Johns gegenwärtigen Befund und die Prognose in den Stationscomputer einzugeben. Das Büropersonal würde sie am Morgen für die Krankengeschichte abfragen. Auch der Krankenhausgeistliche sollte benachrichtigt werden.

Ein Röntgentechniker kam mit einem fahrbaren Gerät, um ein Bild von der Lunge zu machen. Inzwischen ging der Stationsarzt, um den Fahrer des Ford zu untersuchen. Als er sah, dass der Assistenzarzt allein zurechtkam und dass sich die junge Schwester unter Kontrolle hatte, kehrte er zu John zurück und musterte ihn einen Augenblick lang. Eine Amputation des linken Beines unter dem Knie war gewiss indiziert, aber es hatte keinen Sinn, die für eine Operation nötigen Ärzte zusammenzurufen. Dazu reichte die Zeit nicht. Die Spezialabteilung für Verbrennungen am Lincoln Medical Center im District of Columbia war alarmiert worden und ein Hubschrauber war bereits unterwegs.

Die Oberschwester befeuchtete Johns Stirn. Seine Augen flehten. Nicht so sehr darum, dass der Schmerz aufhören möge – er spürte noch immer nicht sehr viel. Nein, er wollte endlich wissen, was geschehen war und wo er sich befand.

„Es wird schon wieder gut, alter Knabe. Mach dir keine Sorgen. Du hattest einen schweren Unfall, aber wir werden dich in kürzester Zeit wieder hinkriegen."

Die Oberschwester hatte einen Katheter vorbereitet und sie und der Stationsarzt begannen nun sehr vorsichtig, verkohlte Gewebsreste von Johns Genitalien loszuschneiden, über die Benzin gesickert war, bevor es sich entzündet hatte. Es war die einzige Möglichkeit, sie zu entfernen, ohne dabei Fleischfetzen vom unteren Teil des Bauches loszureißen und von dem, was von seinem Penis übrig war. Und sie mussten einen künstlichen Blasenausgang legen.

Einmal trafen sich ihre Augen. Sie wussten, dass alles,

was sie taten, getan werden musste: Als Mediziner waren sie dazu verpflichtet. Aber sie wussten auch, dass es höchstwahrscheinlich Zeitverschwendung war.

## 3

Susan war dabei, das Abendessen vorzubereiten, und blickte immer wieder auf die Uhr. John hatte sich bereits um eine Stunde verspätet und sie fragte sich, ob sie in der Johns-Hopkins-Universität anrufen sollte; vielleicht konnte ihr irgendjemand sagen, wann er losgefahren war. Das Klingeln des Telefons durchbrach die Stille in der Küche, sie fuhr zusammen. Einen Augenblick lang blickte sie starr vor sich hin. Dann nahm sie den Hörer ab.

„Bin ich da richtig bei John Flemming?"

„Ja."

„Miss McCullough?"

Sie wusste sofort, dass es sich um etwas Unangenehmes handeln musste – schon deshalb, weil es die Stimme eines Unbekannten war. Ihr Herz schlug schneller. „Ja."

Ein Name, den sie nicht verstand, Pfarrer soundso. „Ich bin der Geistliche des Thomas-Benton-Krankenhauses."

Oh Gott, nein, nein. Geistliche riefen nur an, wenn jemand gestorben war.

„Es hat sich leider ein schwerer Unfall ereignet."

Ein Bild, das sie blendete, dann Erinnerung. Die längst begrabene Vergangenheit wurde augenblicklich zur harten Gegenwart.

Ein anderes Telefon, ein Wandapparat, sein Klingeln durchbricht die Stille der Küche in dem Bauernhaus, die ferne, harte Stimme eines Vizesheriffs im Tonfall des Mittleren Westens. „Wir haben hier mehrere Tote von einem Autounfall. Ein Ehepaar namens McCullough. Kann jemand herkommen und sie identifizieren?"

Der Hörer, der ohne Antwort an dem schwarzen Kabel baumelt. Wie sie total benommen durch die knarrende Hintertür ging. Trockener Auguststaub in dem öden Vorhof, das Auseinanderstieben von Hühnern vor bloßen Füßen und dünnen Kinderbeinen.

Und nun John. Ihr ganzes Leben. Oh nein, nicht noch einmal. Bitte.

„John?“

„Ja. Ein Zusammenstoß mit einem anderen Wagen, Miss McCullough, vor etwa vierzig Minuten.“

„Ist er tot?“

Ein Zögern. Dann: „Nein. Aber es geht ihm nicht sehr gut. Er wird gerade mit dem Hubschrauber in die Hautklinik am Lincoln Medical Center geflogen.“

Wachsende Panik. Sie kämpfte sie nieder.

„Ich komme sofort.“

„Vielleicht sollten Sie jetzt lieber nicht selbst fahren, Miss McCullough. Können Sie sich von irgendjemandem hinbringen lassen?“

Sie versuchte zu denken, es gelang ihr nicht. „Nein. Ich glaube nicht.“

Dreißig Minuten später war er da, ein unauffälliger älterer Herr mit freundlichem, bekümmertem Blick. Susan trug Jeans, Mokassins und ein weißes Hemd. Sie dachte gar nicht daran sich umzuziehen oder sich zu frisieren. Sie nahm eine alte Strickjacke und ihre Handtasche und ging mit dem Mann zu dessen Auto.

Auf dem Weg ins Medical Center fuhr er so vorsichtig, dass sie hätte schreien mögen.

„Könnten wir nicht ein bisschen schneller fahren?“

„Ja, natürlich.“

Aber er tat es nicht. Es war Stoßzeit. Sie krochen durch die Straßen Washingtons. Bitte bleib am Leben, John. Bitte. Stirb du nicht auch. Nicht wieder die Leichenhalle, das Tuch, das von einem zerschmetterten Körper gezogen wird. „Ja, das ist er.“ Nicht wieder das entsetzliche, unerträgliche Alleinsein und die Verwandten, die mit ihrer gespielten Trauer alles nur noch schlimmer machen.

Eine Ewigkeit schien zu vergehen, bevor das Gebäude des Medical Center vor ihnen auftauchte. Dann brauchten sie lange, um John zu finden. Aus irgendeinem unerklärlichen Grund war man in der Aufnahme über sein Eintreffen noch nicht informiert. Susan erfuhr die Nummer der Station, rannte durch endlose sterile Krankenhauskorridore und Schwesternstationen, sie fragte nach dem Weg und erhielt beinahe widerwillig Antwort von gleichgültigen, weißgekleideten Angestellten.

Schließlich fand sie den richtigen Ort, einen Raum, der unangenehm nach abgestorbenem Fleisch und verbranntem Gewebe roch. Sechs Betten standen darin, von denen zwei hinter Vorhängen verborgen waren. Sie durfte nicht hinein ohne sterile Schutzkleidung, Operateursmütze und Kittel und Gesichtsmaske. Aber das war ohnehin egal, John war nicht hier. Man teilte ihr mit, dass er in einem speziellen antiseptischen Bad gereinigt würde, Bakterien und verbranntes Gewebe müssten „abgeschwemmt“ werden. Er würde erst in einer Stunde zurückgebracht werden, lautete die beiläufige Auskunft.

Am Ende des Flurs entdeckte sie ein Wartezimmer. Ein paar Zeitschriften lagen herum. Sie versuchte zu lesen. Langsam blätterte sie die Seiten einer Zeitschrift nach der anderen um, ohne irgendetwas aufzunehmen.

Sie sah nur John. Und sich selbst. Ihr gemeinsames Leben. Die Party letzte Nacht. Heute Morgen in der Küche.

„Ich liebe dich, du Verrückter!“

„Ich liebe dich.“

Sie schlief immer wieder ein. Wachte wieder auf. Ging nach hinten, um zu sehen, ob er schon da war.

Kehrte zu dem Stuhl und den Zeitschriften zurück.

Neun Uhr, zehn. Zwei Stunden, nicht eine.

Plötzlich saß sie wieder auf dem harten Stuhl im Büro des Sheriffs. Fragen.

„Hat dein Papa getrunken? In welche Klasse gehst du, Mädel, in die fünfte? Hast du einen Onkel oder eine Tante oder sonst wen, den wir anrufen können?"

„Können Sie mir bitte sagen, wo ich hier einen Kaffee bekommen kann?"

„Tut mir leid. Die Kantine ist geschlossen."

Plötzlich wurde ein Rollbett in die Abteilung gefahren, ein weißer Schwarm von Schwestern mit i.v. Ständern folgte. Sie versuchte ihnen zu folgen.

„Tut mir leid. Sie können hier nicht rein."

Sag irgendetwas. Rasch. Damit du mit rein darfst. Sag ihnen, dass du Mrs. Flemming bist. Ihre trockenen Lippen mühten sich ab, Worte zu bilden. Sie versuchte, durch einen Spalt zwischen den Vorhängen, die das Bett umgaben, durchzuspähen.

„Susan?"

Sie drehte sich um. Eine bekannte Gestalt, dunkles Haar, hochgewachsen. Sie stand unter Schock. Einen Augenblick lang glaubte sie, es sei John. Sie brauchte einige Sekunden, um das Gesicht, das sie sah, mit der Realität, mit der Gegenwart in Einklang zu bringen. Dann erinnerte sie sich an die letzte Nacht und die Party. Es war Michael Burgess.

„Man hat mich als Neurochirurg hinzugezogen. Ich wurde gerade zufällig wegen eines anderen Falles hergeholt. – Es tut mir so leid."

Er sagte der Schwester, sie solle Susan zu John lassen.

„Ich gehe hinauf", sagte er. „Man will eine Hauttransplantation durchführen, aber es gibt jetzt Probleme mit seiner Lunge. Ich möchte mit seinem Arzt sprechen."

Susan bekam eine Gesichtsmaske und einen Kittel und ging allein zu John. Sie hatte große Angst. Noch schwieriger aber war zu verstehen, was sie sah, es zu akzeptieren. Was hatte sie sich vorgestellt? Einen blassen, in Verbände gewickelten John? Eine zerbrechliche, längliche Form, sanft mit einem weißen Laken zugedeckt? Eingefallene, müde Augen, unrasierte Wangen?

Hier musste ein Irrtum vorliegen. Dieser aufgequollene, rote und rosafarbene hautlose Fleischbrocken auf der Trage konnte doch unmöglich John sein. Ihr John bestand ganz aus herrlichen Rippen und Knochen, mit Haarbüscheln auf Bauch und Brust und sonnengegerbter Haut darunter, die wie alter, unpolierter Marmor aussah. Dieser Mann war nackt, die unverbrannten Hautstellen und das Laken, auf dem er lag, waren von Silbernitrat schwarz gefärbt. Er erhielt Sauerstoff durch Nasenschläuche, das eine Bein endete unterhalb des Knies, Schläuche und ein Katheter hingen aus dem verstümmelten, formlosen Fleischfetzen, der sein Penis gewesen war.

Susan wurde schwarz vor Augen. Sie glaubte in Ohnmacht zu fallen, aber sie fing sich. Sie zwang sich, sich auf Johns Gesicht zu konzentrieren.

„John?"

Fiebrige Augen wandten sich ihr zu. Geschwollene, rissige Lippen flüsterten: „Du hättest nicht kommen sollen."

„Ist schon gut."

Eine lange Pause. Dann: „Das Auto ist bestimmt ein Totalschaden."

„Es ist ja versichert. Sprich lieber nicht."

„Was hast du mit Percy gemacht?"

„Er ist angebunden. Und es kommt jemand, der ihn füttert."

Es stimmte nicht. Sie hatte Percy vergessen. Wenn man ihn zu lange allein ließ, heulte er. Aber das war jetzt nicht wichtig.

Eine Schwester erschien. Streng. Gebieterisch. „Ich glaube, mehr kann er jetzt nicht verkraften."

„Kann ich nicht einfach hier sitzen bleiben?"

Johns Augen hatten sich geschlossen. Nun öffneten sie sich plötzlich. „Sie bleibt. Es ist schließlich mein gottverdammtes Leben. Geh nicht, Susan. Bleib."

Susan hörte die Veränderung in seinem Atem. Ein heiseres Rasseln, dann hustete er. Die Lungen füllten sich mit Wasser. Schrecken erfasste sie. Die eine, unverbrannte Hand bewegte sich schwach, suchte die ihre. Susan ergriff sie. In kaltem Schweigen verschwand die Schwester wieder.

Johns Augen schlossen sich von Neuem. Susan neigte den Kopf, damit er nicht sah, dass sie weinte, wenn er sie öffnen sollte.

Nach einiger Zeit kehrte Michael zurück und bedeutete ihr, in den Vorraum zu kommen, damit sie sprechen könnten. Sanft löste sie ihre Hand aus Johns Hand und folgte Michael.

Er sagte: „Man wird eine Hauttransplantation riskieren, um die Infektionsgefahr zu verringern. Aber vorher soll er sich ein bisschen erholen, vielleicht geht das Lungenödem etwas zurück. Ich muss mich um Verschiedenes kümmern. Hältst du durch?"

„Ich schaff das schon."

„Hat man dir etwas gegeben?"

Die Frage überraschte sie. Was sollte man ihr gegeben haben? Sie antwortete, dass sie nicht verstehe.

„Irgendetwas, um dir zu helfen. Valium vielleicht."

Sie fühlte, wie sie zornig wurde. Sie würde keine Tabletten und Medikamente brauchen, um Johns Qualen durchzustehen. Sie wollte eine eisige Antwort geben, aber als sie die Besorgnis in Michaels Gesicht las, hielt sie inne und erinnerte sich daran, dass er ein Freund war. Bestimmt war auch er verstört. Sie legte ihm die Hand auf den Arm. „Danke, Michael. Wirklich. Aber ich brauche nichts."

„Ich denke doch", sagte er.

Er nahm sie beim Arm. Sie hatte nicht die Kraft, ihm Widerstand zu leisten. Er ging mit ihr zum Schwesternzimmer und bat um Valium 10. Die diensthabende Schwester lächelte. „Eigentlich haben wir hier Einheitsdosen, Doktor, aber ich glaube, ich kann doch etwas für Sie tun." Sie holte ihre Handtasche unter dem Tisch hervor, kramte darin herum und brachte ihr eigenes kleines Pillenfläschchen zum Vorschein. Michael nahm eine Tablette und brachte Susan ein Glas Wasser. Susan schluckte das Valium. Dann blickte sie ihn an und wusste, dass er die Frage, die sie stellen wollte, bereits ehrlich beantwortet hatte.

Sie sagte: „Er wird nicht überleben, nicht wahr?"

„Ich glaube nicht", antwortete er. „Es tut mir leid."

„Warum will man ihn dann mit Transplantationen quälen?"

„Man muss alles, was möglich ist, versuchen. Du würdest nicht wollen, dass man es nicht tut."

„Nein", sagte sie langsam. „Wahrscheinlich nicht." Sie gingen wieder zu Johns Zimmer zurück. „Ich werde bei ihm bleiben, bis er geholt wird", sagte sie. „Wäre es vielleicht möglich, dass du ihn in den Operationssaal begleitest? Damit er nicht allein ist?"

„Natürlich."

Sie betraten Johns Zimmer, dann verschwand Michael. Susan saß still auf ihrem Stuhl. Sie horchte auf Johns heisere, gequälte Atemzüge, sie dachte an ihr gemeinsames Leben, was sie gehabt hatten und was noch vor ihnen gelegen hätte. Sie betrachtete sein Gesicht und manchmal berührte sie sanft seine Stirn. Um fünf Uhr morgens kamen Pfleger, um ihn zu holen. Eine Schwester teilte Susan mit, dass Dr. Burgess im Operationssaal wartete. John öffnete die Augen und erkannte sie.

„Du bekommst eine Hauttransplantation, John."

„Das ist vernünftig." Seine Stimme war dünn wie die eines Kindes.

„Michael Burgess wird dabei sein."

„Michael?"

„Er hat gehört, was passiert ist, und ist gleich gekommen."

Ein schwaches Lächeln. „Pfeift auf seine verdammten Geheimnisse, um einmal als richtiger Arzt zu arbeiten?"

„Und ich werde hier sein, wenn du zurückkommst."

Sie begleitete ihn zum Lift, umgeben von einer Schar von Schwestern. Als sich die Türen öffneten, wusste sie, dass sie gleich weinen würde. Nein, Susan, dachte sie, das geht nicht. Du musst dich zusammenreißen. Du musst einfach. Sie lächelte und küsste ihn auf die Stirn. „Ich liebe dich, John."

Plötzlich sagte er ganz deutlich: „Susan, hör zu, ich liebe dich auch. Ich liebe dich mehr als alles auf der Welt." Seine Augen waren hell und klar.

Das war mehr, als sie ertragen konnte. Sie lief hinter ihm her. Man durfte ihn ihr nicht wegnehmen. Niemals. Aber sie kam zu spät. Die Fahrstuhltüren schlossen sich hinter dem Rollwagen und den Schwestern.

Susan kehrte ins Wartezimmer zurück, um wieder eine Zeitschrift nach der anderen durchzublättern. Sie versuchte, Johns Bild und das, was man mit ihm machte, aus dem Gedächtnis zu verbannen. Die Zeit schien stillzustehen.

Nach einer Weile hockte sie nur noch da, wie betäubt.

„Du kannst jetzt heimgehen, Mädel. Der Vizesheriff fährt dich heim. Deine Verwandten haben gesagt, dass sie morgen kommen."

Der leere Vorhof, das stille Haus. Die kahle Küche. Nur der alte, fast blinde Hofhund war da. Der Telefonhörer baumelte noch immer an der Schnur.

Michael Burgess hatte bereits einige Augenblicke lang vor ihr gestanden, bevor sie ihn bemerkte. Sein Gesichtsausdruck sagte ihr alles. Sie stand auf.

„Ist es vorbei?"

„Ja. Es tut mir leid. Wir hatten es wirklich nicht so bald erwartet."

„Hat er es mitbekommen?"

„Nein. Er schlief."

„Kann ich ihn sehen?"

„Susan, er hat einige seiner Organe der Medizin vermacht. Morgen wäre besser. In der Kapelle."

Sie gingen in Johns Zimmer zurück und Susan holte, was von seinen Sachen aus unerklärlichen Gründen nicht verbrannt war: Aktenmappe, Brieftasche, Schlüssel. Jemand hatte die Dinge bereits verpackt. Unten wartete ein Taxi auf sie. Michael hatte es bestellt. Sie verabschiedete sich von ihm und dankte ihm für alles. Der Tag war klar und sonnig. Menschen kamen und gingen. Menschen, die von nichts wussten. Sie fühlte sich seltsam distanziert von allem. Nichts schien wirklich zu sein.

Sie fuhr heim und fütterte Percy. Und machte sich

selbst etwas zu essen. Sie rief Johns Mutter an und erzählte ihr alles.

Dann ging sie zu Bett. Am nächsten Tag würde sie genug Zeit haben, um mit einem Bestattungsunternehmen zu sprechen, um andere Leute zu benachrichtigen, seine Freunde, seine Kollegen. Jetzt musste sie schlafen.

Spät am Abend wachte sie auf, ging in die Küche hinunter, kochte Kaffee und saß dann am Küchentisch, ohne von dem Kaffee zu trinken. Die Fenster hatte sie geschlossen, denn die Hitze hatte endlich nachgelassen und die Nacht war überraschend kühl.

Langsam kehrte die Wirklichkeit zurück. Der Kaffee wurde kalt und bitter. Die Küchenlampe blendete. Draußen war es finster und still.

Sie hatte die Nacht allein im Farmhaus verbracht, bevor ihre Verwandten kamen und sie holten. So entsetzlich lange schien sie her zu sein, ihre Kindheit, und doch war es so, als sei es erst gestern gewesen. Auch in jener Nacht hatte sie dagesessen und der Küchenuhr zugehört, die mit ihrem Ticken die Zeit vernichtete. Sie trank von dem kalten Kaffee, und dann kam der herzzerreißende Kummer.

# 4

Eine Woche nach Johns Begräbnis stürzte sich Susan wieder in die Arbeit. Johns Diagnose Projekt war sehr umfassend, und sie fand eine Kollegin, die ihr half, die vielen Notizen zu ordnen, die er hinterlassen hatte. Diese Arbeit würde viel Zeit kosten. Die Notizen waren typisch John, inhaltlich wie chronologisch unzusammenhängend. Irgendwelche obskuren Rezepte für Coq au Vin fanden sich neben Bemerkungen über eine neue mathematische Formel oder einer weitschweifigen Kritik eines Konzertes im Kennedy Center. Johns Handschrift war krakelig und klein. Er schrieb keine ganzen Sätze und die Verben ließ er häufig ganz weg. Seite um Seite dieses Durcheinanders zu entziffern, kam der Entschlüsselung einer Geheimschrift nahe.

Die Arbeit betäubte das Gefühl des Verlustes ein wenig, das Susan manchmal beinahe überwältigte. Die Nächte waren am schlimmsten. Es gab Dinge, an die sie sich nicht erinnern wollte. Sie hatte Johns Körper nicht mehr sehen dürfen, denn der Leichenbeschauer hatte den Sarg versiegelt, wie das bei Organspendern Vorschrift war. Dann hatte ein feierliches Begräbnis stattgefunden, wie John es verabscheut hätte. Der Geistliche war zu jung, um die Worte der alten Weisen zu verstehen, die er so überzeugt aus der Bibel vorlas. Johns Mutter stand im Zentrum der Aufmerksamkeit, nachdem ihr Sohn sich so lange von ihr ferngehalten hatte. Sie, Susan, dagegen wurde von seiner Familie ignoriert und war sich wie ein Eindringling vorgekommen; denn obwohl sie Tisch und Bett geteilt hatten, waren John und sie weder verheiratet noch zumindest offiziell verlobt gewesen.

Nachher hatte Johns Mutter kühl die meisten der Antiquitäten zurückverlangt, die sie ihrem Sohn geliehen hatte; und für Percy hatte Susan ein neues Heim finden müssen. Allein wurde sie nicht fertig mit ihm und sie ertrug auch nicht die Erinnerungen, die seine treuen Augen in ihr weckten.

Die ganze Zeit hatte Michael Burgess sie in bewundernswürdiger Weise unterstützt und ihr geholfen. An einem kalten Dezembermorgen rief er an und lud sie zum Abendessen ein, was sie dankbar annahm. Er holte sie ab und sie fuhren zu einem kleinen französischen Restaurant in Georgetown, wo die Straße mit Kopfsteinpflaster versehen war und die Kronen der hohen Alleebäume richtige Lauben bildeten. Es war ein intimes, nettes Lokal. Michael kannte den Besitzer und Susan hörte entzückt zu, wie die beiden die Menüfolge und den Wein unter Berücksichtigung ihres persönlichen Geschmacks besprachen. Als sie dann aßen, fragte Michael sie freundlich über ihre akademische und berufliche Laufbahn aus.

„Du warst in Harvard?“

„Ja.“

„Nachdem du eine High School im Mittleren Westen besucht hattest? Das ist eine Leistung! Was war dein Hauptfach?“

„Ich hatte zwei: Biologie und Biochemie.“

„Und dann hast du deinen Magister an der Johns-Hopkins-Universität gemacht?“

„Ja. In Neurobiologie. Woher weißt du das alles?“

„Ach“, sagte er geheimnisvoll. „Und dann hast du in Stanford die erste Hälfte deines Doktorats gemacht. In Neurophysiologie.“

„Ja. Für die andere Hälfte arbeite ich gerade an der Universitätsklinik. Ich schiebe den Abschluss meiner Dissertation über Neurometrik immer wieder hinaus. Ich hätte sie eigentlich schon vor zwei Jahren einreichen sollen, aber ich hatte so viel zu tun."

„Woher kommst du? Wo lebt deine Familie?"

„Lach nicht. Von Oneida, South Dakota. Mein Vater hatte eine Hühnerfarm. Aber er und meine Mutter starben, als ich noch sehr klein war." Sie zwang sich zu lächeln. „Ein Autounfall."

„Das ist ja schrecklich. Es tut mir so leid. Wer hat denn deine Ausbildung finanziert?"

„Die Hühnerfarm wurde verkauft. Und ich arbeitete und bekam Stipendien."

Einen Augenblick lang schwieg er. Susan wartete. Irgendwie hatte sie den Eindruck, dass er sich gar nicht so sehr für ihre akademische Laufbahn interessierte, obwohl ziemlich viele Leute ihre Karriere anscheinend für recht beachtlich hielten.

Sie hörte ihn sagen: „Ich hatte wohl Glück. Ich hatte immer alles, was immer ich wollte: Einführungssemester für Medizin, Medizinstudium. Als Kind begeisterte ich mich für Chirurgie. Meine Mutter kaufte mir immer wieder Fische, bis ich mich mit Nagetieren zu beschäftigen begann. Dann füllte sie das Haus mit Ratten. Perfektion wurde ein Muss für mich."

Er rührte in seinem Kaffee, dann blickte er sie plötzlich an und sagte: „Aber zum Teufel damit. Ich denke jetzt an etwas Wichtigeres. Was würdest du dazu sagen, mit uns bei Borg-Harrison zu arbeiten?"

Sie war gar nicht besonders überrascht. Etwas Ähnliches hatte sie bereits erwartet. Sie bemühte sich, die richtige Antwort zu finden. Sie würde noch einige Zeit mit Johns Arbeit zubringen und in dem Labor an der Universitätsklinik fühlte sie sich geborgen und sicher – ein Gefühl, das sie gegenwärtig dringend brauchte. Sie wusste jedoch, dass der Tag kommen würde, an dem sie Johns Arbeit abschließen und das Labor sie vielleicht nicht mehr brauchen würde.

Sie antwortete Michael, dass sie im Augenblick ihren Arbeitsplatz noch nicht wechseln konnte. „Aber ich fühle mich geschmeichelt", fügte sie hinzu. „Wofür genau würdet ihr mich eigentlich brauchen?"

Er zeichnete mit seiner Espressotasse kleine Kreise auf das weiße Tischtuch. „Ehrlich gesagt, interessieren wir uns nicht für Johns diagnostische Arbeiten. Abgesehen davon sind die ja alle auch schon veröffentlicht. Wofür wir uns interessieren, ist sein persönliches Nebenprojekt, die Forschungsarbeit, die er als ABE oder Alternativbereichsentwicklung bezeichnet hat. Das könnte eine große Hilfe für uns sein."

Diesmal war Susan überrascht. Johns Arbeiten auf dem Gebiet der ABE waren als so unkonventionell betrachtet worden, dass sie in der Welt der Medizin weitgehend unbekannt waren. Medizinische Zeitschriften erwarteten „solide wissenschaftliche Belege" und diese Belege gab es noch nicht, vor allem wegen Johns sehr begrenzter finanzieller Möglichkeiten.

Es war wohlbekannt, dass die Bereiche, die einen geschädigten Teil des Gehirns umgeben, manchmal die spezifische Funktion des geschädigten Gewebes übernehmen. John hatte diesen komplizierten Kompensationsvorgang als „Aushilfe" bezeichnet. Er glaubte, dass man, selbst wenn eine derartige Schädigung vorlag, gewisse Gehirnteile dazu bringen konnte, sich auf eine andere als ihre normale Funktion zu spezialisieren – zum Beispiel, einen motorischen Reflexbereich auf die Steuerung der Sprache umzuprogrammieren.

Der Schlüssel dazu lag in der Stimulierung der entsprechenden Bereiche des Gehirns mit Tiefenelektroden und in der Computeranalyse der Ergebnisse mit Hilfe der Neurometrik. Sollte man damit je Erfolge erzielen, so glaubte John, könnte die Denkfähigkeit des Menschen um hundert Prozent gesteigert werden – etwas, das seiner Meinung nach den gesamten Lauf der Geschichte verändern würde. „Endlich“, so hatte er überzeugt erklärt, „könnte der Verstand unsere lächerlichen Emotionen und noch vorhandenen tierischen Instinkte beherrschen.“

Michael sagte: „Lass mich erklären, warum, Susan. Wir arbeiten ebenfalls an der Verstärkung der Gehirnfunktion, aber mit einer anderen Methode. Eine Kombination von Johns Arbeiten mit den unseren würde unser Programm unglaublich beschleunigen und gerade jetzt stehen wir in dieser Hinsicht unter großem Druck.“

„Worin genau besteht denn euer Programm?“

„Darüber kann ich dir leider nicht alles erzählen“, erwiderte er. „Viele Aspekte unserer Arbeit wurden von der Regierung als geheim eingestuft. Was ich dir sagen kann, ist Folgendes: Wir haben eine Technik entwickelt, die wir als neurologische Blockierung bezeichnen. Sie isoliert alle Gehirnfunktionen vom Körper und verhindert sämtliche Reaktionen des Gehirns auf körperliche Probleme wie Aktion und Reflex, Hitze, Kälte, Geschlechtstrieb, Hunger und so weiter. Das Gehirn kann sich dann auf das rein Abstrakte konzentrieren. Auf das Denken, mit anderen Worten.“

„Das unterscheidet sich schon sehr von Johns Theorie“, protestierte Susan. „Das klingt ja fast nach erzwungener Tetraplegie, nach künstlicher Lähmung der vier Gliedmaßen!“

„Tetraplegie, gewissermaßen, ja. Aber nicht erzwungen. Alle unsere Versuchspersonen sind Freiwillige. Wir bezeichnen sie als EGs oder Experimentalgehirne. Unsere Ergebnisse sind bemerkenswert."

„Inwiefern?"

„In einigen Fällen haben wir die tatsächliche Ausnutzung des Gehirns, die bei einer Norm von etwa fünf bis zehn Prozent der Gesamtkapazität liegt, auf beinahe fünfzehn gesteigert. Mit der Alternativbereichsentwicklung glauben wir, sie um weitere zehn Prozent oder vielleicht sogar noch mehr steigern zu können."

Susan staunte. Michael hatte Johns Ziel bereits zur Hälfte erreicht. Wenn man Johns Forschungen dazu nahm, konnte man die Ausnutzung des Gehirns vielleicht auf mehr als das Dreifache der gegenwärtigen Werte steigern. Die Folgen waren unvorstellbar, möglicherweise ebenso groß wie die Nutzbarmachung des Atoms. Ein derartiger Quantensprung in der Denkfähigkeit des Menschen könnte die Verwirklichung einer sozialen und wirtschaftlichen Utopie an Stelle des Weltunterganges bedeuten. Susan begann einige der Gründe zu verstehen, warum Borg-Harrison so auf Geheimhaltung bedacht war.

Sie konnte ihre Erregung nicht verbergen. „Was du sagst, Michael, ist unglaublich." Dann kehrte sie wieder auf den Boden der Tatsachen zurück und schüttelte den Kopf. „Aber Johns Arbeiten waren größtenteils noch Theorie. Vieles muss noch getan werden, bevor man praktische Ergebnisse erzielen kann."

Er zuckte die Achseln. „Was zu tun ist, wird getan. Mit deiner Hilfe wäre Vieles für uns einfacher. Keiner versteht Johns Arbeiten so wie du. Aber unabhängig davon will ich, dass die Sache Wirklichkeit wird."

Er sprach mit einer Heftigkeit, wie sie Susan bis jetzt nur bei John erlebt hatte. Wie ähnlich sie einander waren, dachte Susan, beide so brillant und so der Wissenschaft ergeben. Und doch so verschieden. John, der nur aus Armen und Beinen zu bestehen schien – keiner seiner Gesichtszüge passte so ganz zu den anderen –, mit seiner oft exzentrischen Art; Michael, so gutaussehend und charmant, weltmännisch. Mit ihm war man einfach gern zusammen. Wie unterschied sich aber der wahre Michael, der Mensch, den sie nicht kannte, von dem verwundbaren John, der sich hinter dem zynischen und oft rüden Äußeren verbarg?

Auf der Heimfahrt dachte sie über die Fragen nach, die Michael nur ausweichend beantwortet hatte. „Michael, wer genau sind eure Freiwilligen?"

„Es sind Menschen, die sonst gestorben wären."

„Mit ‚sonst' meinst du ohne die neurologische Blockierung, von der du gesprochen hast?"

„In den meisten Fällen, ja."

„Ist das dann etwas Bleibendes?"

„In gewisser Weise ja."

Etwas an seiner Antwort klang ein wenig ausweichend. Sie wollte noch mehr fragen, dann aber dachte sie, ach zum Teufel! Sie wollte nicht mehr über etwas sprechen, das sie an die Arbeit und an John erinnerte, denn sie wollte nicht glauben, dass Johns Arbeit der einzige Grund für Michaels Einladung zum Abendessen gewesen war.

Die Dunkelheit im Wagen, seine Gegenwart, der sanfte Lichtschimmer am Armaturenbrett gaben ihr ein wunderbares Gefühl des Losgelöstseins. Sie fühlte sich geschützt gegenüber der Außenwelt, gegenüber der Stadt, die sie umgab, gegenüber den vereinzelten Fußgängern, die sie sah, vorbeihuschende Schatten in matt erleuchteten Straßen, denn es war spät. Für kurze Zeit war sie der Einsamkeit entflohen. Nur zu bald würde dieser Abend enden.

Sie brausten die Constitution Avenue hinauf, am Capitol vorbei, und hielten einige Minuten später vor dem Haus an der 6th Street. Michael nahm Susans Hand und dankte ihr für den schönen Abend. „Das werden wir wieder machen. Denk mal über mein Angebot nach. Überstürze nichts. Du hast wohl ohnehin sehr viel zu tun."

„Ich werde es mir überlegen. Das verspreche ich."

Sie blieb noch einen Augenblick lang in der Tür stehen, bis die Rücklichter von Michaels Wagen verschwunden und das Motorgeräusch verhallt waren. Das Angebot war verlockend. Sie war zwar nicht John, aber der Versuch, seine ABE Theorie in die Praxis umzusetzen, wäre wunderbar. Zumindest konnte sie seine Ergebnisse zusammenfassen und Michael vermitteln, sodass dieser von diesem Stand aus weiterforschen konnte. Sie beschloss, im Frühjahr einmal zum Borg-Harrison-Labor hinüberzufahren, sich alles anzusehen und dann eine Entscheidung zu treffen.

## 5

Admiral Walter Burnleigh spürte den Aufstand auf der ganzen Linie. Die Atmosphäre des eichengetäfelten Sitzungszimmers, in dem sämtliche zwölf Aufsichtsratsmitglieder an dem langen Tisch stumm auf seine Rede warteten, war geladen. Sogar die ausdruckslosen Gesichter seiner verschiedenen Vorgänger, die der Nachwelt in teuren Ölgemälden erhalten waren, schienen ihn anzuklagen.

Als Vorsitzender hatte er während der letzten paar Monate reichlich Zeit gehabt, sich ausführlich mit den Ursachen dieser Schwierigkeiten zu befassen und sich darauf vorzubereiten. Vor fünf Jahren hatte er den Aufsichtsrat unter Druck gesetzt, das gewohnte Terrain der sozial wirtschaftlichen und militärischen Forschung zu verlassen, auf dem die Borg-Harrison-Stiftung ihr großes Ansehen aufgebaut hatte, und zwölf Millionen Dollar für ein spezielles Hirnforschungsprogramm zu bewilligen. Ein Erfolg dieses Programmes, so hatte er versprochen, könnte Amerika durchaus die unangefochtene Hegemonie in der Welt verschaffen.

Aber die Zeit wurde knapp. Das Programm hätte jetzt fertig gestellt sein sollen; die Forscher benötigten aber tatsächlich noch mindestens ein Jahr, um konkrete Ergebnisse zu liefern, und wie aus dem heute jedem Mitglied in einer goldgeprägten Mappe vorgelegten Zahlenmaterial hervorging, hatte das Programm bis zum gegenwärtigen Zeitpunkt aufgrund der gewaltig anwachsenden Inflation achtunddreißig Millionen Dollar gekostet. Das gesamte Jahresbudget der Borg-Harrison-Stiftung machte zwar zwanzigmal so viel aus, aber der Betrag für die Forschungen in dem Labor, das die Stiftung von den National Institutes of Health in Bethesda mietete, überstieg die Mittel für alle anderen Programme, abgesehen von denen für Waffenversuche und die Analyse sowjetischer Satellitenmanöver. Borg-Harrison stellte – angesichts der wirtschaftlichen Probleme im ganzen Land – keine Ausnahme dar und die gedruckten Zahlen stachen in die Augen wie hässliche Wunden.

Burnleigh wusste, dass der Aufsichtsrat seine Führung während der vergangenen Jahre sowie seinen Einfluss im Weißen Haus hoch einschätzte und ihn die enormen Budgetüberschreitungen verteidigen lassen würde. Schließlich hatten die Herren ja auch die absolute Geheimhaltung akzeptiert, die er den Forschungen auferlegt hatte. Keiner der zwölf am Tisch wusste irgendetwas Genaueres über das Projekt, dessen Ziele ausgenommen. Und sie würden sich wieder von ihm überzeugen lassen.

Allerdings war da noch etwas Anderes. Wie das bei Aufsichtsräten häufig der Fall ist, waren sie trotz all ihrer Klugheit wie eine Herde Schafe. Zum Teil war er daran selbst schuld. Er hatte sie dazu gemacht. Und wenn sie sich von ihm führen ließen, so konnten sie auch jemand Anderem folgen. Eine Stimme, die im entscheidenden Augenblick vielleicht lauter war als die seine, eine Stimme, die möglicherweise schon beim Lunch, am Telefon oder auf dem Golfplatz die entsprechenden Vorgespräche geführt hatte, konnte sie in die entgegengesetzte Richtung treiben.

Er war ziemlich sicher, dass einer von ihnen genau das vorhatte. Er war sogar sicher, wer es war. Er musste diesen Mann unschädlich machen.

Er wartete noch einen Augenblick und rückte seine randlose Brille zurecht. Jahre zuvor hatten seine Augen bei Atomversuchen am Eniwetok Atoll Schaden gelitten, daher waren die Gläser getönt. Er fand, dass dies ein Vorteil war. Auf diese Weise war es für die Anderen schwieriger, einen vielleicht verräterischen Gesichtsausdruck zu deuten.

Er blickte auf die ergrauenden oder kahlen Köpfe und auf die gefurchten Gesichter, die Augen, die ihn ansahen. Diese Leute repräsentierten einen breiten Querschnitt durch Industrie und Handel des ganzen Landes: Trans United Airlines, Universal Dynamics and Aero Space, die riesige Maklerfirma Connors, Rosenstein and Saul, Texas and Southwestern Petro Chemical, Continental Micro Communications und andere. Viele leisteten ihren Beitrag zu der Stiftung, zu deren Kunden das Pentagon, das Außenministerium und der Nationale Sicherheitsrat zählten.

Lautlos holte er Luft und sagte: „Die Zahlen, die uns vorliegen, sind tatsächlich beunruhigend, und ich verstehe Ihre Besorgnis. Aber ich versichere Ihnen, dass unsere Forschungen nun endlich knapp vor einem großen Durchbruch stehen."

Er hielt inne, um ein bestimmtes Aufsichtsratsmitglied anzublicken, einen trockenen, emotionslosen Mann Mitte sechzig mit dunklen Ringen um die kalten Augen und blassen, knochigen Händen, die aussahen, als kannten sie keine Gnade. Er war der Präsident der Union Credit and Commercial Trust Company, einer Holding Gesellschaft mit Majoritätsanteilen an einem Dutzend der führenden Banken, die ihrerseits große Anteile an den meisten Industrieunternehmen des Landes besaßen.

Burnleigh setzte ein gespieltes Lächeln auf und fuhr fort: „Ich glaube aber, dass wir uns in so ziemlich der gleichen Lage befinden wie viele unserer führenden Banken hinsichtlich ihrer Kredite an Entwicklungsländer. Wenn die Schuldner ihren Verpflichtungen nicht nachkommen können, so vertrauen die Banken in den meisten Fällen auf die guten Gründe, aus denen die Kredite überhaupt aufgenommen wurden, und zeigen Nachsicht."

Das grenzte an Naivität. Er hatte absichtlich so gesprochen, überzeugt, dass der Banker der Versuchung nicht widerstehen könnte, ihn zu korrigieren.

Er hatte recht.

Der Mann sprach voller Herablassung und mit einer Siegessicherheit, die er nicht verbergen konnte. „Herr Vorsitzender, es tut mir leid, aber ich habe gewisse Schwierigkeiten mit Ihrer Schlussfolgerung. Gläubigerbanken sind manchmal dazu bereit, ihre Kredite anzupassen, aber nur dann, wenn sie die wirtschaftliche Zukunft ihrer Schuldner genau einschätzen können. Ich sehe hier keinerlei Parallele zu der Tatsache, dass man unseren Aufsichtsrat ständig im Unklaren darüber lässt, wofür unser Geld ausgegeben wird. Ich glaube, wir sind alle der vagen Erklärungen müde, wie die Denkfähigkeit des menschlichen Gehirnes verdoppelt werden könnte und dass diese in seiner Bedeutung der Nutzbarmachung des Atoms gleichkomme. Ich beantrage eine Abstimmung über die Fortsetzung der Forschungen."

Er wurde von den anderen unterstützt.

Burnleigh lächelte kaum merklich. Er hatte den Richtigen gefunden. Bloß dessen Motive waren nicht deutlich geworden. Aber er kannte sie gut. Die Gründe seines Gegners waren durchaus selbstsüchtiger Natur. Der Erfolg des Programmes war untrennbar mit Burnleighs eigener Zukunft verknüpft. Sollte er scheitern, stünde der Vorsitz der Borg-Harrison-Stiftung und die gesamte damit verbundene indirekte politische Macht zur Disposition.

Burnleigh nickte. „Natürlich. Wir werden abstimmen. Vorher aber hat der Vorsitzende noch eine letzte Bemerkung zu machen."

Die Augen des Bankpräsidenten am anderen Ende des Konferenztisches leuchteten einen Augenblick lang triumphierend auf. Burnleigh wusste genau, was der Kerl dachte: Dass er den Vorsitzenden in eine Position gezwungen habe, in der dieser durch ein Rücktrittsangebot die Abstimmung für sich zu entscheiden suchen würde. Das stimmte auch. Was er nicht wusste, war, dass sich sein Schachzug gegen ihn selbst richten würde.

Burnleigh dankte im Stillen seinem Schicksal für die drei Jahre, in denen er Direktor der CIA gewesen war und sich in dieser Organisation gute Freunde geschaffen hatte.

Er begann betont unverfänglich: „Zuerst möchte ich eine Frage klären, die mich zutiefst beunruhigt – und leider muss ich dazu wieder das Bankwesen heranziehen, auch wenn dies diesmal wohl nicht vergeblich sein wird." Er schenkte dem Banker noch ein Lächeln und wandte sich dann den anderen Mitgliedern zu: „Durch Verbindungen zur CIA habe ich vor Kurzem Folgendes erfahren. Im Rahmen einer geheimen Mission in einem afrikanischen Entwicklungsland, bei der viele Millionen Dollar und eine amerikanische Privatbank als Verteilerorganisation mit im Spiel waren, stellte sich heraus, dass ein Beamter dieser Bank seine Stellung als Treuhänder dazu benutzte, etwas von diesen Geldern in finanzielle Gebiete zu lenken, die für ihn selbst ertragreich waren, nicht aber für die Interessen und Ziele der Vereinigten Staaten von Amerika."

Er wartete die Wirkung seiner Worte ab und fuhr dann fort: „Kann es sein, dass unser Aufsichtsrat der Meinung ist, ich als Vorsitzender verführe ähnlich mit den von Ihnen für die Gehirnforschung bereitgestellten Geldern? Angesichts der ungeheuren Bedeutung dieser Arbeiten ist dies für mich der einzige vorstellbare Grund dafür, dass Sie ihren Abbruch wünschen."

Er erzielte die gewünschte Wirkung. Der Bankpräsident erbleichte sichtlich. Die Aufsichtsratsmitglieder sahen verstört drein.

„In diesem Fall", fügte er hinzu, „möchte ich meinen Posten unverzüglich zur Verfügung stellen."

Fünf Minuten später hatte er das gewünschte Abstimmungsergebnis: die Bewilligung zur Fortführung des Programmes in den nächsten achtzehn Monaten und die Zusicherung weiterer vier Millionen Dollar dafür. Angesichts des möglichen Skandals um einen Vorsitzenden, der dem Weißen Haus so nahe stand, folgten die anderen Mitglieder schnell dem Beispiel des Präsidenten der allmächtigen Union Credit and Commercial Trust Company, der überraschenderweise für den Vorsitzenden stimmte.

Burnleigh sah den kalten Zorn in den Augen des Mannes, der mit schmalen Lippen gezwungen lächelte, und wusste, dass er sich einen Todfeind geschaffen hatte. Wenn der Banker seine Spuren in Afrika so schnell verwischte, wie Burnleigh dies von ihm erwartete, würde er in Zukunft keinen Trumpf mehr haben, um ihn unter Kontrolle zu halten.

Eine halbe Stunde später saß der Admiral wieder in seinem eigenen luxuriösen Büro eine Etage über dem Sitzungszimmer. Es war bereits sechs Uhr. Die Konferenz hatte ungewöhnlich lange gedauert. Und die Stimmung war ungewöhnlich angespannt gewesen. Er sank müde in den hohen Ledersessel hinter dem mit Memos übersäten Schreibtisch, bestellte einen Whisky, den er dringend brauchte, und wies seine Sekretärin an, ihn mit Dr. Burgess im Labor zu verbinden.

„Entweder Michael oder Dr. Katherine Blair", sagte er.

Während er auf das Gespräch wartete, dachte er kurz über die physikalischen Gesetze nach, die den Druck von oben regieren. In jeder Organisation wird der Druck für gewöhnlich stärker, wenn er nach unten weitergegeben wird. Er persönlich hatte Michael gern und glaubte an ihn und an seine Arbeit. Mit voller Überzeugung, bei Gott, mit achtunddreißig Millionen Dollar plus der zusätzlichen vier von heute, und seinem eigenen Ruf. Doch obwohl Michael und seine Mitarbeiter bereits bis zum Umfallen arbeiteten, würden sie jetzt kräftig zulegen müssen. Sonst …

In dieser Welt, so überlegte Walter Burnleigh, muss schließlich jeder sehen, wo er bleibt.

# 6

Der Winter war lang, der Frühling ungewöhnlich kurz. Als der Sommer endlich kam, wurde er von allen mit Erleichterung begrüßt.

An einem Sonntag Anfang Juni brannte die Sonne heiß auf Oxford Harbor an der Ostküste von Maryland. Das Thermometer kletterte überraschend bis auf einunddreißig Grad. Al Luczynski trug eine zu kleine Badehose in Dreiecksform, die überhaupt nicht zu seinem großen, bärenhaften Körper und seinem runden, bärtigen Gesicht passte. Er streckte sich auf dem abgenutzten, geschrubbten Deck des alten Schoners Windigo aus und genoss die warmen Strahlen auf seiner Haut. Am vergangenen Abend hatte das Tangahöschen bei Katherine Blair solches Gelächter ausgelöst, dass er es in einem Augenblick bierseligen Übermutes ausgezogen hatte und nackt geschwommen war. Die Anderen waren seinem Beispiel gefolgt und das dunkle Wasser hatte um jeden von ihnen in phosphoreszierenden Blasen aufgeleuchtet.

Katherines Gelächter hatte unschuldig genug gewirkt, wenn man auch bei Katherine nie ganz sicher sein konnte. Ihre witzigen Bemerkungen, dass Anästhesisten eigentlich keine richtigen Ärzte seien, waren immer persönlich gemeint und er konnte nicht vergessen, wie sie in jener Nacht vor mehreren Jahren gelacht hatte, als Michael nicht dagewesen war und er selbst zu viel getrunken und Annäherungsversuche unternommen hatte. Er hatte das Lachen noch immer im Ohr. Sie hatte ihm direkt ins Gesicht gelacht, nicht wegen Michael, sondern weil sie ihn lächerlich fand. Und er hatte stets das Gefühl, dass sie ihre Meinung nicht geändert hatte.

Bald aber hatte er seine verletzten Gefühle und den

Zorn überwunden und mit seinem alten Trick, fremde Stimmen nachzuahmen, zur allgemeinen Heiterkeit beigetragen und in der Dunkelheit alle verwirrt, sodass keiner mehr wusste, neben wem er schwamm. Es war ein wunderbarer Abend gewesen.

Die Windigo gehörte Michael. Vielleicht weil er einen so großen Teil seiner Zeit in der hochtechnisierten Atmosphäre von Operationssälen verbrachte, zog er das altertümliche Takelwerk und das höhlenartige Unterdeck des alten hölzernen Bootes dem etwas gekünstelten Schick einer modernen Jacht vor. Heute Morgen waren sie vor einem ganz leichten Wind lautlos den Chesapeake hinabgeglitten und in einer abgeschiedenen Flussmündung hatten sie zu Mittag gegessen und waren zuvor noch einmal ins Wasser gesprungen.

Es war zwölf Uhr, das Wasser glatt wie Glas. Manchmal traf die auslaufende Bugwelle eines anderen Bootes den Rumpf des Schoners und die Windigo schaukelte dann sanft, sodass die klare Spiegelung ihrer beiden gedrungenen Masten und der lose gerefften, grau gewordenen Segel auf der silbrigen Oberfläche durch kleine Wellen gestört wurde. Eine Möwe schrie im Vorüberfliegen, ferne Stimmen und Hundegebell am Ufer klangen nur gedämpft durch die Hitze.

Luczynski hörte, wie Katherine und Michaels Assistentin Toni Soong unten in der Kombüse das Essen vorbereiteten. Michael hatte sich in Shorts unter einer Segelplane ausgestreckt und war beim Lesen medizinischer Zeitschriften eingeschlafen.

Sie waren alle gestern Nachmittag von Washington gekommen. Toni Soong und er waren dankbar für Michaels spontane Einladung. Es war eine aufreibende Woche gewesen. Sie hatten zwei EGs verloren: das eine bei der Operation; und das andere durch die Psychose, die bereits mehrere andere Freiwillige während des Winters erfasst hatte. Vor allem Michael war nervös und reizbar gewesen und hatte Ärzte und Schwestern gleichermaßen angeschnauzt. Heute aber schien er in besserer Verfassung zu sein. Das war wahrscheinlich Katherine zu verdanken. Als alle schließlich zu Bett gegangen waren, hatte Luczynski durch die Kabinenwand gehört, wie sie sich liebten. Er hatte den Kopf unter den Kissen vergraben und sich bemüht, sich die beiden nicht vorzustellen.

Nun wandte er sich in Gedanken wieder von ihnen ab und drehte sich um, um sich die Brust zu sonnen und sich Sonnenöl auf den haarigen Bauch zu reiben. Einmal hatte er auch daran gedacht zu versuchen, irgendeine Art Beziehung zu Toni Soong zu knüpfen. Er hatte ihre asiatische Schönheit immer anziehend gefunden und letzte Nacht, als sie nackt im Wasser schwamm, war sie ihm besonders begehrenswert erschienen. Der Anblick ihrer spitzen Brüste, des Dreiecks ihrer dichten Schamhaare, die sich so dunkel abhoben von dem schlanken, im Mondlicht blassen Körper, und ihr intensiver, üppiger weiblicher Geruch, wenn sie neben ihm stand, hatten in ihm den heißen Wunsch geweckt, sie zu besitzen. Er hatte das Gefühl gehabt, dass es diesmal wirklich klappen würde, wenn sie ihm nur eine kleine Chance gäbe. Aber Toni lebte entweder zu sehr für die Chirurgie, um sich nach sexuellen Abenteuern zu sehnen, oder sie war heimlich in Michael verliebt; er war nie ganz sicher, welche der beiden Möglichkeiten zutraf. Welche Andeutungen er auch machte, sie hatte ihn nie auch nur im Geringsten ermutigt.

Katherine unterbrach seine Gedanken. Sie brachte vier frisch gekochte Hummer von der Kombüse herauf.

Sie trug Leinenshorts, eine teure Strandbluse aus Baumwolle und glich eher einem Fotomodell als einer Fachärztin für Neurologie und Psychiatrie, die kranke Gemüter mit den neuesten chemischen Errungenschaften versorgte. Manchmal fragte er sich, wie weit Katherines Erfolg in der Medizin auf ihre Kompetenz und wie weit auf ihre weibliche Raffinesse zurückzuführen war.

Dann vergaß er sie einen Augenblick, da Toni, wie er selbst nur mit einem Slip bekleidet, mit einem weiteren Tablett voll Speisen heraufkam und Hilfe brauchte.

Michael wurde wachgerüttelt. Gähnend öffnete er die erste Flasche Wein und alle setzten sich an einen Tisch unter der Segelplane auf dem Hauptdeck und begannen, die Hummer zu verzehren.

Nach dem Essen sah Toni Luczynski an und sagte, sie würde gerne eine Ruderpartie mit dem Beiboot unternehmen. „Vielleicht ein bisschen die Mündung aufwärts“, schlug sie vor und blickte ihn ruhig mit ihren dunklen Augen an. „Vielleicht finden wir dort ein paar Muscheln.“

Er war realistisch genug, um einzusehen, dass ihre Einladung lediglich Michael und Katherine die Möglichkeit geben sollte, allein zu sein. Als sie von dem Schoner wegruderten, bestätigte sie seine Gedanken: „Sie sehen uns doch schon die ganze Woche, Al, und obwohl sie uns eingeladen haben, dachte ich, dass sie vielleicht doch einmal eine halbe Stunde lang allein sein wollen.“

Luczynski legte sich resigniert in die Riemen.

Katherine blickte ihnen nach. „Das war taktvoll von Toni.“

„Ich dachte, sie wollte vielleicht doch endlich ihren Widerstand aufgeben.“ Geistesabwesend warf Michael eine Hummerschere nach einer vorbeifliegenden Möwe, die mit einem Flügelschlag wendete und den Bissen geschickt auffing.

Katherine lachte. „Keine Chance", sagte sie, „und wenn auch nur wegen dieser lächerlichen Badehose, die er unbedingt tragen will." Sie merkte, dass Michael ihr nicht wirklich zuhörte, und erriet die Ursache. Sie hatten den strikten Grundsatz aufgestellt, an den Wochenenden nicht an das Labor zu denken, er aber war in Gedanken bei der Arbeit.

„Michael, du mogelst, nicht wahr?"

„Stimmt. Entschuldige." Er lächelte sie entschuldigend an.

Er hatte sich auf einer Sonnenmatte ausgestreckt und sie setzte sich nun neben ihn. „Also, woran hast du denn gedacht?"

„Das Übliche. Wie wir uns Burnleigh vom Leibe halten können."

Katherine zwang sich zu lächeln. „Bellende Hunde beißen nicht und Burnleigh ist einer von ihnen."

„Diesmal ist es anders, glaube ich. Letzten Herbst gab er uns achtzehn Monate, jetzt haben wir nur noch ein Jahr." Er machte eine hilflose Handbewegung. „Je mehr wir unsere EGs überlasten, desto größere Schwierigkeiten bekommen wir. Der verdammte Druck hat genau die gegenteilige Wirkung."

Katherine antwortete rasch: „Hör zu, Michael, Schluss damit. Wir werden's schaffen. Du weißt das und ich weiß es auch. Und nach allem, was wir bereits über Flemmings ABE wissen, werden die Ergebnisse unsere wildesten Träume übertreffen. Wann hören wir von McCullough?"

Michaels Antwort klang ausweichend. „Ich weiß es nicht sicher. Morgen Abend gehe ich mit ihr essen."

Katherine konnte ihren plötzlichen Unmut nicht verbergen. „Essen? Wozu? Um Himmels willen, das ist doch keine große Sache. Warum kannst du sie nicht einfach fragen: ja oder nein? Michael, die Sache ist doch wichtig! Schließlich hat sie seit Dezember Gelegenheit gehabt, sich zu entscheiden."

Er antwortete nicht direkt, sondern runzelte die Stirn und sagte: „Katherine, manche Leute darf man einfach nicht unter Druck setzen, das weißt du."

Katherine schluckte eine Entgegnung hinunter. Sie brauchten Susan McCullough. Dringend. Aber sie hatte ein schlechtes Gefühl ihretwegen, hatte es immer schon gehabt, und das nicht nur wegen des Sicherheitsrisikos, das Susan in puncto Geheimhaltung vielleicht darstellen würde. Als sie vor Kurzem Susans Werdegang überprüft hatten, waren sie auf einen im Jahr vorher in einer Zeitschrift veröffentlichten Artikel gestoßen. Ein Foto zeigte Susan als eine verführerisch schöne, junge Frau. Schmal und wild, irgendwie typisch für den Mittleren Westen. Katherine hatte den Verdacht, Michaels ausweichende Antworten könnten darauf zurückzuführen sein, dass er für Susan McCullough ein wenig mehr als bloß berufliches Interesse aufbrachte. Im tiefsten Inneren kam sie zu dem Schluss, dass Michael bereits ein Verhältnis mit Susan haben konnte, wenn er tatsächlich ein Auge auf sie geworfen hatte. Denn er hatte immer bekommen, was er wollte. Katherine bemerkte plötzlich die Ironie der ganzen Sache. Sie beschuldigte ihn zu schwindeln, weil er an die Arbeit dachte. Es konnte aber auch etwas weitaus Ernsteres sein.

Sie zwang sich nochmals zu lächeln. „Nun, dann überrede sie eben."

Er antwortete nicht. Er hatte die Augen wegen der Sonne geschlossen und schloss auf diese Weise auch sie aus.

Katherine schenkte Wein ein und dachte: Du benimmst dich dumm und machst aus einer Mücke einen Elefanten. Lass das lieber ihn tun. Ihr Unmut verflüchtigte sich allmählich, ebenso das finstere Gefühl der Feindseligkeit. Sie dachte an Michael und sich selbst und an die Schwierigkeiten, in denen das Forschungsprogramm steckte.

Sie beobachtete ihn, wie er wegdämmerte, und dachte daran, wie sie einander kennengelernt hatten. Es schien erst gestern gewesen zu sein, so lebendig war noch ihre Erinnerung daran: das Krankenhaus im Südwesten des Landes, wo sie als Assistenzärztin gearbeitet hatte; der blutbespritzte Operationstisch, und im grellen Licht der Operationslampen der Obdachlose, der bei einem Eisenbahnunfall fast in Stücke gerissen worden war; ihre Ehrfurcht vor Michaels Genie, das ein Leben rettete, das die meisten anderen Chirurgen aufgegeben hätten; seine lächelnde Geduld mit ihr, die eben erst von der Hochschule gekommen war und Panik hatte.

Und später, nachdem sie ihre Assistenzarztzeit beendet hatte, sein Ärger darüber, dass sie sich der Psychiatrie zuwandte. „Du willst nur aus einem Grund Psychiater werden, Katherine: Weil dein Vater einer ist. Warum kannst du nicht einfach akzeptieren, dass er reich und berühmt ist, und du gehst deinen eigenen Weg? Als Chirurgin, zum Beispiel."

Schließlich hatte er sie während ihrer ganzen psychiatrischen Ausbildung ignoriert. Das hatte sie noch mehr verletzt. Aber nach dem Abschluss ihrer Facharztausbildung hatte er sie aufgenommen und nie wieder kritisiert. In den fünf Jahren, die seitdem verstrichen waren, hatte sie lange und hart gearbeitet, ohne sich zu schonen, war die ganze Zeit über Michaels moralische Stütze gewesen und hatte so sein brillantes Talent in die richtige Richtung gelenkt. Sie hatte die Lösung all der endlosen, aufreibenden administrativen Fragen übernommen, die das Programm aufwarf, wie auch die sämtlicher Probleme, selbst der trivialsten, die es mit Burnleigh gab. Erfolg war für sie alles, darauf baute sie ihre ganze Zukunft und sie würde sie von nichts und niemandem zerstören lassen.

Sie begann den Tisch abzuräumen. Sie mussten vorsichtig sein und durften sich nicht zu sehr darauf verlassen, dass Flemmings ABE Theorie Wunder wirken würde. Eher mussten sie sich bemühen, mit ihren eigenen Forschungsmethoden mehr zu erreichen. Die hohe Ausfallquote bei den EGs lähmte sie und die einzige Lösung, die Katherine sich vorstellen konnte, bestand darin, mehr Freiwillige zu finden. Gerade das aber wurde von Tag zu Tag schwieriger.

Die ganze Zeit über schweiften Katherines Gedanken immer wieder zu Susan zurück. Nicht zu Susan als Konkurrentin. Sollte sie tatsächlich eines Tages zum Problem werden, so würde sie, das hatte sie beschlossen, eine Lösung finden. Es war die Wissenschaftlerin Susan, die Katherines Gedanken hauptsächlich beschäftigte. Sie hatte lange über Susans zukünftige Mitarbeit nachgedacht. Eines war dabei klar geworden: Ob es Susan nun gefiel oder nicht – wenn sie einmal im Labor war, so durfte sie nie wieder woanders arbeiten oder kündigen. Unter keinen Umständen. Wenn sie einen Vertrag mit Borg-Harrison unterschrieb, so würde es einer auf Lebenszeit sein.

## 7

Weit oben in der Bucht hatte Luczynski das Boot an Land gezogen und Toni und er suchten auf einem kleinen, von Sumpfgras eingefassten Sandstreifen nach Muscheln, an einer Stelle, wo ein Bach in das salzige Wasser mündete. Es war ein reizender, einsamer Ort; Sumpfvögel waren aufgeflogen, als bei ihrer Ankunft eine in den schwankenden Binsen sitzende Rotdrossel ihren durchdringenden Schrei ausgestoßen hatte, ihre Flügel als grelle, blutrote Flecken im Grün.

Toni war beunruhigt. Am Vorabend war sie zwar ein wenig betrunken gewesen, ansonsten aber hatte sie die Arbeit nicht einfach hinter sich gelassen, als sie alle in Michaels Mercedes geklettert und aus Washington geflohen waren. Sie standen unter zu starkem Druck und zu starker Druck, das wusste Toni aus Erfahrung, zog oft einen Zusammenbruch nach sich. Wenn Borg-Harrison je das Labor schließen sollte, wäre sie arbeitslos – und was dann?

Al hatte sich hingehockt und untersuchte eine Muschel. Plötzlich sagte sie: „Al, wenn das Ganze eine Pleite werden sollte, wo würdest du dann hingehen?“

Er stand auf. „Das Labor eine Pleite?“ Er war sofort auf der Hut.

Oh Gott, dachte sie, jetzt haben wir sogar schon voreinander Geheimnisse. „Wenn die EG Forschungen eingestellt werden und nur noch Katzen, Affen und Fische verwendet werden. Das gewöhnliche Zeug eben.“

„Ich weiß nicht“, antwortete er, während er nervös mit seiner Muschel spielte. „Ich lebe gern in Washington. Wahrscheinlich würde ich hier bleiben.“

Sie sagte bedeutsam: „Glaubst du, dass dich irgendwer nehmen würde?“

Diesmal blickte er sie scharf an. „Was, zum Teufel, meinst du damit?"

„Ich meine", erwiderte sie vorsichtig, „ob dich nach deinem Job im Labor jemand anstellen würde?"

Er sah sie starr an, dann wandte er sich ab und mied ihren Blick.

„Also, glaubst du das?", fragte sie unnachgiebig.

„Warum sollte man mich nicht anstellen?"

„Ich habe nicht gesagt, dass man es nicht tun sollte", fuhr sie fort. „Ich meinte, dass man es vielleicht nicht tun würde, denn das, was wir machen, könnte den Leuten einen gehörigen Schrecken einjagen. Viele wären darüber vielleicht zutiefst beunruhigt. Und nicht nur Ärzte."

„Ach, Toni, übertreibst du da nicht ein bisschen? Und außerdem, wie sollten sie es je herausfinden?"

„Nun, angenommen, sie finden es nicht heraus – was würdest du ihnen denn erzählen? Dass du während der letzten fünf Jahre als Taxifahrer gearbeitet hast? Du weißt sehr gut, dass sofort jemand quatschen würde, wenn man das Labor schließen sollte. Und du kennst die Mediziner. Innerhalb einer Woche würden es alle wissen. Hör zu, Al, wir vergessen manchmal, womit wir, vor allem ich, es eigentlich zu tun haben. Denn schließlich führe doch ich gemeinsam mit Michael die Operationen durch. Viele Menschen könnten unser Programm unmoralisch finden, manche sogar unethisch. Wir neigen dazu, das zu übersehen. Wir sind so hoffnungslos in Michaels Erfolgsstreben verwickelt, dass man uns beschuldigen könnte, wir hätten vergessen, was es eigentlich bedeutet, Arzt zu sein. Manchmal wache ich in der Nacht auf und kann nicht mehr einschlafen. Geht es dir nie so?"

Sie vermutete, dass es ihm auch so ging, der Art nach zu schließen, wie er seine Muschel untersuchte. Aber er wollte es nicht zugeben, weil er es sich selbst nicht eingestehen wollte. Manche Menschen halten es für besser, gewisse Dinge sogar vor sich selbst zu verbergen.

Sie wusste, dass sie richtig geraten hatte, als er ihrer Frage ausgewichen war. „In der Anästhesie geht es ein bisschen anders zu als in der Chirurgie, Toni. Ich trage nicht die gleiche Verantwortung wie du. Für mich ist es eigentlich verdammt gleichgültig, wen ich narkotisiere und warum, solange die Patienten nichts spüren."

„Und was war mit Claire?"

Sein Kopf schnellte hoch, er wurde blass und Toni wünschte, sie hätte nicht gefragt. Er war hoffnungslos in diese Pflegerin verliebt gewesen. Als sie infolge eines Milzrisses beinahe ums Leben gekommen wäre, hatte Michael behauptet, sie hätte sich freiwillig dazu bereit erklärt, ein Experimentalgehirn zu werden. Bei der Operation war dann aber irgendetwas schiefgegangen und sie war schließlich doch gestorben. Al hatte geweint, Michael und Katherine verflucht und behauptet, Claire hätte sich niemals freiwillig als Versuchskaninchen benutzen lassen und sie hätten sie nur genommen, weil sie vor ihrer Erkrankung einen Streit mit Katherine gehabt und dann erklärt hatte, dass sie kündigen wolle. Er hatte Katherine des Mordes beschuldigt und gefragt, wer im Labor denn noch sicher sei, wenn sie jemanden von ihren eigenen Leuten nahmen. Danach war er tagelang betrunken gewesen. Michael hatte alle angewiesen, Geduld zu üben, und obwohl Katherine gemeint hatte, dass Al neurotisch und potenziell gefährlich sei, hatten sie ihn weiterbeschäftigt. Zwei Wochen später war Al wieder ganz der Alte gewesen und fröhlich wie immer; er ahmte jedermanns Stimme nach und drehte sich nach jeder neuen Pflegerin um. Claire erwähnte er nie wieder.

„Was mit Claire war?", hörte sie ihn fragen. Seine Stimme klang dünn, seine Augen waren starr wie Stein. Offensichtlich hatte er Claire nie auch nur einen Augenblick lang vergessen.

„Ich hasse dieses Biest", sagte er, „und werde sie immer hassen. Es war ihre Idee."

„Wessen?"

„Wessen Idee das war? Was, zum Teufel, glaubst du denn? Katherines natürlich! Ich würde sie gerne in derselben Lage sehen wie Claire."

„Es tut mir leid. Wirklich."

Voll Zuneigung berührte sie ihn an der Schulter und sah dann nach der Sonne. Sie waren schon eine Weile da und seitdem sie das Boot verlassen hatten, war die Sonne sichtlich tiefer gesunken. Es war wohl Zeit zurückzukehren. Eine heiser krächzende Krähenschar, gezackte, schwarze Flecken vor dem heißen Blauweiß des Himmels, querte etwas weiter oben die Bucht. Ein Fisch sprang aus dem totenstillen Wasser.

Toni hoffte, dass Al das, was er über Katherine gesagt hatte, nicht wirklich ernst meinte.

Jemand, der scheinbar so gutmütig war und insgeheim einen derartigen Hass nährte, musste Probleme haben. Unter den Krankenschwestern kursierte das Gerücht, Al sei impotent, und dass es für ihn Sex nur in der Fantasie gab. Auch dies war beunruhigend. Ein Kerl, der sein Ding nicht hochbrachte, konnte das oft nicht verkraften, machte die Frauen für sein Problem verantwortlich oder begann im Unterbewusstsein alle weiblichen Wesen zu hassen.

Toni spielte mit den Muscheln, die sie gesammelt hatte. Sie würden sich gut machen in einem flachen Korb auf dem Cocktailtischchen in ihrer Wohnung in Georgetown. Sie dachte an ihre Wohnung mit den hohen, großen Räumen, an die Allee davor mit den untadelig gepflegten Villen. Sie hatte viel Geld und Zeit aufgewendet, um ihr Heim so vollkommen zu gestalten; teure, moderne Möbel, teure, moderne Gemälde. Sie konnte es sich kaum vorstellen, das alles aufzugeben, wenn sie ihren Arbeitsplatz und ihr Spitzengehalt verlor.

Sie wandte sich dem Boot zu, das von der langsam einsetzenden Flut sanft geschaukelt wurde.

„Ich glaube, wir sollten lieber fahren", sagte sie, „bevor das Ding da wegtreibt."

„Wie du willst."

Es klang nicht mehr so zornig. Sie stand auf und ging vor ihm zum Boot und ihr war bewusst, dass seine Augen wahrscheinlich wieder auf ihren Hüften und Beinen ruhten. Während sie miteinander redeten, hatte sie die ganze Zeit über beobachtet, wie er sich bemühte, nicht auf die Wölbung ihrer Brüste und auf die weiche Fülle der Schamhaare unter ihrem Bikinihöschen zu blicken.

Sie fühlte sich unbehaglich. Der Strand wäre wie geschaffen gewesen für Sex. Sonnengebräunte, nackte Körper, auf dem gelben Sand ineinander verschlungen, Schreie äußerster Ekstase vermischt mit dem Kreischen der Möwen und dem Ruf wilder Vögel und dem Knirschen der von kleinen Wellen bewegten Kieselsteine. Aber nicht mit Al. Als sie letzte Nacht nahe bei ihm gestanden hatte, nachdem sie nackt geschwommen waren, hatte sie sehr wohl bemerkt, wie sehr er sie begehrte. Ein etwas grausamer Teil in ihr hatte den Wunsch, ihn noch mehr zu erregen und zu prüfen, ob die Krankenschwestern recht hatten; dann allerdings hätte sie auf alle Fälle die Notbremse gezogen. Sie war nun froh, dass sie das nicht getan hatte. Sollte ihn doch eine Andere abweisen. Außerdem hatte ihr selbst ihre eigene Reaktion auf Katherine genug zu schaffen gemacht. Im weichen Licht des Mondes hatte Katherine so anders gewirkt als die kühle, distanzierte Frau, mit der sie jeden Tag arbeitete. Sie hatte nachher unruhig geschlafen, ein wenig eifersüchtig auf Michael, den sie anbetete, und hatte sich gefragt, ob es nicht irgendeine Möglichkeit gäbe, in Katherine ein ähnliches Gefühl zu wecken. Gleichzeitig war sie sich bewusst, dass sie es nie wagen würde, dies zu versuchen. Ihre Arbeit war viel zu wichtig, als dass sie irgendwelche peinlichen Situationen riskieren konnte.

Sie erreichten das Boot, schoben es ins Wasser und stiegen ein. Luczynski ruderte sie zurück. Er schien seinen Ärger rasch überwunden zu haben. Toni nahm im Stillen Abschied von dem kleinen Strand. Sie fühlte sich immer sentimental hingezogen zu hübschen, einsamen Plätzen, die sie wahrscheinlich nie wiedersehen würde.

Sie dachte wieder an Michael und Katherine. Dann lachte sie über sich selbst wegen ihrer Dummheit. Sonne und Meer und Wein und nackte Haut waren eine gefährliche Kombination – sie konnten lächerliche Dinge heraufbeschwören, die man normalerweise nie in Betracht ziehen würde.

Sie begann sich stattdessen mit der Operation zu beschäftigen, die sie am nächsten Tag durchführen sollte. Es war ihre feste Absicht, den Rest des Abends an nichts anderes mehr zu denken.

## 8

Mit dem Haus an der 6th Street waren zu viele Erinnerungen verbunden. Zu Beginn des Frühlings war Susan in eine Wohnung in der Nähe des Gehirnforschungslabors der Universitätsklinik gezogen. Dort holte Michael sie um halb sieben ab. Er hatte vorher angerufen und gesagt, dass sie außerhalb der Stadt zu Abend essen würden.

Im Vergleich zu dem Haus, das Susan mit John bewohnt hatte, war die Wohnung winzig. Sie bestand aus einem Schlafzimmer, einer Küche und einem kleinen Wohnzimmer. Die meisten Möbel, die in dem Haus gewesen waren, hatten Johns Mutter gehört; Susan hatte also ganz von vorne anfangen müssen. Es gab nur ein einfaches, flaches Bett und im Wohnzimmer lagen ein paar große, dicke Kissen um einen alten Tisch aus Kiefernholz, dessen Beine sie abgesägt hatte. An den Wänden hatte sie gerahmte Poster aufgehängt. Es war alles, was sie sich leisten konnte, aber sie fühlte sich hier bereits ganz zu Hause.

Sie hatte die Vorhänge im Schlafzimmer geöffnet und sah durch das Fenster, wie zwei Etagen unter ihr Michael sein Cabriolet parkte.

Sie schloss die Eingangstür zweimal ab und lief voll Vorfreude hinunter. Seit mehr als drei Wochen hatte sie Michael nicht mehr gesehen. Die Susan, mit der er heute ausgehen würde, war ein ganz neuer Mensch. Eines Morgens hatte sie beim Aufstehen beschlossen, ihr Witwendasein zu beenden und wieder die unabhängige Frau zu sein, die sie vor ihrer Beziehung mit John so lange gewesen war. Sie konnte schließlich nicht ewig um ihn trauern, es wäre selbstzerstörerisch und sie wusste, dass John selbst ihr als Erster recht gegeben hätte. Manchmal konnte sie ihn beinahe hören, wie er sie dazu drängte, nicht mehr nur an ihren Kummer zu denken, sondern sich wieder dem Leben zuzuwenden. Es hätte ihm ähnlich gesehen.

Und dann geschah es: Sie war plötzlich von einer drückenden Last befreit. Sie fühlte sich frei und Michael begann in ihren Gedanken aufzutauchen, nicht nur als hilfreicher Freund und möglicher Chef, sondern auch als ein sehr anziehender und begehrenswerter Mann.

Als sie an diesem Tag nach Hause kam, hatte sie plötzlich gedacht: Zum Teufel mit all der Förmlichkeit! Man sollte zwar Beruf und Vergnügen nicht vermischen, aber was schadete es denn? Sie zog die Bürokleidung aus, duschte, frisierte sich, brachte ihre Nägel in Ordnung und schlüpfte in ein leichtes Sommerkleid mit einem gewagten Rückenausschnitt und einem tiefen Dekolleté. Sie wandte zwanzig Minuten mehr als gewöhnlich für ihr Make-up auf und besprengte sich reichlich mit ihrem Lieblingsparfum. Ihr fiel auf, dass sie sich schon sehr lange nicht mehr solche Mühe gegeben hatte. John hatte sie immer lieber in Freizeitkleidung und Jeans gesehen, jene Susan, die noch in der Prärie lebte, sich meist mit Jungen umgab, mit denen sie auf dem Schulhof Fußball spielte.

Als sie Michael unten in seinem Wagen warten sah, kamen ihr für kurze Zeit Zweifel. Mein Gott, McCullough, dachte sie, er wird denken, dass du unehrenhafte Absichten hast. Dann lachte sie über sich selbst und setzte sich neben ihn auf den Beifahrersitz. Und wenn schon. Vielleicht war das gar nicht so schlecht.

„Hi."

„Du siehst wunderbar aus."

„Ich fühle mich auch wunderbar. Wohin fahren wir?"

„Zum Old Teamster."

Sie erinnerte sich an das Restaurant, das außerhalb der Stadt im Staate Virginia lag, etwa fünfundvierzig Minuten entfernt.

Michael kannte sich in Washington gut aus und brachte es fertig, die letzten Ausläufer des Stoßverkehrs größtenteils zu vermeiden, außer auf der Key Bridge, die von Georgetown über den Potomac führt. Sie fuhren durch die Vorstädte im Westen, dann durch einen Waldstrich; bald sahen sie Farmen auf sanft gewellten Feldern. Die Sonne ging gerade unter, als die Blue Ridge Mountains in Sicht kamen.

Es war ein milder Frühsommerabend. Susan lehnte den Kopf zurück und genoss den üppigen, frischen Landgeruch. „Es ist so herrlich, aus der Stadt herauszukommen."

„Kannst du segeln?"

„Nein, ich komme ja aus dem Mittleren Westen, erinnerst du dich? Aber ich würde es gerne probieren."

„Ich habe ein altes Boot gegenüber von Annapolis liegen. An einem Wochenende möchte ich damit mal den Chesapeake hinunterfahren."

„Das wäre wunderbar."

Sie kamen nicht bis zum Old Teamster. In der nächsten Kleinstadt fand gerade ein Jahrmarkt statt. Es gab eine Zuchtviehausstellung, ein Riesenrad und Karussells, Schießbuden und eine große Zahl von Spielautomaten. Susans Herz schlug höher. Jedes Jahr hatten ihre Eltern sie zum Jahrmarkt in der Nähe der Stadt Winner mitgenommen.

„Ach, Michael, lass uns anhalten!"

„Natürlich."

Er fuhr auf den großen Acker, der als Parkplatz diente, und während der nächsten zwei Stunden stopften sie sich mit Süßigkeiten voll und tranken Cola dazu, fuhren mit der Raumfähre und den Karussells; sie betraten das Lachkabinett und amüsierten sich über ihre grotesken, viel zu dicken oder zu dünnen Gestalten in den Zerrspiegeln. Sie warfen Münzen und schossen mit altertümlichen .22er Gewehren auf Reihen von bereits zerfetzten Enten und Kaninchen aus Holz. Susan gewann eine lächerlich aussehende Plastikpuppe, die so groß war wie das helläugige kleine Mädchen, dem sie sie gleich darauf schenkte.

In einem mit gelben Halbmonden, Sternen und Zauberzeichen übersäten blutroten Zelt breitete eine weißhaarige Zigeunerin Karten aus und las ihnen die Zukunft aus der Hand.

„Du wirst zwei Geliebte haben“, teilte sie Susan mit. „Den einen wegen seines Körpers, den anderen nur wegen seines Verstandes.“ Zu Michael sagte sie: „Und du bestehst aus zwei Menschen, wobei der eine den anderen verdeckt. Eine eifersüchtige Frau kann euch beide vernichten.“

Als sie lachten, wurde die Wahrsagerin zornig und drohte, sie zu verfluchen. Sie gingen weiter, um einem Trabrennen zuzusehen und sich dann die preisgekrönten Schafe, Hühner und Rinder anzugucken.

Ein zwei Wochen altes Jerseykalb saugte an Susans Fingern und sie fühlte die nasse, raue Zunge und den warmen Atem. Susan empfand eine Sehnsucht, die sie seit Jahren nicht mehr verspürt hatte. „Manchmal frage ich mich“, sagte sie, „ob das, was wir tun, überhaupt wirklich ist – Labore, Computer. Wenn ich mir den kleinen Burschen hier anschaue, kommt mir das alles irgendwie absurd vor.“ Sie kraulte das Kalb hinter den Ohren und fügte hinzu: „Mein Vater wollte immer eine Milchwirtschaft haben. Er hasste Hühner. Aber er konnte nie genug Geld für was Anderes aufbringen."

Aus unerklärlichen Gründen begann sie zu weinen. „Entschuldige, Michael. Vielleicht sollten wir lieber wieder fahren."

Er führte sie zum Auto zurück und sie fuhren in Richtung Washington. Sie waren still, sprachen kaum. Susan war verlegen. Sie hatte das Gefühl, den Abend verdorben zu haben. Von Zeit zu Zeit sah sie Michael von der Seite an. Jede Frau musste sich geschmeichelt fühlen, die mit ihm ausging. Mehr denn je wurde ihr seine starke sexuelle Ausstrahlung bewusst – etwas, das sie beinahe vergessen hatte. John war ein Denker und Träumer gewesen. In ihrem gemeinsamen Leben hatte es Anziehung eher auf dem geistigen Sektor gegeben, in dem sie beide so vollständig zu Hause gewesen waren. Johns brillanter Verstand und exzentrischer Charme hatten irgendwie wettgemacht, dass er nur selten körperlicher Leidenschaft nachgab.

Plötzlich sagte sie: „Das war wohl eine tolles Date mit mir, nicht wahr?"

„Alles in Ordnung."

Er berührte ihren Nacken und legte ihr die Hand auf die Schulter. Es war elektrisierend, sie spürte ihn am ganzen Körper.

Sie kamen nach Washington und wieder fühlte sie sich so wunderbar losgelöst wie beim ersten Mal, als er sie nach Hause gebracht hatte, wieder schuf der sanfte Lichtschimmer des Armaturenbrettes eine eigene Welt, eine Welt nur für sie beide. Sie nahm überhaupt nichts Anderes mehr wahr, bis sie anhielten. Sie befanden sich in einer unbekannten Straße vor einem unbekannten Gebäude.

„Hier wohne ich“, sagte er. „Komm mit rauf auf einen Drink.“

Susans Herz schlug höher. Die Uhr am Armaturenbrett zeigte elf. „Musst du morgen nicht operieren?“

„Das mache ich mit geschlossenen Augen.“

Er stieg schnell aus und ging zur Eingangstür. Susan folgte ihm zögernd. Das bedeutete Sex, dachte sie. Will ich das? Mit Michael?

Noch während sie es dachte, wusste sie bereits, dass sie es wollte. Seit Wochen gewollt hatte – seitdem sie aufgehört hatte, sich als Witwe zu fühlen, und auch gewusst hatte, dass es unvermeidlich dazu kommen würde. Als Michael die Tür öffnete und sie eintreten ließ, strich seine Hand warm über ihren nackten Rücken und sie spürte, wie sie in Erwartung des Kommenden zitterte.

Seine Wohnung im obersten Geschoss des vierstöckigen Gebäudes war ein sehr großes Atelier mit Oberlichtern und riesigen Glasschiebetüren, die sich vor einer bepflanzten Terrasse öffneten. Von dort führte eine schmiedeeiserne Wendeltreppe zu einem Dachgarten. Michael goss eisgekühlten Weißwein in zwei Gläser und sie gingen damit hinaus und nahmen auf einem Sofa Platz. Susan zog die Beine an. Der weite Rückenausschnitt ihres Kleides und das tiefe Dekolletee gaben ihr plötzlich das Gefühl, völlig nackt zu sein.

Er sagte leise: „Seit Wochen machst du mich total verrückt, weißt Du das?“

Sie unternahm einen halbherzigen Versuch auszuweichen.

„Michael, wir sollten das nicht tun.“

„Wegen John?“

„Nein. Nicht wegen John.“ Aber stimmte das? Fürchtete sie sich davor, plötzlich mittendrin an ihn zu denken und die Nerven zu verlieren? Sie glaubte es eigentlich nicht, aber im Moment war sie nicht ganz sicher.

„Du wolltest vielleicht sagen: wegen der Arbeit?"

Sie zögerte. Und konnte es sich nicht verkneifen, ein wenig zu flirten. „Eigentlich nicht. Ich dachte eher an sie."

Er sah überrascht aus. „An wen?"

„Weiß ich nicht. Es muss doch jemanden in deinem Leben geben. Ich glaube dir nicht, wenn du es abstreitest."

Er zuckte die Schultern. „So ab und zu, natürlich."

„Wenigstens bist du ehrlich. Ist sie nett?"

„Ja, wir sind gute Freunde."

„Aber du bist nicht in sie verliebt?"

„Nein."

„Liebt sie dich?"

„Ich weiß nicht. Sie hat es nie gesagt. Ich hoffe nicht."

„Wenn es nur um Sex geht, warum gibt es dann nur die eine?"

Er lächelte. „Ich habe zu viel zu tun. Eine komplizierte Geschichte kann ich nicht gebrauchen. Und ich habe auch keinen Paschakomplex."

Susan studierte sein Gesicht, dann stellte sie ihr Glas ab. Das Herz schlug ihr bis zum Hals und ihr Mund war ausgetrocknet. Sie konnte ihre eigene Stimme kaum hören. Sie sagte: „Soll ich dir was sagen?"

„Was?"

„Zum Teufel mit ihr."

Dann küsste er sie, sehr sanft zuerst, dann mit größerer Leidenschaft. Er nahm sie an der Hand und führte sie ins Schlafzimmer zu dem breiten, niedrigen Bett und begann, sie auszuziehen. Sie ließ sich hilflos dahintreiben. Als er sich selbst auszog und sie dann an sich presste und sie seine lange Härte an ihrem Bauch spürte, befiel eine ungeheure Schwäche ihren ganzen Körper. Als er begann, ihren Hals und ihre Brüste zu küssen, ließ sie die eigenen Hände wandern. Sie strich mit den Fingern über seine Schenkel und seinen flachen Bauch, sie genoss ihre eigene wunderbare und unmittelbare Reaktion, wenn sie ihn berührte. Das dringende Verlangen, ihn zu besitzen, war fast schon schmerzhaft.

Sie wusste, dass er sie warten ließ. Sein Mund forschte weiter, weiter unten. Sie presste sich an ihn, wünschte, dass er aufhörte, wünschte gleichzeitig, er möge niemals aufhören. Sie hielt seinen Kopf zwischen ihren Beinen, fuhr mit den Fingern durch sein dichtes Haar. Die warme, suchende Hitze seines Mundes ließ sie alles vergessen – außer ihrem Wunsch nach Befreiung.

Es kam plötzlich und in Wellen. Sie ließ sich fallen. Und dann wieder und wieder, sie nahm nur ihre Empfindungen wahr, wusste nicht, wo sie war und was sie tat. Und schwach hörte sie den Schrei ihrer eigenen Stimme von irgendwoher.

Wieder und wieder dieses Gefühl, bis es scharf war wie eine Messerschneide. Doch gerade, als sie es nicht mehr länger aushielt, drang er in sie ein, sein erster langer Stoß tief und stark, dann ein langsamer, aufpeitschender Rhythmus, der ihren ganzen Körper zu füllen schien, seine Arme unter ihren Schultern hielten sie aufrecht, eng an sich gepresst, sein Gesäß war wie Marmor.

Der Rhythmus beschleunigte sich. Sein Geruch war intensiv und animalisch, sie fühlte die Härte seiner Muskeln an ihren Brüsten, er begann zu keuchen. Sie ließ sich wieder fallen, stieß zurück. Und dann nahm sie nichts mehr wahr, nur noch seine Schreie, gedämpft an ihrem Hals und in ihrem Haar, das mächtige Erschauern seines ganzen Körpers. Und die flammende Hitze, die sie in sich verspürte, als er kam. Die Leidenschaft trug sie höher und höher, wie ein Wirbelwind.

Nachher war da das lange, träge, süße Gefühl des Zusichkommens, das Dahintreiben in einem Halbtraum.

Sie nahm ihn wieder wahr, er war noch in ihr und küsste sie sanft auf den Mund.

„Hallo."

„Ich kann gar nicht glauben, was du da mit mir gemacht hast."

Ihre Arme schlossen sich um ihn. Sie wollte, dass er sie nie wieder verließ. Als er sich entspannte, war das Gewicht seines Körpers ein süßer, warmer Schutz, eine Decke, die alles umschloss, was sie empfunden hatte, die nichts von dem entkommen ließ, was sie geteilt hatten.

„Möchtest du etwas trinken?"

„Ja, bitte."

Ohne sich zurückzuziehen, half er ihr, sich aufzurichten, und hielt ihr das Weinglas an die Lippen. Sie trank, küsste seine Schulter und seine Brust und legte sich wieder zurück, während sie ihn zu sich hinabzog.

„Wo sind wir gewesen?"

„Weiß ich nicht. Ich habe mich irgendwo verloren."

„Ich auch."

Sie küsste sein Gesicht und öffnete ihren Mund für den seinen.

Es war ein sehr sanfter Kuss, seine Zunge weich und ruhig an ihrer.

Sie fühlte einen schwachen Stich des Entzückens. Dann noch einen. Und auf wunderbare Weise begann er wieder in ihr zu wachsen. Sein Kuss wurde härter, sein Mund beharrlicher. Sein Körper bewegte sich gegen den ihren. Sie fühlte, wie sie die Bewegung erwiderte.

Eine kurze Vision von John trieb irgendwo hinter ihren Augen vorbei, dann erlosch sie wie ein Licht. Das war nicht John, war es nie gewesen. Es war Michael.

Ihre Arme schlossen sich noch einmal fest um seinen Rücken. Da war eine ganz neue Empfindung, heiße, hemmungslose Sinnlichkeit. Sie spürte ihn in sich, riesenhaft, er schien alles auszufüllen. Sein Körper wurde zu ihrem Körper und ihrer zu seinem, wild, vertraut jetzt, heftig in Begehren und Besitzgier, das gespreizte Weibliche, das hineinstürzende Männliche. Nichts in der Welt hatte eine Bedeutung mehr, außer ihre beiden zu einem verschmolzenen Körper.

Viel später, kurz vor dem Einschlafen, dachte Susan plötzlich an die alte Zigeunerin auf dem Jahrmarkt. „Du wirst zwei Geliebte haben“, hatte sie gesagt. „Den einen wegen seines Körpers, den anderen wegen seines Verstandes.“

Wie absolut lächerlich, dachte Susan.

## 9

Drei Tage später fuhr Susan am Morgen zu dem Gehirnforschungslabor, das die Borg-Harrison-Stiftung von den National Institutes of Health gemietet hatte.

Der Besuch war eine Formalität. Sie wusste, dass sie Michaels Angebot annehmen würde. Wie konnte sie auch anders? Sie hatte Johns Arbeit zu Ende geführt, und wenn auch die Sicherheit verlockend war, die ihr das alte Labor geboten hatte, so war doch die Arbeit, die sie dort leitete, nicht gerade eine Herausforderung. Es war der ideale Zeitpunkt weiterzukommen.

Außerdem war Michael da. Sie hatte noch nie einen Mann wie ihn gekannt. Die Erinnerung an ihren zweiten gemeinsamen Abend und den darauf folgenden Morgen war noch sehr lebendig. Als sie aufwachte, hatte er mit der Kaffeekanne in der Schlafzimmertür gestanden, nackt, nur ein Handtuch lässig über eine Schulter geworfen, sein Körper schlank und kräftig und schön, und der Gedanke, dass sie je auf ihn verzichten sollte, schien ihr unvorstellbar.

Am Ward Circle gegenüber dem grauen Steinbau und den Eichen vor der American University bog sie in die Nebraska Street mit ihren ruhigen Vorstadtseitengassen und Häusern ab, verließ dann auf der Wisconsin Avenue den District of Columbia und gelangte nach Maryland.

Der Verkehr wurde schwächer. Sie fuhr gegen den Pendlerstrom; bald erreichte sie die National Institutes of Health. Sie fuhr durch eine von Ziegelpfeilern begrenzte Einfahrt und dann über eine der vielen glatten, schwarz asphaltierten Straßen zwischen den Rasenflächen und Büschen, die die verschiedenen Institute, Kliniken und Labore auf dem weitläufigen Gelände voneinander trennten.

Sie fand das Forschungslabor von Borg-Harrison am Ende einer ruhigen, von Bäumen gesäumten Sackgasse. Es war ein abseits gelegener dreigeschossiger Ziegelbau mit eigenem Parkplatz.

Sie stellte den Wagen ab und betrat das Gebäude. Der Empfang war mit einem Brunnen, Grünpflanzen und indirekter Beleuchtung modern ausgestattet und wurde durch eine Barriere mit einem Drehkreuz in zwei Hälften geteilt, das von einem jungen weiblichen Posten mit einem Revolver in der Pistolentasche bewacht wurde. Die junge Frau zeigte kein Lächeln. Arrogant, dachte Susan.

„Ich habe eine Verabredung mit Dr. Burgess. Mein Name ist McCullough. Susan McCullough." Es klang sehr förmlich. Sie hatte beschlossen, ihre berufliche Beziehung zu Michael strikt von persönlichen Gefühlen zu trennen. Niemand durfte auch nur andeutungsweise ihre Vertrautheit bemerken.

Der Posten gab die Information telefonisch weiter und forderte Susan auf, ein Formular mit der Angabe des Besuchsgrundes zu unterschreiben.

Susan tat es. Sie hatte zwar Sicherheitsvorkehrungen erwartet, aber nicht in diesem Ausmaß. Unmittelbar darauf erschien eine Frau Anfang dreißig. Sie trug einen weißen Ärztekittel; das tizianrote Haar war in einem französischen Knoten im Nacken zusammengefasst. Susan fand sie außerordentlich attraktiv. Eine Ausweiskarte am Aufschlag des Kittels identifizierte sie als Dr. Blair. Sie war offensichtlich die Mitarbeiterin, von der Michael gesprochen hatte.

Bernsteinfarbene Augen betrachteten Susan. Sie lächelte freundlich. „Susan? Guten Tag. Ich heiße Katherine Blair. Hatten Sie Schwierigkeiten herzufinden?"

Susan verneinte und erfuhr, dass Michael unerwarteterweise gerade bei einer Operation benötigt wurde, aber in ein paar Minuten fertig sein würde. Katherine nahm ihren Ausweis ab und steckte ihn in einen Schlitz am Drehkreuz, sodass Susan durchgehen konnte. Am anderen Ende der Halle wiederholte Katherine die Prozedur an einer Tür mit der Aufschrift „Unbefugten ist der Eintritt verboten." Sie blickte Susan mit einem leicht verlegenen Lächeln an. „Entschuldigen Sie diese extremen Sicherheitsmaßnahmen. Admiral Burnleigh, der Vorsitzende der Stiftung, spinnt ein bisschen in dieser Hinsicht."

Hinter der Tür lag ein langer Korridor. Ein zweiter Posten versperrte den Zutritt. Susan musste nochmals ein Formular unterschreiben. Sie bemerkte einen Monitor, über den der Posten einen zweiten Kontrollpunkt irgendwo in einer offenen Halle überwachen konnte.

„Das ist unsere chirurgische Abteilung in der dritten Etage", erklärte Katherine. „Hier unten sind nur Büros. Im ersten Stock befinden sich unsere Cafeteria, die meisten Forschungslabore und die Zentraleinheit des Großrechners. Wir haben einen Data General Eclipse MV 8000."

„Nur für euch allein?"

„Nur für uns allein." Katherine lachte. „Borg-Harrison gab uns einen Blankoscheck, als wir dieses Labor eröffneten, und da haben wir zugeschlagen."

Sie führte Susan den Korridor entlang. Er war mit Teppichboden ausgelegt, der jedes Geräusch schluckte. Türen führten in einen Archivraum, in die Personalabteilung und verschiedene andere Büros. Durch eine der Türen betraten sie einen als Sekretariat dienenden Vorraum mit einem Schreibtisch, wo Susan Gladys vorgestellt wurde, einer untergewichtigen, rothaarigen Person in mittleren Jahren, die an einer Halskette bunte Strassanhänger trug. Wie Katherine erklärte, war es eigentlich Gladys, die den Laden hier im Griff hatte.

Von Gladys' Zimmer erreichte man zwei weitere Büroräume, beide freundlich und sonnig. In dem einen sah Susan Bücherschränke mit medizinischen Werken und Zeitschriften, Fotografien und Drucke von Segelbooten. Der Schreibtisch war groß, modern und ordentlich aufgeräumt.

„Hier arbeitet Michael", sagte Katherine. Sie führte Susan in das zweite Büro, wo Grünpflanzen vor dem Fenster standen und hübsche Reproduktionen verschiedener französischer Impressionisten an den Wänden hingen. „Und hier ist mein Reich. Ich muss Sie bitten, dies hier zu unterschreiben, und dann stelle ich Sie Henry Palmer vor. Er brennt schon darauf, Sie kennenzulernen."

Michael hatte Dr. Palmer erwähnt. Er war Neurologe und Neurophysiologe und auf Neurobiologie spezialisiert. Bevor er zu Borg-Harrison gekommen war, hatte er an der Universität von New York verschiedene interessante und innovative Arbeiten im Bereich der Neurometrik durchgeführt. Er war gut, aber nicht so gut wie John.

Katherine holte ein Formular hervor. „Ich bitte nochmals um Entschuldigung, aber wir alle mussten das unterschreiben. Ein Teil der Arbeit, die wir für die Regierung leisten, ist nämlich streng geheim."

Susan las, dass sie, falls sie irgendetwas von dem, was sie im Labor hörte oder sah, weitererzählte, gegen die nationalen Sicherheitsvorschriften verstieß und sich strafbar machen würde. „Oh!", sagte sie.

Katherine lachte. „Ich weiß. Das sagten wir alle, als wir es zum ersten Mal lasen."

Susan unterschrieb und sie gingen in den Korridor

zurück, wo Katherine mit Hilfe ihrer Ausweiskarte einen Fahrstuhl rief.

„Jeder hat hier eine eigens kodierte Ausweiskarte", erklärte sie, „sodass er überall dort hineinkann, wo er seinem Geheimhaltungsstatus entsprechend hindarf."

Der Fahrstuhl hielt in der ersten Etage. Sie stiegen aus und durchquerten einen kleinen Vorraum vor den Forschungslaboren. Dann befand sich Susan in einem Paradies für Neurophysiologen. Es schien hier sämtliche erdenklichen Geräte und Apparate für die Gehirnforschung zu geben, von einer schweren, breiten Elektroenzephalogramm Konsole und einer schall- und lichtdichten Analysekabine bis zum allermodernsten PETT, dem Positronen Emissions Transaxial-Tomographen, der Teile des Gehirns sowohl horizontal als auch vertikal fotografierte.

Es gab auch eine ganze Batterie von Computern, einschließlich der modernsten neurometrischen Übersetzer und eines großen Terminals, der für dreidimensionale CAT Scanner Untersuchungen mit Hilfe der Sheltonschen Stereotaktikmethode ausgerüstet war. Und es gab elektrophysiologische Verstärker, die die elektrische Aktivität von Neuronen im Millivoltbereich erfassten und auf Millimeterpapier übertrugen, sowie eine Biofeedback Apparatur mit einem speziell eingebauten Thermodrucker.

Ein kleiner, grauhaariger Mann stand von seinem Tisch auf, um Susan zu begrüßen. „Guten Tag, guten Tag, Susan McCullough. Das ist ja so aufregend für mich. Ich heiße Henry Palmer."

Er sah aus wie ein etwas schusseliger Großvater und Susan mochte ihn sofort. In Minutenschnelle zeigte er ihr die angrenzenden Labore, wo weißgekleidete Forscher Gehirnuntersuchungen an Fischen und Affen durchführten. Sie wurde einem halben Dutzend Studenten vorgestellt und beschloss dann, sich die Besichtigung der „Zwinger" zu ersparen, wo Ratten und Affen für Versuche gehalten wurden. Labortiere in Käfigen hatten sie schon immer verstört, auch wenn sie noch so wichtig waren. Sie ertrug es nur schwer, die Affen zu beobachten, die unvermeidlich in Wahnsinn verfielen.

„Sie können mit mir im Zentrallabor arbeiten, wenn Sie wollen", erklärte Palmer. „Oder wir stellen eine Trennwand auf, sodass Sie Ihre Ruhe haben. Sicherlich bin ich nicht so genial wie John Flemming, aber mit Ihrer persönlichen Kenntnis seiner Forschungen und Techniken bringen wir gemeinsam vielleicht Einiges zuwege."

„Er ist wahnsinnig nett", sagte Susan später zu Katherine in der Cafeteria, „und es ist einfach unglaublich, was für Geräte ihr habt." Sie saßen an einem Tisch und tranken Kaffee, bis Michael endlich auftauchte, gemeinsam mit zwei anderen Ärzten – einem großen, bärtigen Mann und einer attraktiven, jungen Asiatin. Michael war förmlich. Er entschuldigte sich für seine Verspätung und stellte die anderen vor. „Al Luczynski, unser Anästhesist; lass dich nicht dadurch verwirren, dass er wie ein Bär aussieht. Und auch nicht dann, wenn die Stimme eines anderen aus seinem Munde ertönt. In Wirklichkeit ist er harmlos. Er jagt uns nur von Zeit zu Zeit einen Schrecken ein. Und das ist Toni Soong. Toni führt die Operationen zum größten Teil durch, während ich ihr dabei zusehe."

Susan fand die beiden genauso nett wie Henry Palmer. Als Katherine gehen musste – „denn vor allem muss ein Arzt pünktlich sein" –, nickte sie Al Luczynski zu. „Ich hoffe, Sie kommen zu uns, Susan, wenn auch nur, um den da unter Kontrolle zu halten."

Luczynski errötete oberhalb seines Barts und zu Susans

Verblüffung ahmte er Katherine perfekt nach. Alle lachten. Susan beobachtete, wie Katherine hinausging. Als Michael vorhin hereingekommen war, hatte sie flüchtig einen seltsamen Ausdruck in ihren Augen bemerkt. Eine Art Furcht, mit einem Anflug von Feindschaft. Warum?

Unten in Michaels Büro blieb sie weiter förmlich. Ein wichtiger Teil ihrer Arbeit war noch immer unklar. „Michael, was ist mit den Freiwilligen? Ich würde gerne mit einem oder zwei von ihnen sprechen."

Er antwortete nicht sofort. Dann sagte er: „Das geht leider nicht."

Sie war überrascht. „Weil ich nicht offiziell hier bin?"

„Selbst dann ginge es nicht." Er lächelte und hob die Hand, als wolle er ihren unvermeidlichen Einspruch abwehren.

„Ich weiß, dass das lächerlich scheint, du musst ja mit ihnen arbeiten. Aber leider ist es ihr eigener Wunsch. Sie wollen mit niemand anderem Kontakt haben als mit ein paar Pflegern und Ärzten: also mit mir, Soong, Katherine, Al Luczynski und seit Kurzem auch mit Palmer. Vorläufig werden wir die Kopfhautelektroden dort ansetzen, wo du sie haben willst, und natürlich auch die Tiefenelektroden, die ja ohnehin wir einsetzen müssen."

Susan fühlte sich in unangenehmer Weise ausgeschlossen, doch andererseits war sie nicht allzu überrascht; bereits früher hatte Michael ihr auf einige ihrer Fragen ausweichende Antworten gegeben. Offensichtlich bestanden die Sicherheitsvorkehrungen bei Borg-Harrison nicht nur aus den Wachtposten.

Er schien ihre Gedanken zu lesen. Plötzlich sagte er: „Hör zu, Susan, du denkst, dass ich dir nicht alles über unser Programm erzählt habe. Nun, du hast recht. Es gibt hier Aspekte, die ich mit niemandem besprechen kann, der nicht schon einige Zeit bei uns verbracht hat. Irgendwann werde ich es aber sicher tun. Aber nicht jetzt gleich. Was du da unterschrieben hast – das war nicht bloß Unfug. Wir haben es hier mit einigen sehr sensiblen Forschungsgebieten zu tun. Hilft dir das?"

Seltsamerweise half es. Dass sie keinen direkten Zugang zu den Freiwilligen hatte, würde ihre Arbeit nicht unmöglich machen, dachte sie, und er hatte ja gesagt, dass dieser Zustand nicht ewig dauern würde.

Sie lächelte und sagte forsch: „Okay, Dr. Burgess, Dr. Palmer hat vorgeschlagen, eine Trennwand aufzustellen, sodass ich in Ruhe arbeiten kann. Ich brauche außerdem einen Data General Terminal, der sich mit eurer Eclipse-Zentraleinheit verträgt, und wenn ihr auch glaubt, dass ihr hier schon alles habt, so stimmt das nicht, und deshalb bereite dich darauf vor, einige spezielle neurometrische Apparaturen anzuschaffen, die von John eingeführt wurden und die nicht billig sein werden. Ihr habt zwei Wochen Zeit."

Michael stand von seinem Schreibtisch auf. „Ich werde mich ebenso kurzfassen", sagte er. Er zog sie hoch und küsste sie fest und rasch. „Und das war das letzte Mal, dass derlei hier geschieht, Miss McCullough."

Er öffnete die Tür. „Gladys, bring bitte 'ne Cola oder sonst etwas von dem scheußlichen Zeug, das kein Champagner ist, und das wir trinken, wenn wir gerade ein neues Genie angestellt haben."

Eine halbe Stunde später, als Michael sie zu ihrem Wagen begleitete, hatte Susan einen letzten Augenblick der Schwäche. Hatte sie ihre Entscheidung aus dem falschen Grund getroffen: wegen Michael und nicht wegen der Arbeit hier? Hoffentlich nicht, dachte sie. Als sie so nebeneinander hergingen, berührten sich ihre Schultern ein- oder zweimal. Es war ein bekanntes und aufregendes Gefühl, und sie musste sich zwingen, nur an die Arbeit zu denken, die vor ihr lag, und die damit verbundenen Probleme nochmals abzuwägen.

Als sie dann aber allein nach Hause fuhr, konnte sie ihre persönlichen Gefühle nicht länger unterdrücken. Washington hatte noch nie so herrlich ausgesehen und der morgige Abend, wenn Michael sie zum Essen abholen würde, erschien ihr mehrere Lichtjahre entfernt.

## 10

Eine Woche später fuhr Katherine zur zentralen Hauptstelle der Borg-Harrison-Stiftung in der Massachusetts Avenue. Das Gebäude war früher die Residenz eines Botschafters gewesen. Man erreichte es über einen Fahrweg, der durch massive Eisentore führte und sich dann über eine schattige Rasenfläche hinwand, die von beschnittenen Büschen und Blumenbeeten unterbrochen wurde.

Katherine war immer wieder ein wenig überrascht, wie imposant hier alles war. Da sie den ganzen Tag über nur in der abgeschotteten Welt des Labors zu tun hatte, verlor sie die vielen anderen Aktivitäten der Stiftung oft aus den Augen: die Ratschläge, die Borg-Harrison als Denkfabrik der Regierung wie auch der Privatindustrie zur Verfügung stellte, die politische und militärische Beurteilung anderer Nationen, die Forschungen im Bereich der Biogenetik, der Ökologie und des Umweltschutzes, die bahnbrechenden Studien über Licht, Laser und Ultraschall.

Admiral Burnleighs Büro befand sich im ersten Stock. Glastüren führten auf einen Balkon, von wo aus man den Fahrweg überblickte. Man erreichte das Büro über eine breite, offene Treppe. Sie führte von der marmorverkleideten Vorhalle, die mit den Büsten früherer Präsidenten der Vereinigten Staaten und mit primitiver indianischer Malerei in Blattgoldrahmen geschmückt war, in die erste Etage.

Der Admiral war noch nicht da. Er war bei einem Besuch im Weißen Haus aufgehalten worden. Die Sekretärin führte sie in sein Büro, brachte ihr Kaffee und die Washington Post. Katherine setzte sich in einen tiefen Ledersessel und wartete.

Sie war in großer Sorge gewesen und hatte alles Erdenkliche getan, um ihr Selbstvertrauen zu stärken, wobei sie auch mehr Zeit als gewöhnlich für ihr Aussehen, für Make-up, Frisur und Kleider aufgewendet hatte. Das Resultat dieser Bemühungen war jedoch nicht für Burnleigh bestimmt; der Admiral gehörte nicht zu denjenigen, die sich durch weibliche Schönheit oder Tricks beeinflussen ließen. Sie wollte einfach gut aussehen, sich selbst zuliebe. Was Burnleigh betraf, so verließ sie sich auf ein anderes Mittel.

Die Basis dafür hatte sie vor fünf Jahren geschaffen, als sie Michael das erste Mal unter Druck gesetzt hatte, sie mitarbeiten zu lassen. Sie wusste, dass Burnleigh selbst sie unter die Lupe nehmen würde; Michael hatte ihr erzählt, dass er sich direkt und persönlich für das Projekt interessierte. Ohne Michael davon zu unterrichten, hatte sie damals kühn entschlossen Burnleigh angerufen und war zu ihm gefahren, wobei sie keinen Versuch gemacht hatte, ihren Ehrgeiz zu verbergen, eine größere Rolle spielen zu wollen als die des Psychiaters im Forschungsteam. Wenn sie einmal in der Zentrale eine Position erreicht hatte, in der alle künftigen medizinischen Projekte von Borg-Harrison ihrer Kontrolle unterstanden, dann hätte sie endlich den gleichen Status wie ihr Vater.

Leicht amüsiert hatte Burnleigh von ihr wissen wollen, was sie als ihre besondere Qualifikation betrachtete und sie hatte freimütig geantwortet: „Sir, ich will Michael gegenüber nicht illoyal sein, er ist ein wissenschaftliches und medizinisches Genie, aber kein Geschäftsmann. Sie geben Millionen für das Labor aus und ich denke doch, dass es für Sie wichtig wäre, jemanden dort zu haben, dem Sie vertrauen können; jemanden, der Sie wissen lässt, wie die Dinge wirklich liegen – und nicht, wie man vielleicht glaubt oder hofft, dass sie liegen."

Er hatte sie prüfend angesehen; die stahlblauen Augen hatten nicht verraten, was er dachte, dann hatte er plötzlich seine Entscheidung getroffen. Er hatte gelacht – eines der wenigen Male, dass Katherine ihn lachen sah – und dann nannte er sie eine geborene Politikerin. „Sie als mein Mann im Labor, mein liebes Mädchen? Warum nicht?" Danach hatte er sie zu einem sündhaft teuren Mittagessen ausgeführt, um eine unausgesprochene Abmachung zu besiegeln: Beide planten einander zu benutzen und sich dafür selbst willig benutzen zu lassen. Sie hatten ihr Verhältnis nie dadurch gefährdet, dass sie miteinander schliefen, auch wenn es Zeiten gab, in denen sie beide es gewollt hätten, wie Katherine wusste. Burnleigh war ein Mann, der die Art Erfolg erzielte, die sie als sehr verführerisch empfand.

Nun saß sie müßig da, ließ die Atmosphäre des Büros auf sich wirken und versuchte, es mit dem Mann in Einklang zu bringen, den sie kannte.

Da waren die üblichen Fotos verschiedener Präsidenten und ausländischer Staatsoberhäupter mit deren Unterschriften. Es gab Regale mit Büchern über Recht und Seefahrt, angesehenen Zeitschriften, Bildern von Kindern und Enkeln; an den Wänden hingen eingerahmte Diplome und Urkunden über die Verleihung von Ehrentiteln. Eleanor Burnleigh, etwa sechzig und weißhaarig, ganz und gar die Tochter einer alteingesessenen, vornehmen Bostoner Familie, blickte starr, aber freundlich, von einem silbergerahmten Foto.

Nichts war hier, das mehr über den Chef verraten hätte, als andere Büros über andere, ebenso hohe Beamte. Ausgenommen vielleicht ein Foto des Admirals als Kadett in Annapolis, die ihn als zart gebauten, jungen Mann zeigte, dessen Augen, die viel älter waren, als es seinen Jahren entsprach, eisernen Willen widerspiegelten. Diesen Blick hatte Katherine bei dem Burnleigh gesehen, den sie kannte.

Sie hatte bereits die zweite Tasse Kaffee getrunken, als er endlich erschien, derselbe zart gebaute Mann wie auf dem Foto, doch grauhaarig und mit randloser, getönter Brille.

„Entschuldigen Sie, meine Liebe. Der Präsident ist ein so fürchterlicher Dummkopf mit all seinen Geschichten über die gute alte Zeit bei der Luftwaffe. So können Sitzungen ewig dauern. Manchmal wünschte ich, er hätte nie im Leben ein Flugzeug gesehen."

Sie ließ sich von ihm auf die Wange küssen, und sobald er sich an seinen massiven Schreibtisch gesetzt hatte, verlor sie keine Zeit mehr. „Ich muss Ihnen das hier vorlegen, Herr Admiral. Es wird Ihnen nicht gefallen, aber wir brauchen das, was hier beschrieben ist, sofort."

Sie entnahm ihrer Aktenmappe ein aus einer einzigen Seite bestehendes Memorandum und beobachtete ihn, während er es las.

Als er es zurücklegte, zeigte sein Gesicht keinerlei Ausdruck, aber er nahm einen kleinen goldenen Bleistift – der stets ordentlich neben dem Schreibblock lag – und begann, ihn sachte zwischen Daumen und Zeigefinger zu drehen. Seit Langem wusste Katherine, dass diese Eigenheit ein Barometer war, an dem man den Grad seines Missvergnügens ablesen konnte.

Er fragte: „Warum?"

„Weil", antwortete Katherine, „Miss McCullough erklärt, Flemming und sie seien immer der Ansicht gewesen, dass ihre Arbeit um hundert Prozent schneller vorangegangen wäre, hätten sie sich diese Apparaturen leisten können. Da wir uns nun schon Flemmings Alternativbereichsentwicklung verschrieben haben, finde ich, dass wir Miss McCullough alles geben sollten, was sie braucht."

Er drehte den Bleistift noch einen Augenblick, bevor er antwortete: „Was halten Sie von McCullough, ich meine, jetzt, da sie endlich bei euch arbeitet?"

Katherine hatte die Frage erwartet und sich eine vorsichtig neutrale Antwort zurechtgelegt. Das Unbehagen, das Michaels Interesse an Susan bei ihr verursachte – ein Interesse, das Michael nicht völlig hatte verbergen können – ging Burnleigh nichts an. Sie sagte: „Beruflich gesehen ist sie recht ausgeglichen. Sie scheint keine besonderen Eigenheiten zu haben, außer, dass sie sich vielleicht ihrer selbst nicht ganz bewusst ist. Das ist bei Studenten höherer Semester aber oft der Fall, und zwar deshalb, weil sie zu sehr mit ihrer Arbeit beschäftigt sind."

„Wie klappt es mit den Geheimhaltungsmaßnahmen?"

„Bis jetzt hatten wir keine Probleme. Und ich glaube nicht, dass wir welche bekommen werden."

Burnleigh lächelte kaum merklich. „Ich hoffe, dass Sie recht behalten, Katherine, ich hoffe es wirklich. Was ist mit Dr. Palmer?"

„Palmer befand sich in großen finanziellen Schwierigkeiten, die sich beseitigen ließen, als er zu uns kam. Er tut, was ich verlange, besonders dann, wenn es irgendwie Miss McCullough betrifft."

Burnleigh blickte nochmals auf das Memorandum. „Wenn wir ihr diese Apparaturen zur Verfügung stellen, wie lange wird es dauern, bis sie sich amortisieren?"

„Das hängt von Flemmings Theorien ab und davon, wie weit und bis wann sie und Palmer diese Theorien in die Praxis umsetzen können."

„Hat sie diesbezüglich irgendetwas angedeutet?"

„Sie meinte, es würde mindestens ein Jahr dauern."

Burnleigh legte den goldenen Bleistift nieder. Er sagte: „Ich habe vor Kurzem versucht, Michael klarzumachen, dass wir nicht mehr als ein Jahr zur Verfügung haben."

„Er hat Sie auch verstanden, aber als wir dieses Programm starteten, konnten wir nicht mit den unvorhergesehenen wirtschaftlichen Schwierigkeiten und den dadurch verursachten großen Budgetüberschreitungen rechnen, die uns wiederum zwangen, die EGs unter solchen Druck zu setzen und mit einer derartigen Menge Arbeit zu belasten, dass sie sie einfach nicht bewältigen können. Wo man nur hinsieht, brechen sie zusammen. Verfolgungswahn, Schizophrenie, Hysterie und so weiter; kaum haben wir eine Gruppe beisammen, ist sie schon wieder dezimiert. Wenn das so weitergeht, und ich sehe keinen Ausweg, werden wir bald keine EGs mehr haben, die wir auch nur für irgendetwas verwenden können, schon gar nicht für Flemmings ABE Experimente. Miss McCullough und alle diese Apparate, die sie verlangt, sind dann nur hinausgeworfenes Geld."

Burnleighs Gesicht blieb ausdruckslos. Die Augen hinter den getönten Gläsern sahen wie schwarze Stecknadelköpfe aus. Er sagte: „Was unternehmt ihr gegen diese Geisteskrankheiten? Ich meine, in medizinischer Hinsicht. Hilft keines der neuen Medikamente?"

„Ich setze bereits alle erhältlichen Antischizophrenika, Antidepressiva und Tranquilizer ein, angefangen von Diazepam, das ist das wohlbekannte Valium, über Imipramin bis zu Lithium. Man könnte ebenso gut versuchen, eine Lawine aufzuhalten."

„Wie viele arbeiten zum gegenwärtigen Zeitpunkt?"

„EGs? Nur fünf. Letzte Woche haben wir wieder eines verloren."

„Habt ihr keine Möglichkeit, euch mehr EGs zu besorgen?"

„Doch. Aber Sie erlauben uns ja nicht, sie zu nutzen."

„Katherine, wenn ich euch das VA benutzen lasse, so haben wir diese ganze verdammte Bürokratie Tag und Nacht am Hals, das wisst ihr ja, und das ist das Letzte, was wir brauchen. Habt ihr euch überlegt, euch außerhalb des Gebietes von Washington umzusehen?"

„Natürlich, aber wir würden es mit Krankenhausarchiven zu tun bekommen, die von Leuten geführt werden, die wir nicht kennen und die wir nicht kontrollieren können, und sowohl Michael wie auch ich fanden, dass das ziemlich riskant wäre."

Admiral Burnleigh legte den Bleistift sorgfältig auf den dafür bestimmten Platz neben dem Schreibblock zurück. Das bedeutete, dass das Gespräch beendet war.

Er erhob sich. „Was das betrifft, geht alles in Ordnung, Katherine." Er reichte ihr das Memorandum, das sie ihm gegeben hatte. „Ich hoffe nur, dass wir damit nicht noch mehr Geld zum Fenster hinauswerfen."

Dann sah er ihr direkt in die Augen. „Ihr Verstand ist außerordentlich, Katherine. Bis jetzt haben Sie mich noch nie enttäuscht. Ich bin sicher, dass Sie sich bereits irgendeine unkonventionelle Methode ausgedacht haben, mit der Sie den Druck auf die EGs reduzieren können. Ich kann Ihnen aber nur bis hierhin helfen. Sie waren bereits zweimal hier mit der Bitte um die unorthodoxe Beschaffung zweier bestimmter EGs. Ich habe Ihnen damals gesagt, Sie sollten nach eigenem Ermessen handeln und verdammt vorsichtig sein." Er lächelte leicht. „Sie scheinen damit erfolgreich gewesen zu sein – und das, wie ich Sie kenne, wahrscheinlich häufiger als nur bei den beiden Gelegenheiten. Aber denken Sie daran, dass weder Borg-Harrison noch ich irgendwelche möglichen Konsequenzen auf uns nehmen wollen oder können. Sie sind auf sich allein gestellt. Ich hoffe, dass ich mich deutlich genug ausgedrückt habe."

„Ja, Sir."

Er begleitete Katherine zur Eingangstür, wobei er galant ihren Arm nahm, während sie die breite, mit einem roten Teppich bedeckte Treppe zu der Vorhalle hinunterschritten, und ihr die neuesten Geschichten von seinen Kindern und Enkeln erzählte.

Der Wachtposten schlug die Hacken zusammen, als sie vorbeigingen. Als Katherine am Ende des Fahrweges vor dem massiven Einfahrtstor bremste, um in die Massachusetts Avenue einzubiegen, blickte sie zurück.

Admiral Burnleigh stand noch immer auf den Stufen und sah ihr nach. Sie wusste, dass er ihr auf diese Weise moralische Unterstützung gewährte für das, was sie zu tun hatte, und sie war dankbar dafür, denn es war ein großes Risiko, das sie auf sich nehmen musste. Mehr konnte sie nicht verlangen.

## 11

Autopsieräume sind meist kalt und trostlos. Der des Borg-Harrison-Labors machte hier keine besondere Ausnahme.

Es war ein kleiner, niedriger Raum mit greller Deckenbeleuchtung; die Temperatur wurde konstant auf zehn Grad Celsius gehalten. In eine Wand eingelassen war eine Kühlanlage mit einem Dutzend Abteilen, in denen verstorbene Patienten ihrer Obduktion harrten. In mehreren Fächern eines hohen Schrankes standen Glasbehälter, in denen verschiedene Proben von Gehirnsubstanz aufbewahrt wurden. Es gab einen Tisch aus rostfreiem Stahl mit Abflussvorrichtungen sowie die üblichen Instrumentenkoffer und Schubladen mit allem notwendigen Inventar, einschließlich elektrischer Sägen und Bohrer.

In einem Nebenzimmer standen auf der Resopalplatte eines Arbeitstisches mehrere leistungsstarke Mikroskope, darunter auch ein kompliziertes Elektronenmikroskop, das um das Mehrfache von hunderttausend vergrößerte. Hier befanden sich auch spezielle Ablagefächer für gläserne Objektträger mit Proben von Gewebe, Blut und anderen Substanzen, die gerade untersucht wurden.

Es war Samstagnachmittag, schon fast halb sechs. Für kaum jemanden im Labor endete die Woche am Freitag und Toni Soong bildete keine Ausnahme. Sie war seit einiger Zeit dabei, die linke Schläfenregion eines weiblichen Gehirns zu sezieren und einzelne Abschnitte für künftige Untersuchungen zu katalogisieren, als sie merkte, dass jemand in der Tür stand und sie beobachtete.

Sie blickte auf. Es war Sara.

„Hi."

„Hallo."

Die Pflegerin kam herein und trat nahe an den Seziertisch. Toni gab sich Mühe, sich von Saras blonder Schönheit und jugendlicher Figur, die auch in der gestärkten weißen Kleidung auffielen, nicht ablenken zu lassen – und auch nicht von Gedanken an den kommenden Abend, an dem sie beide, wie Frauen gekleidet und nicht in der geschlechtslosen klinischen Tracht, in Tonis Wohnung zu Abend essen und danach Cognac und Kaffee trinken würden, als Auftakt zu gemeinsamen, beglückenden Stunden. Henry Palmer hatte Wochenenddienst. In wenigen Minuten würde sie frei sein bis sechs Uhr früh am Montag; für acht Uhr war eine Operation angesetzt.

Sie sagte sachlich: „Ich bin gleich fertig. Du solltest eigentlich nicht hier sein." Und verspürte Gewissensbisse, als Sara sofort gekränkt aussah. „Entschuldige", sagte Sara. „Ich wollte dir nur sagen, dass ich heute Abend vielleicht ein paar Minuten später kommen werde. Aber ich werde mich bemühen pünktlich zu sein."

Tonis Schuldgefühle verstärkten sich. Warum, zum Teufel, war dieses Mädchen so unsicher? Sie sagte ihr, dass es nichts ausmachte, sah ihr beim Verlassen des Raumes nach und fing dann an, aufzuräumen. Dann klingelte das Telefon.

„Sektionssaal, Dr. Soong."

Es war Susan McCullough. „Toni, entschuldige, dass ich so spät anrufe, aber könntest du einen Augenblick hier vorbeikommen, bevor du heimgehst?"

„Was gibt es denn, Susan?"

Sie wusste jedoch sehr gut, was es gab, und hoffte, dass man ihr den Unmut nicht bemerken würde. Obwohl Susan bereits seit einem Monat hier arbeitete, hatte sie noch immer keinen Zutritt zu den Experimentalgehirnen und sie brauchte Hilfe bei den Elektroden.

Es handelte sich zum einen Teil um Tiefenelektroden, die zur Stimulierung des Gehirns verwendet wurden. Oft wurden sie tief im Inneren des Gehirns implantiert; Ströme von mehreren Milliampere wurden durchgeleitet, die die Gehirntätigkeit beeinflussten. Zur Implantation der Elektroden mussten zuerst Öffnungen in den Schädel geschnitten werden und dann mussten Toni oder Michael eine komplizierte neurologische Operation durchführen.

Etwas ganz Anderes waren die Kopfhautelektroden, mit denen Susan gewöhnlich zu tun hatte. Sie dienten dazu, Gehirnströme aufzuzeichnen und als Elektroenzephalogramm weiterzuleiten. Die Elektroden wurden einfach auf die Haare an die Kopfhaut geklebt, und zwar mit einem speziellen Klebstoff, sodass sie sich später wieder leicht entfernen ließen. Jeder Student hätte das schon im ersten Semester fertiggebracht. Toni hatte sowohl Michael als auch Katherine – ohne Erfolg – zu überreden versucht, Susans Geheimhaltungsstatus zu ändern und ihr eine Ausweiskarte ausstellen zu lassen, die ihr wenigstens zu dem EG Zutritt verschaffte, mit dem sie gerade experimentierte.

Sie hörte Susan sagen: „Toni, es betrifft das EG namens Helen. Ich habe aufgezeichnet, wo ich die Elektroden entfernt oder anders platziert haben möchte." Ihre Stimme klang betreten, wie die eines Menschen, der merkt, dass er jemandem auf die Nerven fällt. „Ich würde ja Dr. Palmer bitten, aber er hat gerade eine Arbeit, die er nicht unterbrechen kann."

„Ist schon in Ordnung, Susan. Ich komme gleich."

Fünf Minuten später betrat Toni das Forschungslabor einen Stock tiefer. Palmer saß noch an seinem Tisch und arbeitete wie besessen an einer mathematischen Formel, die bei der Analyse von Untersuchungen mit Tiefenelektroden verwendet werden sollte. Auf dem eigens dafür umgebauten Computer erschienen die vom Elektroenzephalogramm aufgezeichneten Gehirnwellen seines EGs nicht als gezackte, grüne Linien, sondern als Zahlen.

Er blickte Toni lächelnd an. „Entschuldigen Sie, aber wenn ich jetzt weggehe, sind zwei Tage Arbeit beim Teufel."

Toni nickte. Sie hatte den Verdacht, dass Palmer die Susan auferlegten Einschränkungen nicht mit der Aufmerksamkeit in Einklang bringen konnte, die Michael ihr widmete.

Sie klopfte an Susans Tür und betrat den kleinen Raum, der mit Computern und elektronischen Geräten vollgestopft war und wo sich auf dem Schreibtisch Computerausdrucke und Datenblätter häuften. Seitdem Susan eingezogen war, sah das Zimmer so unordentlich aus. Toni fragte sich, wie sie hier überhaupt arbeiten und auch, wie sie sich mit den unglaublich komplexen Computerprogrammen und mathematischen Formeln zurechtfinden konnte. Michael sagte jedoch, dass sie es konnte, und war von ihren Fortschritten ganz offensichtlich begeistert. Er hatte in ihr bereits ein Gefühl für die Dringlichkeit der Arbeit geweckt und sie arbeitete täglich beinahe zwölf Stunden ohne Unterbrechung, manchmal sogar länger.

Toni fragte sich auch, wie Katherine darauf reagierte. Michael war in diesen Tagen mehr in Susans Büro als in seinem eigenen und drängte den unseligen Al Luczynski hinaus, der sich sofort in Susan verknallte, kaum dass er sie zum ersten Mal erblickt hatte. Wie eifersüchtig war Katherine wohl unter ihrem untadeligen Äußeren einer Nervenärztin, die nichts je zu erregen schien? Sofern sie überhaupt eifersüchtig war. Wenn Toni sich an die Katherine erinnerte, die sie in jener Frühsommernacht im Boot beobachtet hatte, eine Katherine, die so verblüffend anders gewesen war, hielt sie es für möglich. Aber wenn sie eifersüchtig war, dann gnade Gott!

Susan blickte Toni mit einem dankbaren Lächeln an und zeigte ihr die Skizze mit den Kopfhautelektroden, die ihr bereits allzu vertraut war. „Ich weiß, heute ist Samstag und es ist spät, aber könntest du vielleicht, bevor du gehst, doch noch die vorderen Elektroden an diese zwei Positionen setzen und die vier am Hinterkopf hier, hier und hier anbringen? Das wäre das eine. Und könntest du dann vielleicht noch die Impulsfrequenz an der linken Tiefensonde im Thalamus auf, sagen wir, vier pro Minute steigern? Momentan beträgt sie zwei. Und ein zehntel Milliampere mehr Strom geben?"

Toni fluchte innerlich. Sie würde dreißig Minuten oder möglicherweise sogar noch länger arbeiten müssen, bevor sie gehen konnte. Sie würde also erst nach sieben Uhr nach Hause kommen und sich beim Putzen und beim Einkaufen im Supermarkt fürchterlich beeilen müssen. Gott sei Dank würde sich auch Sara verspäten.

„Ich werde mich sofort darum kümmern", sagte sie.

„Danke, Toni."

Toni ging zur Tür und blieb stehen. „Hör mal", sagte sie, „was ist denn eigentlich mit der Emanzipation? Sollen diese Kerle doch zum Teufel gehen! Nimm dir ein Wochenende frei. Jetzt gleich. Ruh dich aus. Auf Anordnung deines Arztes."

„Ich werde es versuchen." Susan lächelte müde.

Als Toni gegangen war, lehnte sie den Kopf zurück und schloss einen Augenblick lang die Augen. Sie fühlte sich wie zerschlagen. Toni hatte recht, sie sollte das alles leichter nehmen, aber sie konnte jetzt noch nicht aufhören zu arbeiten. Nicht, bevor sie die heutigen Analysen beendet hatte. Sie hatte deswegen eine Segelpartie mit Michael abgesagt und musste vielleicht auch morgen ins Labor kommen, ob sie nun wollte oder nicht. Sie stand vor aufregenden Ergebnissen bei einem ABE Experiment über das Sprachgedächtnis. John hatte für dessen Durchführung beträchtliches Datenmaterial hinterlassen und Palmer hatte einige neue Ideen gehabt, die beinahe ebenso gut waren.

Dann war da noch Michael selbst. Er schien unter irgendeinem entsetzlichen Druck zu stehen und war offensichtlich jedes Mal erleichtert, wenn sie ihm von einem Fortschritt berichtete; dennoch gab er immer noch nicht nach und ließ sie nicht zu dem EG, mit dem sie arbeitete, obwohl sie ihn immer wieder darauf hinwies, dass dies ihre Arbeit wesentlich beschleunigen würde. Letztes Wochenende war sie zum ersten Mal mit ihm segeln gewesen. Es war schon dunkel, als sie endlich zu arbeiten aufhörten und losfuhren. Sie machten das Boot klar und glitten vor einem ganz leichten, nächtlichen Wind die Chesapeake Bay hinab; im goldenen Schein des Julivollmondes ankerten sie in einer stillen Bucht und schliefen auf Deck. Vielleicht, weil es ein so vollkommener Abend gewesen war, konnte sie es sich nicht verkneifen, über ihre Arbeit zu sprechen. Schließlich bat sie ihn nochmals, ihren Geheimhaltungsstatus zu ändern und ihr eine Ausweiskarte ausstellen zu lassen, die ihr Zutritt zur zweiten Etage verschaffen würde.

„Es ist unheimlich, Michael. Helen wird allmählich eine reale Person für mich. So, als würde ich sie persönlich kennen und nicht nur ihre Neuronenaktivität. Sie ist eine Frau in mittleren Jahren, mit brillantem Verstand und sehr herzlich. Sie regt sich selten auf. Erstaunlicherweise liegt ihre Aktivität beinahe um vierzig Prozent höher als die Norm." Dann fügte sie hinzu: „Bitte, Michael, lass mich zu ihr. Diese Geheimnistuerei fängt an, unsere Arbeit ernstlich zu stören."

Er hatte ihr den Wunsch abgeschlagen, freundlich, aber bestimmt. Da war sie aufgebraust: „Ach, um Himmels willen! Was, zum Teufel, habt ihr denn dort oben? Ich glaube nicht, dass sie vor mir erschrecken würden; was ist also dort, das ich nicht sehen soll? Ich habe alles gesehen, was es in Krankenhäusern zu sehen gibt, darunter auch Dinge in psychiatrischen Anstalten, die dich vor Entsetzen erstarren lassen würden."

Er hatte darauf nicht geantwortet und sie war wegen ihres Ausbruchs so verstört gewesen, dass sie erst gegen Mittag ihr Gleichgewicht wiedererlangte, als ein Glas Wein und ein Bad sie wieder in gute Stimmung versetzten.

Langsam kehrte Susan in die Gegenwart zurück. Sie öffnete die Augen und blickte auf die Uhr auf ihrem Schreibtisch. Es war 19 Uhr 15. Toni war vor mehr als einer Stunde dagewesen. Sie musste eingeschlafen sein. Sie stand auf und öffnete die Tür. Im Vorzimmer war es still, in den dahinterliegenden Laboren ebenso. Palmer und der andere Wissenschaftler waren fort.

Sie setzte sich wieder an ihren Tisch, schaltete den Neurometrik Terminal ein und begann, Daten von Helen aufzuzeichnen. Eine komplizierte Untersuchungsmethode, die John entwickelt hatte und die auf den Spannungsunterschieden zwischen verschiedenen Gehirnzellen beruhte, war in der Zentraleinheit des Computers eingespeichert, damit dieser erlernte Informationen von anderen Tätigkeiten des Gehirns unterscheiden konnte. Untersuchungen zeigten, dass das Gehirn beim

Lernen nach einem System vorging, bei dem verschiedene seiner Bereiche zusammenarbeiteten. Susan suchte herauszufinden, auf welche Weise dies geschah. Eine Nachschlagekartei wissenschaftlicher Arbeiten war in den „Eclipse“ einprogrammiert worden und sie beschloss, die Untersuchungen anderer Forscher einzusehen. Sie ließ sich die veröffentlichten Arbeiten auflisten. Autorennamen erschienen auf dem Terminal: Galambos, Glivenko, Kivanov, Rutschkin und Villegas, daneben die Titel ihrer Arbeiten. Susan brauchte bloß eine Taste zu drücken und der Text der Arbeit selbst würde erscheinen.

Plötzlich stockte ihr der Atem. Sie beugte sich angespannt vor.

Auf dem Bildschirm erschienen der Name John Flemming und der Titel der Arbeit, die er nach Aussage des Computers verfasst hatte.

Sie spürte, wie ihr das Blut aus dem Gesicht wich. Sie vernahm das laute Schlagen ihres eigenen Herzens. Es schien ihr, als stünde die Zeit still. Sie stoppte den Computer und blickte starr auf den Bildschirm.

Es konnte nicht sein – und doch war es so. Weder Palmer noch irgendjemand sonst konnten auf irgendeine Weise je davon erfahren haben. Die erwähnte Arbeit war nie veröffentlicht worden, ja er hatte sie nicht einmal jemandem gezeigt. John Flemming hatte sie eines Nachts zu Hause geschrieben und dann wieder zerrissen. Nur zwei Menschen auf der Welt konnten je davon gewusst haben.

Sie selbst und John Flemming.

Sie hatte die Arbeit nicht in den Computer eingegeben und John konnte es auch nicht getan haben. Er war gestorben und sie hatte ihn begraben. Oder?

## 12

Leichtes Nieseln, fast nur Nebel. Eine weiche Decke, die alles in samtiges Grau hüllte.

Ein stiller Dorffriedhof in Pennsylvania, Rhododendronsträucher unter Ulmen mit breiten Ästen. Verwitterte Inschriften auf alten Grabsteinen und der angenehme Geruch von frisch gemähtem Gras.

Das Grab, weit offen, zwei Meter lang und einen Meter breit, darin dunkle, feuchte Erde. Der mit Blumen bedeckte Bronzesarg, bereit, hinabgesenkt zu werden. Stille Trauernde mit ernsten Gesichtern, dunkel gekleidet.

„Erde zu Erde, Asche zu Asche, Staub zu Staub …"

Und danach trockene Sandwiches, Tee, Kaffee und Sherry im Haus von Johns Mutter, zur Stärkung der durch die unmittelbare Gegenwart des Todes Geschwächten – eines unzeitgemäßen Todes, der ihren eigenen in bedrohliche Nähe zu rücken schien.

Keinen Augenblick lang war irgendeinem der Trauergäste der Gedanke gekommen, dass der Leichnam in dem Sarg nicht der von John Flemming sein könnte oder dass sich vielleicht in dem auf ewig verschlossenen und versiegelten kalten Bronzesarg überhaupt kein Toter befand.

Für die Welt war John Flemming tot und begraben.

„Miss?" Immer wieder fragte die Stimme. „Miss?"

Susan blickte schließlich von ihrem Computerterminal auf. Es war der Nachtwächter aus der Halle. „Wenn Sie gehen wollen und ich bin nicht an meinem Platz, dann werfen Sie bitte einen Blick in die Cafeteria. Ich gehe einen Kaffee trinken." Er zwinkerte.

Susan erinnerte sich, dass das eine schnelle Pokerrunde

mit den anderen bedeutete. Samstagnachts war es meistens recht ruhig. „Klar“, sagte sie und zwinkerte zurück.

Er verschwand. Sie war wieder allein.

Und doch nicht allein. Denn irgendwo in dem Gebäude, sicher im zweiten Stock, dort wo sie nie Zutritt gehabt hatte, war John.

Bevor der Wächter gekommen war, hatte ihr Gehirn einige Augenblicke lang scheinbar ausgesetzt. John war tot. Dann hatten grüne Buchstaben auf dem matten Bildschirm ihres Terminals aufgeleuchtet und John war am Leben. Sie verspürte zuerst Schmerz, dann war sie wie betäubt, als hätte ihr jemand einen schweren Schlag versetzt, der sich über ihren ganzen Körper ausbreitete. Sie konnte sich nicht bewegen, ihr Atem stockte, das Herz hämmerte.

Sie wusste jetzt, dass sie beinahe ohnmächtig geworden wäre. Das Zimmer war plötzlich weit, weit weg gewesen, sie hatte es wie durch ein verkehrt herum gehaltenes Fernrohr gesehen, die Betäubung hatte sich verstärkt, ihre Glieder waren wie Blei, sie fühlte nichts mehr. Bis dann der Nachtwächter erschienen war.

Als er gegangen war, schwand das dumpfe Gefühl langsam. Stattdessen empfand sie Angst, eine schreckliche instinktive Vorahnung von etwas Entsetzlichem, etwas Unerträglichem. Sie wollte weglaufen. Konnte es nicht. Es war jene Angst, die sie beim Anblick von Johns grässlich verbranntem Körper gefühlt hatte, eine Angst, die von ihrer Hilflosigkeit herrührte, ihrer Unfähigkeit, dem Unvermeidlichen Einhalt zu gebieten. Warum hatte man ihr nichts von John gesagt? Wozu das Versteckspiel? Warum verbargen sie ihn vor ihr?

Warum? Warum?

Und wie konnte er am Leben sein, wenn er dem Tode

schon so nahe gewesen war? Michael hatte ihr doch gesagt, dass er sterben würde. Wenn sie selbst John gesehen und gewusst hatte, dass er nicht überleben konnte. Wie denn, wenn nicht irgendein Wunder geschehen war? Aber was für ein Wunder war das dann?

Die grünen Worte starrten sie unverwandt an, gaben keine Antwort. Schließlich stand Susan auf. Sie musste mit Michael sprechen. Er musste ihr die Wahrheit sagen. Oder Katherine. Oder sonst jemand. Sie mussten es ihr sagen.

Sie trat in den Vorraum und bemühte sich, die Kontrolle über ihren Körper zu bewahren. Sie zitterte am ganzen Leib. Niemand war zu sehen. Sie fuhr mit dem Fahrstuhl hinunter und öffnete die Tür zu Michaels Arbeitszimmer. Es war dunkel. Ebenso wie Katherines Büro. Über Gladys' Schreibmaschine war die Hülle gebreitet. Nur die Leuchtziffern der Digitaluhr waren zu sehen. Es war 19 Uhr 45. Das war doch unmöglich. Sie blickte auf ihre Armbanduhr. Es stimmte. Hatte sie dreißig Minuten lang dagesessen und auf den Computer Bildschirm gestarrt?

Sie griff zum Telefon. Michael war schon früh gegangen, aber vielleicht war er noch zu Hause, noch nicht ausgegangen, um den Abend anderswo zu verbringen. Dann erinnerte sie sich daran, dass er doch nicht daheim sein würde. Als sie sein Angebot abgelehnt hatte, mit ihm segeln zu gehen, hatte er gesagt, dass er mit seinem Boot den James River hinunterfahren und Freunde besuchen würde. Sie legte den Hörer auf.

Und wo war Katherine?

Sie betrat Katherines Zimmer und knipste mehrere Lampen an. Hatte Katherine nicht irgendetwas von New York gesagt? In ihrem Tischkalender war nichts eingetragen. Und auch auf Gladys' Schreibtisch fanden sich keine Hinweise.

Plötzlich wusste Susan, dass sie mit Katherine nicht über John sprechen wollte. Oder sie überhaupt etwas fragen. Irgendetwas an Katherine hatte sie immer beunruhigt, da war ein seltsames, quälendes Gefühl der Beklemmung, das sie nie ganz verstanden hatte.

Es gab nur einen Menschen, mit dem sie sprechen konnte, und das war Michael. Aber wie? Sollte sie zum James River hinunterfahren und von irgendeiner unbekannten Uferstraße aus versuchen, sein Boot ausfindig zu machen? Das war unmöglich. Aber was sonst konnte sie tun?

Sie machte sich wieder auf den Weg hinauf in die Forschungsabteilung. Doch plötzlich blieb sie vor dem Zimmer, in dem Toni Soong und Al Luczynski arbeiteten, wie angewurzelt stehen. Ihr Blick wurde von etwas angezogen, etwas, das sie beinahe nicht bemerkt hatte, das sie schon vorher auf dem Weg zu Michaels Zimmer gesehen hatte; aber es war ihr zunächst nicht aufgefallen und auch jetzt hätte sie es um ein Haar übersehen.

Toni Soongs weißer Kittel lag über der Schreibmaschine ihrer Sekretärin, wo sie ihn hingeworfen hatte; offensichtlich war sie zu sehr in Eile gewesen und nicht mehr in ihr eigenes Zimmer zurückgekehrt.

Aber es war nicht der Kittel selbst, der Susans Blick fesselte. Es war Tonis Ausweiskarte. Toni hatte vergessen, sie abzunehmen und einzustecken. Toni besaß den obersten Geheimhaltungsstatus, der Ausweis verschaffte ihr Zutritt zu jedem Winkel des Gebäudes.

Susan nahm die Karte von dem Kittel und steckte sie in die Tasche.

## 13

Die Karte war aus Plastik und maß sechs mal acht Zentimeter. In der oberen Hälfte befand sich Tonis Foto, ihr Name und die Personalnummer. Darunter waren schwarze, senkrechte Linien unterschiedlicher Länge aufgedruckt, die, von einem elektronischen Auge entziffert, wie ein Schlüssel wirkten.

Susan bemühte sich noch immer zu verstehen, warum sie solche Angst verspürte. Als sie den Vorraum durchquerte, war ihr klar geworden, dass sie sich nicht bloß vor dem fürchtete, was sie vielleicht entdecken würde. Sie hatte auch Angst, entdeckt zu werden. Bewaffnete Wachposten, Geheimhaltungsmaßnahmen, die amerikanische Regierung – all dies schien ihr nun höchst bedrohlich. Sie versuchte sich vorzustellen, was man mit ihr machen würde, wenn man sie erwischte. Einsperren? Vielleicht nicht, wenn sie es sich genau überlegte. Während der letzten drei Wochen hatte sie den Eindruck gewonnen, dass man ihrer Arbeit über Johns Alternativbereichstheorien eine geradezu lebenswichtige Bedeutung für die Weiterführung der Forschungen beimaß. Dieser Gedanke war beruhigend.

Der Fahrstuhl kam, sie stieg ein, zögerte und benutzte dann fest entschlossen Tonis Karte, um die zweite Etage zu wählen. Lass dich nicht einschüchtern, wenn du entdeckt wirst, dachte sie. Sag niemandem, dass du Tonis Ausweiskarte hast. Sollen sie doch glauben, dass Michael deinen Status geändert hat.

Die Tür schloss sich leise; nun war sie gefangen im Inneren des Lifts, der sich in Bewegung setzte. Ein Licht blinkte auf und zeigte den ersten Stock an. Einige der Wächter waren hier und tranken Kaffee in der Cafeteria.

Plötzlich fiel ihr Henry Palmer ein. Wo war er? Er hatte doch Dienst an diesem Wochenende und sie hatte ihn seit Stunden nicht mehr gesehen.

Die Anzeigelampe für den ersten Stock verlöschte, die für den zweiten leuchtete auf. Der Fahrstuhl wurde langsamer und hielt. Die Türen öffneten sich. Susan trat in einen ruhigen Vorraum mit Grünpflanzen; sie verspürte den schwachen Krankenhausgeruch. Eine Kontrollschranke. Der Posten war jedoch nirgends zu sehen.

Susan überflog die Namen auf der Anwesenheitsliste. Es waren bloß Namen von Pflegern, die Michael oder Katherine erwähnt hatten. Allerdings war da auch Henry Palmers Unterschrift. Im selben Moment nahm Susan das Geräusch einer sich öffnenden Tür wahr und sah, wie eine Frau durch eine mit „Abteilung 1“ bezeichnete Tür den Vorraum betrat. Sie trug antiseptische Kleidung, eine grüne Hose und einen ebensolchen Kittel, Plastikstiefel über den Schuhen und eine Haube mit einer Gesichtsmaske.

Susan hielt den Atem an. Die Frau schien ihre Gegenwart jedoch für selbstverständlich zu halten. Sie bog in einen Korridor, der in den Vorraum mündete und schob gleich darauf ihre Ausweiskarte in den Sperrschlitz einer weiteren Tür. Als sich die Tür öffnete, blieb sie darin stehen und sprach mit irgendjemandem.

Die Eingebung sagte Susan, dass es Palmer war, und endlich bewegte sie sich vom Fleck. Gleich links vom Fahrstuhl befand sich eine Toilette. Sie ging rasch hinein und ließ die Tür offen, sodass sie den Korridor überblicken konnte.

Einen Augenblick später trat die Frau aus der Tür, gefolgt von einem Mann. Es war tatsächlich der Neurologe, sie erkannte die schmächtige Gestalt und das Großvater Gesicht trotz der Schutzkleidung, die auch er trug. Die beiden unterhielten sich zwanglos und kehrten zur Abteilung 1 zurück, woher die Frau gekommen war. Palmer öffnete die Tür, indem er seine Karte einschob, und beide verschwanden.

Jetzt erst erinnerte sich Susan. Michael hatte erwähnt, dass es im zweiten Stock zwei Abteilungen gab: Abteilung 1, wo die Operationen durchgeführt wurden, und Abteilung 2, wo die EGs lebten.

Sie verließ die Toilette, durchquerte den Vorraum und ging auf die Tür zu, aus der Palmer gekommen war. Es war tatsächlich Abteilung 2. Sie wollte bereits Tonis Ausweiskarte einschieben, als sie sich erinnerte, dass sie keine Schutzkleidung trug. Der Erste, dem sie begegnete, würde sie wahrscheinlich stoppen.

An der gegenüberliegenden Seite des Korridors entdeckte sie einen kleinen Raum mit Garderobenschränken. Einem der Schränke entnahm sie eine Hose, einen Kittel, Überschuhe aus Plastik und eine Haube mit Gesichtsmaske und zog sie an. Sobald sie diese Kleidung durch Operateurshandschuhe vervollständigt hatte, durchquerte sie erneut den Flur und trat auf die Tür von Abteilung 2 zu.

Im letzten Augenblick hätte sie beinahe die Nerven verloren. Ihr Herz pochte, ihre Kehle war wie ausgetrocknet. Sie geriet in Panik bei dem Gedanken an das, was sie vielleicht entdecken würde. Es war, als öffnete sie Johns Grab ein Jahr nach seinem Tod – wenn er wirklich gestorben war.

Im letzten Augenblick wollte sie sich die Kleidung, die sie soeben angelegt hatte, vom Leib reißen und für immer davonlaufen, vor Michael, vor allen. Auch vor John. Sie wünschte fast, John wäre wieder tot und ihr Leben wäre wieder das sichere neue, das sie aufzubauen begonnen hatte: eine neue Wohnung, neue Arbeit, eine neue Liebe. Aber nicht das hier. Nicht dieser Alptraum, der mit dem zufälligen Druck auf eine Computertaste und dem Aufleuchten von grüner Schrift auf einem matten Bildschirm angefangen hatte.

Susan schob die Karte in den Schlitz und die Tür öffnete sich.

Sie betrat einen kleinen Raum. Er war vollgestopft mit medizinischen Überwachungsgeräten, Glasschränken und fahrbaren Tischchen, Tonbandgeräten und Fernsehmonitoren. Beobachtungsfenster ließen zwei dahinterliegende Räume erkennen, die jetzt in Dunkelheit gehüllt waren. Der eine schien weitaus kleiner zu sein als der andere.

Ein junger Mann saß an einem Steuerpult mit Reihen von Schaltern und Knöpfen, die von einer Lampe schwach beleuchtet wurden. Er trug ebenfalls Schutzkleidung, hatte aber die Haube abgenommen. Das Namensschild wies ihn als diplomierten Pfleger aus. Er blickte zu Susan auf. Er kannte sie nicht. Wer war sie? Was tat sie hier?

Sie versuchte zu denken. Er konnte nicht wissen, dass sie Tonis Karte verwendet hatte. Er würde denken, dass sie autorisiert sei, einfach deswegen, weil sie hier war und die entsprechende Kleidung trug.

Sie entschied sich für einen Bluff. „Guten Abend. Ich bin von der Forschungsabteilung. Ich muss zu Flemming."

„Bitte. Gehen Sie rein. Er lässt sich wahrscheinlich gerade wieder etwas einfallen, wie er alle verrückt machen kann, bevor er selbst verrückt wird."

In jeden der Räume führte eine Tür mit einer roten Warnlampe darüber. Das bedeutete wahrscheinlich, dass sich dahinter eine Bakterienschleuse befand, die die Räume hermetisch abschirmte. Die Lampen leuchteten vermutlich auf, wenn jemand in der Schleuse war und niemand weiterer eintreten durfte.

Susan zögerte. Die Angst lähmte sie beinahe. Sie wusste, dass sie weitergehen musste, der junge Pfleger hatte sich ihr zugewandt und blickte sie fragend an. Aber sie konnte nicht.

Dann riss sie sich zusammen und trat zu der Tür des größeren Raumes.

„Einen Augenblick." Die leise Stimme des Pflegers klang wie ein unterdrückter Schrei. „Er ist noch im Labor. Ich glaube, man hat ihn dort gelassen, damit er sich wieder beruhigt. Er hat die anderen wieder einmal aus dem Gleichgewicht gebracht." Er blickte auf das Schaltpult. „Und ich mache Ihnen lieber ein bisschen Licht. Wir haben jetzt zwar das Ruhedämmerlicht eingeschaltet, aber ich kann zwanzig Prozent dazugeben, genügt das?"

Susan nickte. „Natürlich."

Die Finger des Pflegers berührten einen Helligkeitsregler. Das Dunkel hinter dem Fenster des kleineren Raumes wurde etwas lichter. Sie sah Umrisse, die sie nicht ganz identifizieren konnte.

Sie betrat die Bakterienschleuse. Diese war von antibakteriellen Fluoreszenzlichtern erhellt, ein purpurner Schimmer im Dunkel. Sie zögerte ein letztes Mal, stieß dann blind die nächste Tür auf, schloss sie rasch hinter sich und lehnte sich daran. Und fand irgendwie den Mut, sich umzusehen. Es war ein kleiner, niedriger Raum. Die Luft hier schien rein und kühl zu sein; schwacher Krankenhausgeruch. In verschiedenen Gruppen angeordnete rote und grüne Lampen blinkten, man hörte das leise Summen elektrischer Apparate. Auch vertraute Dinge waren da – eine Anzahl spezieller neurometrischer Computer, eine grafische Computertafel, ein Terminal.

Dann gewöhnten sich Susans Augen an die Dunkelheit und sie erblickte das Gesicht.

Es war das Antlitz eines Mannes, bleich, eingefallen, mit kurzgeschnittenem, dünnem Haar und tief in die Höhlen eingesunkenen Augen. Er sah sie mit einem starren, durchdringenden Blick an.

War es John? Sie sprach seinen Namen aus. Ein Flüstern. Keine Antwort.

Er bewegte sich nicht. Drei dünne, gekrümmte Stäbe aus poliertem Stahl, die unter der indirekten Beleuchtung, die von der wabenartigen Decke herkam, schwach glänzten, schienen ihn festzuhalten. Sie waren nach außen und abwärts gebogen und endeten in zwei senkrecht angebrachten verchromten Stangen, die unten aus einer Art massiver Konsole hervorragten. Die polierte und verchromte Stahloberfläche der Konsole war von Reglern und Schaltern durchbrochen.

Eisige Kälte kroch in Susan hoch, ein unaussprechliches Entsetzen.

Sie sah ein Gesicht, einen Kopf, aber keinen Körper. Hoffnung flackerte den Bruchteil einer Sekunde lang auf und erlosch wieder.

Zwischen dem Kopf und der Konsole befand sich etwas, das wie ein gefalteter Gummikragen aussah, zu schmal und viel zu lang, als dass es ein Hals hätte sein können.

Es gab keinen Körper.

Sie unterdrückte einen Schrei und streckte die Hände nach vorn, wie um sich zu schützen. Dann machte sie einen Schritt rückwärts.

Es gab keinen Körper, bloß einen Kopf.

Und als seine Lippen ihren Namen formten, bestand kein Zweifel mehr: Es war John Flemming.

## 14

Susan wollte weglaufen und konnte es nicht. Ihre Füße waren wie Blei. Sie wollte schreien, doch ihre Kehle war ausgetrocknet. Sie suchte nach Worten, konnte sie aber nicht aussprechen.

Sie hörte ihn sagen: „Du hättest nicht kommen sollen." Die Stimme war monoton, wie die eines Roboters. Und doch hatte sie einen Klang, an den sie sich erinnerte. „Und auch nicht hier arbeiten. Nie." Plötzlich ein bitterer Ton: „Geh. Geh und vergiss alles – was ich bin, was du gesehen hast. Geh und vergiss. Sofort."

Es war John. Und doch wieder nicht. Wer war es dann, unmenschlich und dennoch menschlich? Ein Ungeheuer aus dem Grab, ein Kopf ohne Körper, gespenstisch losgelöst, geköpft, guillotiniert vom Skalpell des Chirurgen und auf den entsetzlichen langen, gefalteten Schlauch gesteckt, der den unvorstellbaren Amputationsstumpf und die Drähte und Schläuche verbarg, die die Verbindung zu den Apparaturen herstellten.

Ein Kopf auf einer Stange, sonst nichts. Hingerichtet und noch immer auf schreckliche Weise am Leben. Ein an einem Faden hängendes Leben; sofortiger Tod, wenn der Faden riss.

„Susan?" Der Ausdruck in den Augen veränderte sich. Ein kurzer, bittender Blick streifte sie. „Willst du mir nicht antworten?"

Sie hörte endlich ihre eigene Stimme, auf seltsame Weise schroff, als gehörte sie jemand anderem, wie aus weiter Ferne: „Nein! Oh nein, nein!"

Sie sah plötzlich ihre eigenen Arme, die sie steif von sich streckte, verschwommene Umrisse im Dämmerlicht. Sie verspürte Übelkeit, wollte sich umdrehen, weglaufen, und trat instinktiv durch eine offene Tür, die sie hinter sich gespürt hatte. Die Tür führte in den größeren Raum.

Auch hier Lichter und Linien auf Überwachungsgeräten, das leise Summen elektrischer Apparaturen, die gleiche reine, kühle Luft, der gleiche medizinische Geruch.

Und plötzlich ein anderer Eindruck. Menschen. Kalte, prüfende Augen, erfüllt von einem Geist, der jenseits der gewöhnlichen Intelligenz lag; Augen, die sie musterten und abschätzten.

Sie zwang sich aufzuschauen. Fünf Köpfe, sonst nichts. Bloß Köpfe.

Fünf Köpfe wie John, in offenen Kabinen im Halbkreis angeordnet. Matt schimmernde chirurgische Zangen, aufwärtsgebogen, um jeden der Köpfe an den Schläfen und an der Basis des Hinterhauptknochens unverrückbar zu fixieren; der lange, dünne Schlauch reichte direkt bis unter das Kinn und führte von dort zu der massiven Konsole hinunter.

Sie blickte von einem der stummen Gesichter zum nächsten. Es waren vier Frauen und ein Mann. Hager, bleich, mit farblosen Lippen, eingesunkenen Augen und kurzgeschnittenem Haar, die Köpfe lebendiger Toter.

Plötzlich eine Stimme. Eine Frau, dunkel, in mittleren Jahren, mit einer medusenartigen Krone von Elektroden auf dem glattrasierten Kopf. Die vielfarbigen Drähte vereinigten sich in einem gedrehten Seil, das hinter dem Kopf in der Wand verschwand.

Würde und Autorität klangen mit in dieser elektronischen, monotonen Stimme. „Susan, reiß dich zusammen. Susan!"

Susan sah sie an. Die Augen blickten nun sanfter. „Ich bin Helen, Susan. Du kennst mich. Fürchte dich nicht.

Nicht vor uns. Nicht vor John. Er wollte nie, dass du ihn findest. Sei ihm nicht böse."

Durch die offene Tür sah Susan noch immer Johns bleiches Gesicht, den gequälten Blick seiner Augen. Und sie wusste, dass sie nicht davonlaufen konnte. Jetzt nicht mehr. Es war zu spät. Wie in einem Traum ging sie zu ihm zurück und sagte schließlich: „Du bist nicht tot." Sinnlose Worte, aber mehr fiel ihr nicht ein.

Sein Mund verzog sich zu einem schwachen Lächeln. „Nein. Nur halb."

Sie suchte nach weiteren Worten. „Dein Name tauchte auf meinem Computer auf. Der Artikel, den du einmal geschrieben und gleich wieder weggeworfen hattest."

Überraschung, dann Erinnerung in den verschleierten Augen. Und Reue. Die flache, klanglose Stimme wurde beinahe zu einem Flüstern. „Natürlich. Und nur du hast je davon gewusst. Ich hatte es vergessen. Einen Augenblick lang hatte ich es vergessen. Eitelkeit. Ach, wie dumm."

Es brach aus Susan hervor: „Warum, John? Warum hast du das getan?"

„Was getan?"

„Das! Was du bist. Warum?"

Er blickte starr, dann sagte er: „Vielleicht habe ich es nicht getan. Aber offenbar doch, wie? Wir sind ja alle Freiwillige hier." Sein Gesicht verzerrte sich plötzlich zu einer Grimasse. „Wer würde denn nicht die Gelegenheit ergreifen, ein Genie zu sein, ohne von einem dummen Körper belästigt zu werden? Bloß ein sechs Kilogramm schwerer Schädel voll aufgeputschter Gehirnwindungen, vor dem sich die Leute ekeln. Du ekelst dich doch vor mir, nicht wahr?"

„John, bitte!"

„Natürlich ekle ich dich an. Sieh dich doch an! Möchtest du mir den Kragen öffnen und den Stumpf sehen, in dem all die Schläuche stecken?“

Es war zu viel. Der Raum verschwamm vor ihren Augen. Blind tastete Susan nach der Tür der Bakterienschleuse. John, den sie liebte oder geliebt hatte, und doch nicht John. John, aber gleichzeitig ein Monster.

Sie öffnete die Tür, die Stimme änderte sich plötzlich, wurde müde und sanft und resigniert. „Susan, geh nach Hause und schlafe. Schlaf und bemühe dich, es zu akzeptieren. Und dann komm wieder. Ich brauche dich. Du kommst doch wieder, nicht wahr?“

Ihr Blick traf seinen und zum ersten Mal nahm sie ihn als Mensch wahr. Sie nickte. „Ja.“

Das Entsetzen schwand ein wenig. Der Raum um sie nahm wieder Konturen an. Die Wirklichkeit kehrte zurück, sie wusste wieder, wo sie war, wie sie hergekommen war, Tonis Ausweiskarte, die Wächter, die in der Cafeteria Karten spielten.

Und die Erkenntnis. Sie hatte seit Tagen gewusst, dass John am Leben war. Hatte es gewusst, aber dieses Wissen vor sich selbst verborgen. Hatte es gewusst, weil das, was der Computer gewusst hatte – Ideen, Formeln, Theorien – nur von John stammen konnte. Nicht von Palmer. Nicht von ihr selbst oder irgendjemandem sonst. Nur von John Flemming.

Ihr Entsetzen rührte nicht daher, dass er am Leben war. Ihr Entsetzen rührte daher, dass sie entdeckt hatte, was aus ihm geworden war, und sie fühlte die schreckliche Hilflosigkeit, die man in Gegenwart tödlich Verwundeter spürt.

„Ja“, wiederholte sie. „Ich komme wieder.“

Der Pfleger auf der anderen Seite der Bakterienschleuse

blickte nicht auf, als sie herauskam. Er trug Mundschutz und Haube und war am Steuerungspult beschäftigt. Susan nahm ihn kaum wahr, murmelte „Gute Nacht“ und verließ eilig den Raum.

Als sich die Tür hinter ihr schloss, drehte er sich um und nahm den Mundschutz ab. Es war Henry Palmer. Er griff sofort zum Telefon und sprach mit dem Pfleger, der, wie angeordnet, in Abteilung 1 wartete. „Sie ist jetzt draußen. Wir lassen sie aus dem Gebäude.“ Er hoffte, dass er die richtige Entscheidung traf, wenn er sie gehen ließ. Wenn man sie jetzt zurückhielt, dann würde man vielleicht ihre Kooperation für immer verlieren. Er blickte auf die Uhr: Es war 20 Uhr. Katherine hatte gesagt, dass sie um zehn nach New York fliegen wollte. Das Flugzeug startete vom National Airport, nicht allzu weit von ihrer Wohnung. Vielleicht war sie noch zu Hause. „Und rufen Sie Doktor Blair für mich an“, sagte er. „Sofort. Versuchen Sie es unter ihrer Privatnummer.“

Er verabscheute, was er da tat. Es ekelte ihn vor sich selbst. Es war gegen seine Prinzipien, jemanden zu verraten, und dann auch noch Susan! Vor allem, dass er sie an Katherine verriet. Aber er musste es tun. Wenn er es nicht tat, würde alles auf ihn selbst zurückfallen. Während er darauf wartete, dass Katherine sich meldete, verfluchte er im Stillen den Pfleger, diesen pflichtgetreuen Idioten. Denn als dieser entdeckt hatte, dass Susan nicht bei den EGs sein sollte, hatte er es in sein Logbuch eingetragen, und nun gab es keine Möglichkeit mehr, es zu vertuschen.

Katherines Stimme meldete sich am anderen Ende der Leitung. Sie war verärgert, es war deutlich zu hören. Palmer holte tief Atem und nannte seinen Namen. Als er begann, ihr den Vorfall zu schildern, schaltete er eine

Tonbandaufzeichnung von Susans Gespräch mit John auf Bereitschaft für eine sofortige telefonische Übertragung. Katherine würde jedes Wort hören wollen, das die beiden gewechselt hatten.

## 15

Als Susan im Umkleideraum die Bakterienschutzkleidung ablegte, wurde ihr speiübel, und dann nochmals unten, nachdem sie den Ausweis wieder an Tonis weißem Kittel befestigt hatte. Sie fand den Wächter in der Cafeteria und er begleitete sie zu seinem Kontrollpunkt, wo er sie aus dem Gebäude ließ.

„Sie sehen etwas mitgenommen aus, Miss. Ist alles in Ordnung?"

„Ja, danke. Gute Nacht."

„Gute Nacht, Miss."

Die Fahrt nach Washington schien Sekunden zu dauern und gleichzeitig wieder eine ganze Ewigkeit. Susan hatte in Trance wahrgenommen, wie sie das Gebäude am Ende der ruhigen Sackgasse verließ, wie sie in ihren Wagen stieg, wie sie einige Zeit darin saß, bevor sie sich stark genug fühlte, um loszufahren, wie sie durch das Labyrinth der Asphaltstraßen fuhr, wie sie im Abendverkehr auf die Wisconsin Avenue einbog.

Danach sah sie nur noch verschwommene Lichter und Autos. Fragen brannten in ihrem Hirn: Warum hatte ihr niemand etwas gesagt? Wie hatte man überhaupt hoffen können, die Täuschung aufrechtzuerhalten? Wie lange würde John jetzt noch am Leben bleiben? Sie fand keine Antworten.

Oh Gott, John, armer John! Es konnte nicht sein und doch war es so. Sie hatte ihn gesehen, mit ihm gesprochen. Und dann die anderen: Köpfe, sonst nichts. Schläuche und Drähte und Apparaturen.

Sie hielt an einer Kreuzung. Die Ampel wechselte von Rot auf Grün, wieder auf Rot und dann nochmals auf Grün. Schrilles Hupen ertönte. Scheinwerfer blendeten auf. Susan hörte und sah nichts. Sie versuchte das alles zu verstehen. Jemand, den sie liebte, der tot und begraben war und betrauert, lebte wieder, aber wie! Es war ein grausiger Hohn. Nur ein Kopf, das hilflose Opfer eines grauenvollen medizinischen Experiments. Ein Unbekannter, und doch kein Unbekannter; die Worte hallten wider wie ein entsetzliches Echo.

Sie konnte nicht weiterdenken, wollte es nicht. Sie fühlte sich völlig zerschlagen. Einige der Fahrer hinter ihr brüllten. Sie fuhr weiter.

Doch als sie nochmals anhalten musste, packte sie wieder das Grauen. Es war wie ein Stromstoß im Nacken, gleichzeitig spürte sie es aber auch in der Brust. Plötzlich erinnerte sie sich, dass John gesagt hatte, er sei kein Freiwilliger; er hatte zwar nicht diese Worte gebraucht, es aber gemeint. Sie versuchte rational zu denken. Es war einfach nicht möglich, Michael hätte das nie gegen Johns Willen getan.

Plötzlich war sie in der Straße, in der sie wohnte. Sie parkte den Wagen. Ein dunkelblauer Porsche stand direkt vor ihrer Haustür, die Armaturenbrettbeleuchtung ließ erkennen, dass jemand auf dem Fahrersitz saß. Einen Augenblick hoffte sie, irgendein Wunder sei geschehen, und es sei Michael. Doch im selben Moment wusste sie, dass er es nicht sein konnte, es war nicht sein Auto.

Sie zitterte, konnte sich kaum aufrecht halten. Es hatte ganz leicht angefangen, aber bald erschauerte sie am ganzen Körper. Als sie den Gehweg überquerte, waren ihre Beine wie Wachs und sie glaubte, nicht mehr weitergehen zu können. Sie spürte, dass ihr wieder übel wurde.

Dann verloschen die Lichter in dem geparkten Wagen. Jemand stieg aus und trat ihr in den Weg.

„Susan!“

Es war Katherine. Sie trug ein Hemd und Jeans, ihre Haare waren feucht. Sie sah aus, als käme sie direkt aus der Dusche. Susan hätte sie beinahe nicht erkannt.

Katherine sagte: „Henry Palmer hat mich gerade angerufen. Er sagte, dass du in Abteilung 2 warst und John gesehen hast. Ich bin sofort hergekommen. Ach, Susan, es tut mir entsetzlich leid." Sie packte Susan an beiden Schultern. „Geht es dir gut? Nein, du Ärmste. Du musst einen furchtbaren Schock erlitten haben. Du siehst aus wie der Tod."

Susan erwiderte wie betäubt: „Du solltest doch in New York sein."

„Nun, bin ich eben nicht. Hast du was zu trinken zu Hause?" Susan ließ sich von Katherine in ihre Wohnung führen. Sie fand eine ungeöffnete Flasche Rémy Martin unter den verschiedenen Getränken, die sie aus dem Haus an der 6th Street mitgenommen hatte, und erinnerte sich vage daran, dass Michael den Cognac zu der Party mitgebracht hatte, die John und sie gegeben hatten. Während sie Katherine beobachtete, die für beide einschenkte, fühlte sie Dankbarkeit für ihre Fürsorglichkeit. Sie hatte ihr so etwas eigentlich nicht zugetraut. Wohl deshalb, weil sie ihr nie ganz vertraute. Sie fragte sich, wie Palmer sie entdeckt hatte.

Sie hörte sich sagen: „Johns Name tauchte im Speicher des Zentralcomputers auf, im Zusammenhang mit einem Artikel, den er einmal geschrieben hat. So habe ich es herausgefunden. Der Artikel ist nie veröffentlicht worden. Niemand wusste davon. Nur ich. Ich glaube, John war einfach eitel. Er sagte, dass er das nicht gewollt habe. Dass er mich einen Augenblick lang vergessen hatte. Er ist so. Ich habe Tonis Ausweis genommen."

„Schon dich jetzt, Susan. Wahrscheinlich hast du eine

Menge Fragen und am besten für dich wäre es, wenn du auch Antworten darauf bekommst."

Sie saßen auf dem Boden vor dem Kiefernholztisch mit den abgesägten Beinen; Susan trank etwas Cognac, der ihr in der Kehle brannte. Sie fühlte sich wieder ein wenig stärker. Sie musste mit der Sache irgendwie fertig werden. Es war ein Alptraum, aber es gab viele Alpträume. Sie durfte nicht einfach aufgeben. Sie musste an John denken, nicht an sich. Sie bemühte sich tapfer sich vorzustellen, wie er sich fühlen musste, wie es sein musste, bloß ein Kopf zu sein, ein hilfloses Halbwesen, das vollständig von anderen abhängig war. Müde strich sie sich übers Gesicht. John konnte das nicht tun. John konnte sich nicht die Zähne putzen oder sich kratzen oder sonst etwas tun. Er konnte nur hinausschauen in die Welt mit seinen dunklen Augen, den Kerkerfenstern seines Geistes; gucken und denken und beobachten. Und einen ohnmächtigen Zorn nähren. Und dabei ein zweites Mal auf den Tod warten.

Sie hörte Katherine sagen: „Vielleicht sollte ich von Anfang an erzählen. Es geschah, als Michael noch im Krankenhaus arbeitete, wo ich Assistenzärztin war. Eines Nachts brachte man ein Unfallopfer, das in keinem Fall mehr lange zu leben hatte. Michael hatte die Schwestern in der Hand und der Patient hatte offensichtlich keine Verwandten. Al Luczynski war auch dort, er machte gerade seinen Facharzt, und deshalb assistierten er und ich bei Michaels erster Kopfamputation. Der Mann überlebte nur achtundvierzig Stunden – wir hatten nicht die Medikamente, die wir heute haben, und auch nicht die speziellen Geräte. Später aber führte Michael noch zwei derartige Operationen an unheilbar kranken Patienten durch und beide lebten noch zwei oder drei Wochen.

Michael war fasziniert von dem Phänomen, dass ihre geistigen Fähigkeiten sich in dieser Zeit derartig steigerten. Es schien, als könnte das menschliche Gehirn unter bestimmten Umständen doppelt so viel leisten. Er wandte sich an Borg-Harrison. Admiral Burnleigh war soeben zum Vorsitzenden ernannt worden und erfasste sofort, was Michaels Theorie für Folgen haben könnte. Wirtschaftlich, politisch, in jeder Hinsicht.

Das war vor fünf Jahren und wir machten gute Fortschritte, bis sich der Aufsichtsrat der Stiftung wegen unserer Budgetüberschreitungen aufregte und uns ein Ultimatum von einem Jahr für die Erzielung konkreter Resultate stellte.

Du kannst dir vorstellen, wie dies auf Michael wirkte. Er tobte. Er sah die Früchte jahrelanger Arbeit im Nichts verschwinden. Dann dachte er an John und seine Forschungen über die Alternativbereichsentwicklung. Wenn er John irgendwie dazu überreden konnte mitzumachen, so würden sie vielleicht gemeinsam etwas erreichen. Aber er sollte nicht mehr dazu kommen. John hatte den Unfall."

Susan erinnerte sich plötzlich an die Party, wie John gestikulierte, an seinen Gesichtsausdruck, als er Michael wegen dessen Geheimnistuerei in Grund und Boden verdammte. Sie sagte dumpf: „John hätte nicht mit Michael zusammengearbeitet, Katherine. Nie. Er verabscheute all diese Geheimhaltung hier. Er hätte sich auch nie als Freiwilliger gemeldet. Ich kann nicht glauben, dass er es getan hätte, und er hat auch gesagt, dass er es nicht getan hätte."

„Ich weiß", erwiderte Katherine. „Und doch hat er es getan, und du musst versuchen, das zu akzeptieren. Er war bei völlig klarem Verstand, als Michael mit ihm sprach. Geheimhaltung oder nicht, er sah hier eine letzte Chance für seine ABE Theorien. Er unterschrieb einen gewöhnlichen Organspendervertrag mit einem besonderen Paragraphen über EGs. Du kannst ihn jederzeit sehen, wenn du willst. Wir wissen noch immer nicht, warum er das alles verdrängt hat. Es ist wohl eine Art postoperativer Gedächtnislücke. Ich habe alle gängigen Medikamente dagegen eingesetzt, aber ohne Erfolg. Besonders schlimm ist, dass er deswegen manchmal sehr feindselig ist."

„Aber damals im Krankenhaus hat er mir nichts davon gesagt", wandte Susan ein.

Katherine schüttelte den Kopf. „Wir wollten, dass er es dir sagt, Susan, wirklich. Obwohl wir eine strenge Vorschrift haben, dass die Angehörigen nichts davon wissen dürfen. Aber bei dir war es anders. Du hast mit ihm gearbeitet. Doch er blieb unerbittlich. Er sagte immer wieder: ‚Wenn ihr Susan in die Sache hineinzieht, höre ich auf, darüber auch nur nachzudenken!'"

Katherine machte eine Pause. Sie schenkte Susan noch etwas Cognac ein und sagte: „Hör zu, Susan, antworte mir: Geht es dir wirklich gut? Ich meine, abgesehen von dem Schock, wie fühlst du dich wirklich? Nicht, wie du glaubst, dass du dich fühlen solltest, sondern tatsächlich?"

Susan wusste keine Antwort darauf. Sie dachte an Michael. Gestern, heute war sie in ihn verliebt gewesen. War sie es jetzt auch noch?

Sie machte eine hilflose Geste.

Als hätte sie ihre Gedanken gelesen, sagte Katherine ruhig: „Michael ist dazwischengekommen, nicht wahr? Das verändert die Sache natürlich." Als Susan rasch aufblickte, lächelte sie sie sanft an. „Oh, ich weiß, im Labor habt ihr euch ausschließlich auf die Arbeit konzentriert, aber es war trotzdem ziemlich offensichtlich."

Susan war sofort auf der Hut. Sie tat so, als hätte Katherine nichts gesagt. Gleichgültig, wer davon wusste – sie wollte nicht über Michael und sich sprechen.

„Wie immer eure Vorschriften lauten oder welche Gründe ihr habt", sagte sie, „es wäre besser gewesen, wenn Michael mir von Anfang an alles gesagt hätte. Alles."

Katherine erwiderte: „Ich glaube, am Anfang wollte er wohl nicht das Risiko eingehen, dich zu erschrecken und damit zu vertreiben. Keiner von uns wollte das. Als ihr dann das Verhältnis begonnen habt, sagte er wohl nichts mehr, weil er sich Sorgen um dich machte." Sie fügte hinzu: „Das wirst du wohl mit ihm besprechen müssen."

Susan dachte an Johns Begräbnis und an das Grab auf dem kleinen Dorffriedhof in der Nähe von Philadelphia. Die hohen, schattenspendenden Ulmen, der Rhododendron und die Azaleensträucher, das frisch gemähte Gras, die alten, verwitterten Grabsteine, deren Inschriften man zum Teil nicht mehr lesen konnte, für immer vergessene Menschen, von denen nur noch Zeit und Ewigkeit wussten. Sie bemühte sich die Bitterkeit zurückzudrängen, die sie zu überwältigen drohte. „Was ist in Johns Grab?", fragte sie. „Wenn überhaupt etwas darin ist."

„Johns Körper", antwortete Katherine. „Fühlst du dich jetzt schlechter oder besser?"

„Schlechter, glaube ich. Aber es ist etwas, womit ich werde leben müssen, nicht wahr? Wie lange wird dieses Leben, sein zweites Leben, dauern?"

„Das hängt von ihm ab", erwiderte Katherine. „Davon, ob er sich in sein Schicksal fügt und sich anpasst. Sein Widerstand nimmt von Tag zu Tag ab. Wenn du es ertragen könntest, ihn wiederzusehen und mit ihm zu arbeiten, so würde das helfen."

„Ich weiß nicht", sagte Susan. Der Gedanke, in das Labor zurückzukehren und all das Grauen noch mal zu durchleben, erschien ihr niederschmetternd. „Ich weiß es einfach nicht", wiederholte sie.

„Natürlich nicht", sagte Katherine rasch. „Und du sollst dich auch noch nicht entscheiden. Nicht jetzt. Jetzt solltest du dich nur ausruhen."

Ein paar Minuten später machte sie sich zum Weggehen fertig. „Ich kann bleiben, wenn du willst."

„Es geht schon."

„Sicher?"

„Ja."

Katherine schrieb ihre Privatnummer für sie auf. „Auch wenn du nur einen bösen Traum hast, Susan, ruf mich an. Ich komme dann sofort."

Susan versprach es. Da sie auf die Nummer blickte, konnte sie den Ausdruck nicht sehen, der Katherines Gesicht eine Sekunde lang überflog. Es war der Ausdruck unverhohlenen und gnadenlosen Hasses.

Nachdem Katherine gegangen war, saß Susan lange vor einem weiteren Glas Cognac. Ganz tief in ihrem Inneren war eine Kälte, wie sie sie noch nie verspürt hatte. Katherines Bericht von Johns „freiwilliger" Entscheidung hatte eine verschwommene, lang begrabene Erinnerung heraufbeschworen. Als ihre Eltern ums Leben gekommen waren, war ihre Cousine gekommen, um sie abzuholen; mit dem Auto fuhren sie von der Farm zu ihrer Wohnung in der Stadt. Der alte Hund, der zur Familie gehört hatte, stand trübsinnig im Schatten seines Lieblingsbaums, und Susan wandte sich ein letztes Mal nach ihm um, als ihre Cousine sagte: „In einer Stunde kommen Leute, die ihn zu sich nehmen, Susan. Wir haben im Dorf ein wirklich nettes Heim für ihn gefunden." Aber es war eine Lüge. Wer kam, war die Polizei, die ihn erschoss, weil die Cousine den Hund nicht im Haus haben wollte.

Sie hatte den Ausdruck in den Augen ihrer Cousine nie vergessen. Sie glaubte, heute den gleichen Ausdruck in Katherines Augen gesehen zu haben, als diese sagte, John leide an postoperativen Gedächtnislücken.

Oder bildete sie es sich nur ein, weil sie John so gut kannte? Die Verwendung von Medikamenten und operative Eingriffe bei medizinischen Versuchen mit Menschen hatte er immer abgelehnt. Er zog eine scharfe Grenze bei der Stimulierung durch Elektroden: „Wenn man auch nur einen Schritt weitergeht, Susan, so endet man bei Experimenten wie bei denen der Nazis in den Konzentrationslagern."

Vielleicht hatte er angesichts des nahen Todes seine Meinung geändert. Die meisten Menschen hätten es getan.

Doch die Kälte, die Susan verspürte, wich nicht. Wenn sie recht hatte und John sich nicht freiwillig zur Verfügung gestellt hatte, so gab es vielleicht auch noch andere, die dies ebenfalls nicht getan hatten. Wenn das stimmte und jemals ans Licht käme, wären Katherine und Michael, ja sogar Burnleigh selbst, in ernstlichen Schwierigkeiten. Das Gehirnforschungsprojekt würde höchstwahrscheinlich abgesetzt werden und die dafür bereits ausgegebenen Millionen wären verloren.

Wenn jemand zu dem Schluss kam, dass sie etwas verraten könnte, so würde ihr Wissen über das Projekt sowohl sie als auch John in Lebensgefahr bringen, sobald ihrer beider Arbeit erfolgreich abgeschlossen war und sie nicht mehr gebraucht wurden.

Die Kälte, die Susan verspürte, verwandelte sich in ein Entsetzen, das sie niederkämpfte. Sie litt offenbar an Verfolgungswahn. Das waren doch alles Vermutungen. Sie wusste nicht, ob Katherine log. Sie dachte bloß, dass sie vielleicht gelogen hatte. Sie musste die Kontrolle über sich behalten und durfte ihren Einbildungen nicht freien Lauf lassen.

Sie trank den Cognac aus und bemühte sich, nicht zu denken. Aber es gelang ihr nicht. Sie dachte an John, an diesen Alptraum von John, und den noch schlimmeren Alptraum, den er erdulden musste. Sie dachte an Michael, die Art, wie sie ihn geliebt hatte. Sie war nicht sicher, ob sie ihn je wiedersehen wollte, aber sie wusste, dass es unvermeidbar war. Nur wenn sie Michael gegenübertrat, konnte sie auch dem grauenvollen Horror die Stirn bieten, in den ihr Leben sich plötzlich verwandelt hatte. Ehe sie nicht hörte, was Michael zu sagen hatte, konnte sie sich kein Urteil bilden oder irgendwelche Schlussfolgerungen ziehen.

Der Morgen graute schon, als sie endlich erschöpft einschlief.

## 16

An einer Ecke des Häuserblocks, in dem Susan wohnte, befand sich eine Telefonzelle. Von dort rief Katherine sofort Burnleighs Büro an. Er selbst war bei einem Empfang, den das Außenministerium für den brasilianischen Präsidenten gab, der auf Staatsbesuch in Washington weilte. Der Admiral konnte jedoch stets über Funk erreicht werden. Die diensthabende Telefonistin würde sich mit ihm in Verbindung setzen und er würde Katherine zurückrufen. Während sie wählte, ließ sich Katherine einen Augenblick lang von ihrem Verdruss überwältigen. Wegen der Konferenz in New York hatte sie Burnleighs Einladung abgelehnt, ihn und seine Frau zu dem Empfang zu begleiten. Nun war sie weder hier noch dort.

Als sich die Telefonistin meldete, las sie die Nummer der Telefonzelle im schwachen Licht der Straßenlaterne ab, sagte, dass es sich um einen Notfall handelte, hängte ein und wartete. Sie sah in Susans Wohnung noch Licht brennen und hoffte, dass das Mädchen sich wirklich beruhigt hatte. Ein Mann in einem schäbigen Regenmantel kam vorbei. Er musterte sie von oben bis unten, ging dann aber zu ihrer Erleichterung weiter. Eine Ewigkeit schien zu vergehen, bis das Telefon klingelte. Katherine riss den Hörer vom Haken.

„Katherine? Was ist los? Ich dachte, Sie wären in New York."

„Ich habe abgesagt." Sie berichtete ihm kurz, was vorgefallen war, und erklärte, wo sie sich befand.

„Sie scheinen es richtig angepackt zu haben, aber wir sollten uns doch lieber treffen und sicherheitshalber besprechen, was zu tun ist." Seine Stimme war tonlos und verriet nichts von dem, was er vermutlich fühlte.

„Kommen Sie doch einfach hierher ins Außenministerium."

„Ich bin nicht entsprechend angezogen. Henry Palmer hat mich aus der Dusche geholt."

„Dann komme ich hinunter zu Ihnen. Was für einen Wagen fahren Sie?"

„Einen dunkelblauen Porsche."

Er lachte. „Ganz schön nobel!"

Katherine ging zu ihrem Wagen zurück, fuhr die C Street hinunter bis zur 23rd Street und zu dem imposanten Portal des monolithischen Blocks, der das Außenministerium beherbergte. Sie parkte, teilte dem Wachtposten mit, wer sie war und wen sie treffen wollte, und wartete dann, wobei sie die Türen beobachtete und sich auszumalen versuchte, wie es auf dem Empfang zuging. Burnleigh hatte gesagt, dass er im Adams' Room stattfand. Sie war einmal dortgewesen, hatte die unschätzbaren frühamerikanischen Kunstgegenstände sowie John Adams' berühmten Schreibtisch gesehen. Einige der wichtigen Leute in Washington waren da wohl heute versammelt, eine schillernde Schar von Regierungsbeamten, ausländischen Diplomaten, Mitgliedern des Repräsentantenhauses und des Senats sowie hochrangige Offiziere. Sicher waren schwarze Krawatten vorgeschrieben und die Frauen trugen Abendkleider und teuren Schmuck, den sie für den Anlass aus dem Safe genommen hatten.

Als Burnleigh im Smoking in der Tür erschien, blendete Katherine die Scheinwerfer auf. Er kam und setzte sich neben sie ins Auto. Wie es typisch für ihn war, verlor er keine Zeit. „Gut, keine Vorwürfe. Sagen Sie mir zuerst, wie, zum Teufel, sie da hinaufgekommen ist?"

„Es fing damit an, dass Flemming im Speicher des

Zentralcomputers einen von ihm verfassten Artikel auflistete, von dem nur er und sie je gewusst hatten."

„Absichtlich?"

„Wahrscheinlich nicht. Offensichtlich wollte er bloß seinem Selbstwertgefühl ein paar Streicheleinheiten verschaffen. Dann fiel ihr Toni Soongs Ausweis in die Hand. Toni ist übermüdet und hatte ihn im Büro vergessen. Das ist jedem von uns schon passiert."

Er schüttelte den Kopf. „Gut, was den Ausweis betrifft, so werden wir für die Zukunft einen absolut sicheren entwickeln. Nun zum Personal. Wer macht was an diesem Wochenende?"

„Dr. Palmer hat Dienst. Ich glaube, Toni ist zu Hause."

„Wo ist Michael?"

„Auf seiner Jacht."

„Haben Sie schon mit ihm gesprochen?"

„Nein. Ich wollte zuerst Ihnen Bericht erstatten."

Er nickte. „Gut. Wie wird er reagieren?"

„Ich weiß nicht." Sie sagte es so ruhig sie konnte. „Er hat ein Verhältnis mit ihr."

Burnleigh fluchte vor sich hin. „Ich hätte gedacht, dass er es besser wüsste."

„Es könnte unser Vorteil sein."

„Erklären Sie mir das."

„Als ich mit ihr redete, hatte ich das Gefühl, dass sie wegen John nicht so schockiert war, wie sie es vielleicht gewesen wäre, wenn sie nichts mit Michael hätte. Sie schien eher entsetzt gewesen zu sein von Johns Anblick, als von der Tatsache, dass er sozusagen von den Toten auferstanden ist. Und auch deswegen, weil John ihr nicht gesagt hatte, dass er sich freiwillig zur Verfügung stellen wollte."

„Was haben Sie darauf geantwortet?“

„Ich erklärte ihr, er habe aufgrund postoperativer Gedächtnislücken vergessen, dass er einen Organspendervertrag unterschrieben hat.“

„Und?“

„Sie schien es zu schlucken.“

Einen Augenblick lang blieb er nachdenklich, dann sagte er: „Gut, wir haben zwei Möglichkeiten: Sie endgültig loszuwerden oder sie ständig zu überwachen.“

„Wir müssen sie behalten. Wir brauchen sie.“

„Glauben Sie, dass sie weitermachen will?“

„Ich denke ja. Aber auch das kann wieder von Michael abhängen.“

„Gut, wir werden sie beschatten lassen, sofort, ihr Telefon abhören und so weiter. Man wird natürlich in ihre Wohnung gehen müssen, wenn sie am Montag zur Arbeit fährt, um an ihr privates Adressbuch heranzukommen und zu sehen, mit wem sie befreundet ist. Morgen können Sie versuchen, irgendwelches Material zu finden, das sie vielleicht im Labor hat.“

„Natürlich.“

Burnleigh blickte auf die Uhr am Armaturenbrett. „Ich habe den portugiesischen Außenminister in Eleanors Obhut gelassen und sein Englisch ist fürchterlich.“

Er öffnete die Wagentür. „Ich möchte, dass Sie sich auch mit Michael in Verbindung setzen. Sagen Sie ihm, dass ich einen Hubschrauber schicken lasse. Ich werde ihn noch heute Abend empfangen.“

„Ja, Sir.“

„Wird es mit Luczynski oder Soong irgendwelche Probleme geben?“

Katherine dachte über die beiden nach; Luczynski war wie ein freundlicher Bär, aber bei ihm war sie sich nie ganz sicher; Toni war unergründlich, aber Katherine konnte sich nicht vorstellen, wie John Flemmings Entdeckung durch Susan für einen der beiden in irgendeiner Weise bedrohlich sein sollte. „Ich glaube nicht", antwortete sie.

„Ich überlasse sie Ihnen. Palmer tut, was man ihm sagt, haben Sie mir mal erklärt. Was ist mit den Pflegern und Technikern?"

„Es betrifft sie eigentlich nicht. Susans neuer Ausweis wird alles erklären."

Burnleigh stieg aus und neigte sich noch durch das Fenster, um ein letztes Wort zu sagen: „Sie haben gute Arbeit geleistet, Katherine. Es tut mir leid, dass Michael auf Abwege geraten ist."

Sie zuckte die Achseln, zwang sich zu lächeln. Burnleigh warf die Tür zu. Sie fuhr los. Sie wohnte im Watergate Gebäude, im Südflügel, direkt gegenüber der weißen Fassade des Kennedy Centers. Sie hatte diesen Ort nicht nur aus Prestigegründen gewählt, es war sehr bequem, mitten im Zentrum zu wohnen, und warum sollte sie es nicht tun, wenn sie es sich leisten konnte? Sie besaß eine Dreizimmerwohnung mit Balkon in einem der obersten Stockwerke, von wo man auf den Potomac und die Theodore-Roosevelt-Insel sah.

Das Auto rollte in die Tiefgarage. Katherine nickte dem Nachtwächter zur, der sie gut kannte, fuhr mit dem Fahrstuhl nach oben, stieg in ihrer Etage aus, ging durch den mit Teppich ausgelegten Korridor zu ihrer Tür und sperrte auf.

Ihre Wohnung war geräumig, teils modern, teils rustikal eingerichtet, die Vorhänge aus Rohseide, die Sitzmöbel mit dem gleichen Stoff bezogen, hochflorige Teppiche – alles von einem der führenden Innenarchitekten der Hauptstadt zusammengestellt. Sie goss sich einen Whisky ein und betrat das Schlafzimmer. Nachdem sie Mokassins, Jeans und Bluse ausgezogen hatte, setzte sie sich auf das Bett und wählte eine Nummer. Sie fühlte sich erschöpft.

Toni Soong hob ab; sie lallte ein wenig. Katherine vermutete, dass sie getrunken hatte. Im Hintergrund war Musik zu hören und irgendjemand sagte etwas, wahrscheinlich Sara, dachte sie. Sie hatte Toni seit Langem durchschaut und es schien ihr nicht ungewöhnlich. Katherine hatte selbst zeitweise Beziehungen zu Frauen gehabt, bevor sie Michael kennengelernt hatte. Sie wusste auch, dass sie Toni jederzeit haben konnte, wenn sie wollte, obwohl Toni noch nie einen Vorstoß unternommen hatte. Katherine hatte es in jener Nacht gemerkt, als sie alle nackt von Michaels Jacht ins Wasser gesprungen waren.

„Toni, hier ist Katherine." Sie teilte ihr mit, was vorgefallen war und wie Susan in die obere Etage gelangt war.

„Scheiße. Mein Gott!"

„Mach dir nichts draus. Sie hätte es früher oder später ohnehin herausgefunden."

„Das vielleicht schon, aber trotzdem."

„Ich habe mit Michael gesprochen", log Katherine. „Wir werden uns ganz ruhig verhalten und so tun, als wäre überhaupt nichts geschehen."

Als sie aufgelegt hatte, sah Katherine auf die Digitaluhr neben ihrem Bett. Es war fünf nach zehn. Sie stellte sich Toni vor, schlank, in einem Pyjama, der ihrer Figur schmeichelte, das asiatische Gesicht dezent geschminkt, und Sara, jung, blond und anmutig zu ihren Füßen. Sie hatte plötzlich das seltsame Gefühl, dass nichts von alldem auch nur für einen von ihnen je wieder ganz dasselbe sein würde.

Sie wählte die Vermittlung für den Schiffsfernsprechverkehr und gab der Telefonistin Michaels Nummer; sie hoffte, dass er an Bord war und nicht an Land.

Jemand hob ab, eine männliche Stimme meldete sich: „Hallo?"

„Guten Abend. Hier spricht Dr. Blair. Ich möchte mit Michael sprechen."

„Ach ja. Sie sind wohl Katherine. Mein Name ist Charley Phelps. Wir waren zum Abendessen bei mir zu Hause und kommen gerade erst zurück."

Katherine erinnerte sich dunkel an Phelps, einen großen, rotgesichtigen Mann, der ständig an Verdauungsstörungen litt und irgendetwas mit dem Jachtklub St. Michael zu tun hatte. Sie fühlte sich plötzlich ausgeschlossen.

„Er kommt mit meiner Frau im zweiten Boot und legt gerade an. Können Sie am Apparat bleiben?"

Sie wartete. Schließlich nahm Michael den Hörer. „Was ist los?" Seine Stimme klang ein wenig verärgert.

Sie berichtete es ihm geradeheraus und beinahe mit Vergnügen.

„Susan hat Flemming entdeckt, und zwar offensichtlich mit Hilfe von Tonis Ausweis."

„Um Gottes willen. Wo ist sie?"

„Zu Hause. Ich war gerade bei ihr. Es geht ihr gut. Aber Burnleigh möchte mit dir sprechen. Er lässt dir einen Hubschrauber schicken."

„Wann?"

„Jetzt gleich."

Es gab nicht viel mehr zu sagen. Hörte Michael die Kälte in ihrer Stimme? Es war ihr gleichgültig. Sie hatte bei Susan auf gut Glück gezielt, indem sie vorgab, von ihrem Verhältnis mit Michael zu wissen, und Susans Reaktion war eindeutig gewesen. Sie fragte sich, wie oft die beiden miteinander geschlafen hatten. Sie beendete das Gespräch abrupt, legte auf und blieb in Gedanken versunken sitzen. Burnleigh hatte recht. Sie hatte gute Arbeit geleistet. Und wenn sie bloß die Kontrolle über alles behielt, so würde sie die Lage meistern. Sie trank den Whisky aus, holte sich noch einen und beendete ihre vor eineinhalb Stunden unterbrochene Dusche.

Sie trocknete sich vor dem bis zum Boden reichenden Badezimmerspiegel ab und cremte sich danach mit Körperlotion ein; ihr Anblick bereitete ihr Vergnügen. Sie fand Gefallen an ihrer Weiblichkeit, den hohen Brüsten, dem flachen Bauch, den schlanken Hüften und Schenkeln und der Haut, die noch vom Sommer her gebräunt war und gut zu ihrem kupferfarbenen Haar passte. Alle sagten, dass sie einen schönen Körper hatte, und das stimmte auch.

Sie dachte an Michael und Susan. In einer Stunde würde er wieder in Washington sein. Burnleigh würde ihm die Leviten lesen und ihm sagen, dass er Susan unter allen Umständen als Mitarbeiterin behalten musste. Michael würde nachher zu ihr kommen, wahrscheinlich noch vor Mitternacht.

Die Eifersucht, die zu einer nagenden Qual geworden war und die sie tief in ihrem Inneren eingeschlossen halten musste, flammte plötzlich auf. Sie kämpfte dagegen an und versuchte, sie rein technisch zu sehen: Was war denn Eifersucht außer persönlicher Unsicherheit, der Bedrohung des Bildes, das man von sich selbst hatte? An Michael und Susan zu denken war nur deshalb schmerzhaft, weil es eine Gefahr für sie bedeutete. Aber war es tatsächlich eine Gefahr? Susan McCullough war vielleicht anmutig und gut im Bett, dachte sie – sie musste es sein, um Michael zu befriedigen; und Michael seinerseits tat wohl alles für sie, was er für eine Frau tun konnte, damit diese nie einen anderen Mann begehrte außer ihm selbst. Trotzdem waren Frauen für Michael aber etwas Zweitrangiges. Zuerst kam bei ihm die Arbeit. Hätte er zwischen Susan und dem EG Projekt zu wählen, so würde er sich für die EGs entscheiden.

Dann, so wusste Katherine, würde sie ihn wieder haben, vielleicht für immer. Sie besprühte sich verschwenderisch mit Eau de Cologne, trank den Whisky und ging zu Bett. Sie schlief sofort ein.

## 17

Es war, als hätte das Telefon bereits die ganze Zeit geklingelt. Dann merkte Susan, dass es nicht das Telefon war. Es war ein völlig anderes Geräusch, keineswegs das Telefon. Es war die Türklingel.

Sie setzte sich auf, wusste kaum, wo sie war, und fühlte sich völlig benommen. Es war Tag und zuerst glaubte sie, dass sie nach dem Mittagessen eingeschlafen war. Dann merkte sie, dass sie entkleidet war und unter dem Laken lag. Sie blickte auf den Wecker neben ihrem Bett. Es war 11 Uhr 35. Dann erinnerte sie sich an alles. In quälenden Wellen kam es zurück. Im Schlaf hatte sie es vergessen.

Es klingelte noch immer. Sie wartete, bis es aufhörte, stand auf, zog den leichten Morgenrock an und ging in die Küche. Sie versuchte zu verstehen, wie sie sich fühlte, konnte es aber nicht. John, das Entsetzen, Katherine; es war alles ein wirrer Traum und sie war dabei Zuschauerin; in das Geschehen verwickelt und doch auch wieder nicht. Sie wusste bloß eines: Das Leben, das sie gestern geführt hatte, war passé. Heute war alles völlig anders.

Sie hatte eben den Kaffee aufgesetzt, als das Telefon auf dem Küchentisch klingelte. Sie blickte starr auf den Apparat und eine Eingebung sagte ihr, dass es Michael war. Letzte Nacht hatte sie verzweifelt gewünscht, mit ihm sprechen zu können. Nun war der Augenblick gekommen und sie fühlte nichts als Panik.

Schließlich hob sie ab. Seine Stimme klang ein wenig vorwurfsvoll. „Ich habe eine Ewigkeit an deiner Tür geläutet."

„Ich habe geschlafen."

„Und vorher habe ich angerufen. Ich dachte, dass etwas passiert ist. Dein Wagen stand vor der Tür."

Sie wollte einwenden, sie könne doch ohne Auto unterwegs gewesen sein, zu Fuß oder mit einem Taxi. Doch dann ließ sie es bleiben.

Sie hörte ihn sagen: „Susan, Katherine hat mich angerufen. Wir müssen miteinander reden."

Sie suchte nach unsinnigen Entschuldigungen: Sie sei eigentlich noch nicht wach; sie müsse Anrufe erledigen. Dann merkte sie, wie lächerlich das war. Sie sagte, dass sie in ein paar Minuten unten sein würde und legte auf, ohne auf Michaels Antwort zu warten.

Sie trank den Kaffee, putzte die Zähne, duschte, schminkte sich, zog einen leichten Sommerrock und eine Bluse an und schlüpfte in Sandalen.

Sie hatte keinerlei Vorstellung, wo sie miteinander sprechen würden; sie wusste bloß, dass sie sich in die Enge getrieben fühlen würde, wenn er heraufkäme. Sie blickte aus dem Fenster und sah das diffuse Sonnenlicht über der schweren dunstigen, schmutzigen Luft der Hauptstadt. Das Laub der Bäume war welk, die Straße still. Es würde ein glühend heißer Tag werden.

Sie ging hinunter. Michael wartete am Straßenrand; er hatte das Dach seines Cabrios heruntergeklappt. Die Begrüßung war unangenehm, so, als wollte keiner von ihnen als Erster sprechen.

Susan flüchtete sich ins Banale und versuchte ihre Gedanken zu ordnen. „Ich muss zum Supermarkt fahren."

Er hatte nichts dagegen einzuwenden. Stumm fuhren sie das Dutzend Häuserblöcke entlang. Sie hatte vergessen, dass heute Sonntag war und der kleine Supermarkt geschlossen. Plötzlich fühlte sie sich wehrlos und wollte weinen. Gerade das aber machte sie zornig. Auf sich selbst, auf Michael. Auf alle. Zornig und trotzig. Sollte doch die ganze verfluchte, scheußliche Welt zum Teufel gehen! Und sie fasste einen Entschluss: Schluss mit der Hilflosigkeit! Auch er ist verwundbar.

Auf dem Parkplatz des Supermarktes blieben sie bewegungslos im Auto sitzen. Michael fragte: „Wohin jetzt?" Sie versuchte zu denken. Die Hitze war beinahe unerträglich. Ihre Schenkel klebten am Sitz; die Träger ihres BHs engten sie ein; die Haare fielen ihr in den Nacken wie eine lästige Decke.

Sie dachte an Michaels schöne, alte Jacht und wie sie nackt in die herrliche Kühle des Chesapeake gesprungen waren, und dann dachte sie an das, was danach gewesen war: wie sie an Deck gelegen und sich geliebt hatten; manchmal im Mondschein, umgeben vom Flüstern des dunklen Wassers und den blinkenden Lichtern an der Küste; manchmal am helllichten Tage, wenn ihre beiden sonnengebräunten Körper von Wasser und Sonnenöl glänzten und Michael sie langsam fast bis zum Wahnsinn getrieben hatte. Sie dachte daran, wie sie sich einmal stehend geliebt hatten, an einen Mast gelehnt; sie hatte die Arme eng um seinen Hals und ihre Beine um seine Hüften gelegt, beide hatten sie gelacht wie Kinder und in wilder Ekstase aufgeschrien, und sie hatten sich überhaupt nicht darum gekümmert, ob sie vielleicht jemand von einem vorbeifahrenden Boot aus sah.

Sie war so verliebt in Michael gewesen, dass die Zeit beinahe stillgestanden hatte.

Dann dachte sie an John. Schläuche und Drähte und der süßsaure, durchdringende Geruch von Antiseptika; das tiefe elektrische Summen der Apparaturen, die ihn am Leben erhielten; das ekelerregende Gurgeln der Schläuche, die in seiner Luftröhre steckten; Johns bleiches, hageres Gesicht, die erschöpften Augen, tief in ihren Höhlen, das Haar kurz wie das eines Sträflings.

Der Zorn stieg in ihr hoch. Außerhalb der Stadt würde die Hitze erträglicher sein.

„Am besten, du fährst mich nach Hause. Ich muss nach Philadelphia."

„Ich kann dich nach Philadelphia bringen. Was gibt es dort?"

Sie lachte, aber nicht mit den Augen. „John Flemmings Grab."

Sie sah, wie dieser Hieb saß. Sein Blick wurde plötzlich wachsam und sein Mund zog sich zusammen. Er antwortete nicht, und sie sagte nichts mehr.

Stumm fuhren sie über die I 95. Sie ließen die schlechte Luft von Washington hinter sich und die Sonne wurde klar – ganz so, wie Susan es erwartet hatte – und brannte, wo sie auf ihre nackten Arme und Beine traf. Vor der Delaware Brücke bogen sie nach Norden in Richtung Wilmington ab und fuhren nach einigen weiteren Kilometern auf die Straße zur Chadd Furt am Brandywine Creek, durch das sanftgewellte Land mit seinen Feldern und Weiden. An einem Stand an der Straße kauften sie Blumen. Nach kurzer Zeit erreichten sie das Dorf, in dem „John" begraben lag. Der Friedhof befand sich hinter einer alten, weißen, mit Schindeln gedeckten Kirche an einer stillen Landstraße.

Alles war vertraut, Johns Grab, die benachbarten Gräber und dahinter die riesigen Ulmen, die im warmen Sonnenlicht Spitzenmuster kühlen Schattens auf alte Steine und frisch gemähtes Gras warfen. Die bunten Blumen, die Susan vor zwei Wochen gebracht hatte, waren verwelkt.

Das Grab eines Unbekannten, so überlegte sie, war so bedeutungslos wie die Inschrift auf dem kalten Grabstein, die zwar aussagte, wer hier lag, aber doch die Anonymität nicht aufhob. Das Grab eines geliebten Menschen aber war etwas Einzigartiges und sehr Persönliches.

Zu welcher Art gehörte Johns Grab? Lag er noch hier unten, tief unter dem feuchten Gras, bis in alle Ewigkeit eingeschlossen in der Tintenschwärze eines Bronzesargs? Oder war das jetzt niemand? War das Wesentliche eines Menschen der Kopf, war der Körper bedeutungslos? Brauchte man nicht beides?

Sie wusste keine Antwort. Und fragte sich, ob irgendjemand je eine Antwort darauf wissen würde.

Plötzlich wandte sie sich Michael zu. Es war Zeit zu sprechen. Er lehnte starr an einer der Ulmen, ein paar Meter entfernt, den leeren Blick nach innen, auf seine eigenen Gedanken gerichtet. Sie fragte sich, was das wohl für Gedanken waren.

„Warum hast du mir das angetan, Michael? Sag es mir. Mir und John."

Zuerst glaubte sie, dass er sie nicht gehört hatte. Er blickte weiter starr ins Leere. Dann aber senkte er plötzlich die Lider und sagte: „Wir brauchten ihn. Unbedingt." Seine Stimme klang ein klein wenig verärgert, so, als hielte er ihre Frage für unfair. „Und er hat zugestimmt."

„Als lebender Leichnam zu existieren? Das glaube ich nicht."

„Manche EGs sehen es als Leben an. Wenn sie den sicheren Tod erwartet hatten. Ich habe mit ihm gesprochen und er hat einen Organspendervertrag unterschrieben."

„John sagte, dass er das nicht getan hat."

Michael brauste auf: „Verdammt noch mal, es ist mir gleichgültig, was er gesagt hat! Ich habe den Vertrag bei mir." Er zog ein Blatt Papier aus der Tasche und schob es ihr hin.

Sie überflog die kleingedruckten Zeilen.

Es war ein gewöhnliches Organspenderformular mit einem besonderen Paragraphen für EG Freiwillige. Johns gekritzelte Unterschrift stand darunter, unverkennbar seine. Verdächtigte sie Katherine ohne Grund?

Plötzlich tauchte jedoch ein neuer Verdacht auf. Sie konnte ihn nicht unterdrücken. Sie reichte Michael das Formular zurück und sagte: „Wusste er, was er unterschrieb?"

Michael fuhr zornig auf. „Bei Gott, Susan, für was für einen Schweinehund hältst du mich eigentlich?"

Auch sie wurde wütend. „Für den Schweinehund, der alles geheim gehalten hat!" Der Schmerz und der Zorn, die sie zurückgehalten hatte, brachen hervor. „Beim allmächtigen Gott, was glaubst du wohl, was in der letzten Nacht in mir vorgegangen ist? Und das hier?" Sie deutete mit einer hilflosen Geste auf Johns Grab. „Hier habe ich ihn begraben. In einem Sarg. Den ganzen Winter und Frühling über bin ich hergekommen und habe Blumen auf das sogenannte Grab gelegt und letzte Nacht finde ich plötzlich heraus, dass er überhaupt nicht hier ist, nur ein Teil von ihm, und der Rest wird von irgendeiner verdammten Maschine in einem Labor am Leben erhalten."

Als sie diesmal zu weinen begann, versuchte sie nicht, es zu verbergen. Als Michael seine Hand nach ihr ausstreckte, stieß sie sie von sich. „Warum hast du es mir nicht gesagt? Die ganze Zeit über, als wir einander liebten, wusstest du, dass er hier war. Du hast ihn gesehen, mit ihm gesprochen. Und mich hast du denken lassen, dass er tot ist. Mein Gott, ich halte das nicht aus. Wie konntest du mich je bitten, für dich zu arbeiten? Es ging mir gut. Warum hast du mich nicht in Ruhe gelassen? Oder willst du mir weismachen, dass Burnleigh es dir nicht erlaubt hat?"

Er wurde rot. „Nein. So war es nicht.“ Er setzte sich neben sie. Nach kurzem Schweigen sagte er sanft: „Es tut mir leid, Susan. Wir brauchten dich auch, brauchten dich genauso wie John, das weißt du. Ich hätte es dir natürlich sagen sollen. Es scheint grausam, ja sogar schäbig, dass ich es nicht getan habe. Aber ich konnte das Risiko nicht eingehen, dass du es dir dann vielleicht anders überlegst und nicht zu uns kommst. Zuerst dachte ich, dass du nicht drauf kommen würdest, dann kam es zwischen dir und mir zu einer persönlichen Beziehung. Das war das Letzte, was ich je erwartet hätte, und ich hab die Nerven verloren. Ich kann es nur so erklären. Je länger ich gewartet habe, es dir zu sagen, desto unmöglicher schien mir die ganze Sache. Ich konnte es nicht über mich bringen, weil ich ja wusste, was für ein Schock es für dich sein würde. Vor allem, da ich ja für Johns Zustand verantwortlich bin.“

„Und wie steht es mit dem, was du vielleicht von mir zu erwarten hattest?“

Diese Frage sollte ihn treffen und Susan sah, dass sie traf. Er schaute weg und zuckte die Achseln. „Das kam auch noch dazu“, sagte er.

Susan fand keine Worte mehr. Seine Erklärung glich der von Katherine aufs Haar. Sie machte sich an den Blumen zu schaffen, die sie für John mitgebracht hatte, und stand dann auf. „Ich möchte jetzt zurückfahren.“

Auf der Heimfahrt blieben sie wieder stumm. Einiges musste noch geklärt werden. Susan wartete. Die Fahrt schien endlos zu sein. Michael sprach nicht.

Während der Einfahrt nach Washington sagte sie: „Michael, danke, dass du mich hingebracht hast.“ Sie sagte es, um ihn zum Sprechen zu zwingen.

Er machte eine Handbewegung. „Das war selbstverständlich." Er zögerte und fragte dann: „Susan, was willst du jetzt tun?"

Ihr Herz pochte laut. Das war es, worauf sie gewartet hatte.

Sie zwang ihn, konkreter zu werden. „Tun? Was meinst du?"

Er erwiderte vorsichtig: „Ich meine die Arbeit. Und John."

Sie ließ einen Augenblick verstreichen, bevor sie antwortete. Dann sagte sie: „Ich komme morgen."

„Du weißt, dass du nicht musst."

„Ich muss schon, oder? Seinetwegen." Sie mied seinen Blick. Sie wollte die Erleichterung nicht sehen, die in seinen Augen zu lesen war.

„Die Antwort darauf kann ich dir nicht abnehmen", erwiderte er. „Aber tu nichts, was du nicht willst."

„Wann kann ich ihn sehen?"

„Jederzeit. Morgen Vormittag habe ich eine Operation. Schaffst du es alleine?"

Sie nickte. „Ja, nächstes Mal will ich ihn ohnehin lieber allein sehen."

Zehn Minuten später hielten sie vor ihrer Tür. Susan stieg nicht sofort aus. Sie saß da und blickte die leere Straße hinab, die nun zum Teil im Schatten des Spätnachmittags lag, und versuchte sich vorzustellen, wie ihre Beziehung zu Michael von nun an sein würde.

Sie sagte: „Ich weiß nicht, Michael, wie es zwischen dir und mir weitergehen wird. Ich brauche Zeit, um nachzudenken." Sie legte Hoffnung in ihre Stimme.

„Du hast viel durchgemacht, Susan. Ich verstehe dich."

Sie drehte sich um, um ihn anzublicken. Sein Gesicht sah abgespannt aus unter der sonnengebräunten Haut, die Augen, der Ausdruck war düster. Sie wollte die Hand ausstrecken und ihn berühren. Aber sie tat es nicht. Es war zu früh.

Als sie an Johns Grab endlich geweint hatte und Michael sich neben sie gesetzt hatte, hatte sie ihn auch berühren wollen. Ja, noch mehr, sie wollte, dass er seine Arme um sie legte. Trotz allem war die magnetische körperliche Anziehung zwischen ihnen unvermittelt wieder dagewesen. In diesem Augenblick hätte sie ihm alles verziehen, wenn sie nicht noch weiter diesen seltsamen Verdacht gehegt hätte, den sie nicht erklären konnte. Das tiefe Gefühl, dass er ihr gegenüber noch immer nicht ganz offen war. Während sie ihn begehrt hatte, hatte sie sich gleichzeitig unbehaglich gefühlt, so, als hätte sie irgendwie Angst vor ihm und wäre in Gefahr.

Nichts an seinem Verhalten auf dem Friedhof hätte ihr den Grund ihrer Angst erklären können. Michael war ganz der Alte, der Mann, dem sie sich hingegeben hatte und den sie noch immer begehrte. Und doch war er es nicht. Er war anders.

Doch auf der Heimfahrt von Philadelphia hatte sie es plötzlich verstanden. Jetzt sagte sie: „Ich glaube, wir haben beide viel durchgemacht." Sie stieg aus und betrat das Haus, ohne sich umzudrehen.

Oben in ihrer Wohnung fühlte sie sich plötzlich erschöpft. Sie holte sich etwas zu trinken und erinnerte sich dann, dass sie seit dem Mittagessen des vorigen Tages nichts gegessen hatte. Sie musste sich dazu zwingen, ein belegtes Brot zu essen. Ihre ganze Welt war zerstört. Während sie das Brot aß, sah sie in der Zeitung nach, welche Filme in den Kinos der Stadt liefen. Sie entdeckte einen, den sie schon seit einiger Zeit hatte sehen wollen, und beschloss auszugehen.

Das gehörte zu der Rolle, die zu spielen sie sich entschlossen hatte. Sie wollte vortäuschen, dass sie alles akzeptiert hatte. John, das EG Projekt, die Tatsache, dass Michael es ihr verheimlicht hatte. Sie musste alle davon überzeugen, dass sie eine vertrauenswürdige und diensteifrige Kollegin war. Sie würde so tun, als wüsste sie nicht, dass Michael sie noch immer belog. Denn das tat er.

Auf der Heimfahrt von Philadelphia hatte sie wieder über Katherine nachgedacht. Nichts, was Michael gesagt oder getan hatte, nicht einmal der unterschriebene Organspendervertrag, konnte die Erinnerung an Katherines Gesichtsausdruck auslöschen und an ihr eigenes Gefühl, dass Katherine log. Sie hatte plötzlich verstanden, dass dann auch Michael lügen musste, und wohl deswegen spürte sie auch, dass er ihr gegenüber nicht ehrlich war.

Als er wegen des Organspendervertrages und Johns Unterschrift zornig geworden war, hätte sie sich beinahe überzeugen lassen. Es wirkte so natürlich. Aber es hatte nicht funktioniert. Während der gesamten Heimfahrt hatte sich bei ihr das Gefühl verstärkt, dass ihr Gefahr drohte. War es nicht auch etwas seltsam, dass sowohl Katherine als auch Michael so schnell zu ihr gekommen waren? Vielleicht wollten sie sich nicht bloß dafür rechtfertigen, dass sie John zu einem EG gemacht hatten. Vielleicht wollten sie auch sehen, inwieweit sie, Susan, eine Bedrohung darstellen würde.

Wenn sie unrecht hatte, so würde sie Michael trotz ihrer Gefühle für ihn, trotz der Anziehung, die er vielleicht noch auf sie ausübte, nicht vertrauen, bis die Zeit und der Gang der Ereignisse ihre Vermutung widerlegten.

Ihr eigenes Leben war eine Sache. John Flemmings Leben war etwas anderes. Er war hilflos und musste um jeden Preis beschützt werden.

# 18

Montagmorgen. Die Operation begann pünktlich um acht Uhr.

Das Chirurgenteam bestand aus Michael, Toni Soong und Al Luczynski sowie zwei Operationsschwestern, einer Hilfsschwester und einem medizinisch-technischen Assistenten zur Überwachung der Herz-Lungen-Maschine. Drei Stunden zuvor war der Schädel der Patientin rasiert und gewaschen worden. Zur Vorbereitung hatte man ihr Pentothal verabreicht, dann war sie mit Halothan und Lachgas narkotisiert und das Gehirn durch ein Barbiturat ruhiggestellt worden.

Sie war jung, erst zweiundzwanzig, und Mitglied des Schwimmerteams des Colleges gewesen. Drei Wochen zuvor hatte sie einen Kopfsprung falsch berechnet, war auf dem Sprungbrett aufgeprallt und hatte sich das Genick gebrochen. Als Katherine zum ersten Mal von dem Mädchen hörte, litt sie an einer partiellen Lungenlähmung; sie war nach einer Tracheotomie an ein Atemgerät angeschlossen worden. Sie war ein Grenzfall, ihre Überlebenschancen standen wenig besser als fünfzig zu fünfzig. Mit Ausnahme von John Flemming und Claire – und für Katherine zählte die Krankenschwester Claire nicht wirklich, da hatte es schließlich und endlich mildernde Umstände gegeben – war die junge Turmspringerin die erste Nicht-Freiwillige.

Katherine war ziemlich sicher, dass niemand im Chirurgenteam davon wusste. Eine gefälschte „freiwillige" Unterschrift, die sie in einer angeblichen Unterredung während Michaels Abwesenheit erhalten hatte, schien ihn zufriedenzustellen, und sie glaubte, ein geschickt zusammengestelltes Krankenblatt der Patientin samt anderer gefälschter Daten würden Al Luczynski wie auch Toni im Dunkeln lassen und die Chirurgin davon überzeugen, dass ihre ursprüngliche Besorgnis um die „einigermaßen gute Verfassung“ der Patientin alles in allem unbegründet sei.

Katherine hatte von dem Unfall des Mädchens und ihrer weiteren Krankengeschichte durch ein Entgegenkommen von HEAD erfahren – das englische Wort für „Kopf“ stimmte zufällig mit dem Akronym für „Hospital Emergency Assistance Data“, Krankenhausnotfalldaten, überein. Ein Computernetz, an das der Capitol Krankenhausbereich angeschlossen war, war lange Zeit die Hauptquelle für ihre EGs gewesen.

Sie hatte mit Schwierigkeiten gerechnet, die junge Frau auf den Operationstisch von Borg-Harrison zu bekommen, aber in Wirklichkeit war es ziemlich einfach gewesen. In großen städtischen Krankenhäusern kann ein Patient abhanden kommen und als tot registriert werden, ohne dass es besonders auffällt. Altgediente Schwestern in den Intensivstationen wachen über die große Anzahl der Sterbenden und interessieren sich kaum für jemanden, der sich nicht mehr in ihrer Obhut befindet. Für Operationsschwestern wiederum ist der Patient anonym, und überarbeitete Anstaltsärzte sind leicht von der Notwendigkeit zu überzeugen, ein schwieriger Fall sei in eine Spezialklinik zu überweisen. Deshalb bestand das Hauptproblem darin, offizielle Informationen auszuschalten oder zu verfälschen. Dies ließ sich denkbar einfach bewerkstelligen, indem man mit Zugriffscodes die Computeraufzeichnungen manipulierte.

Nun war die Patientin bereit. Toni setzte den ersten Hautschnitt am Hals, genau über dem Schlüsselbein, wo zuvor eine rote Linie gezogen worden war, als sich die Patientin noch in der präoperativen Phase befand. Danach führte sie ihr Skalpell durch die Zervikalfaszien an der Oberfläche hinein in das Platysma. Innerhalb von Minuten durchtrennten sie und Michael den Sternocleidomastoideus und weitere Muskeln wie den Sternohyoideus und den Omohyoideus.

Michael war todmüde und nahm gar nicht wahr, was er tat. Noch immer gingen ihm die überstürzten Ereignisse der vergangenen achtundvierzig Stunden und die Auseinandersetzung mit Susan durch den Kopf. Von dem Augenblick an, in dem Katherines Anruf das Wochenende zunichte gemacht hatte, das sorgsam geplant gewesen war, bedauerte er, dass er sich vor fünf Jahren mit seinem Forschungsprojekt an Burnleigh und Borg-Harrison gewandt hatte. Hätte er das Projekt an irgendeinem unbedeutenden Provinzkrankenhaus fortgesetzt und wäre allmählich zu Geld gekommen und hätte seine technische Ausrüstung verbessert, so hätte er wohl, so dachte er, den gleichen Erfolg erzielt.

Er führte sein Skalpell mechanisch durch einen letzten Abschnitt eines Omohyoideus und hörte, wie Toni Klemmen verlangte, um die Blutungen zu stoppen. Sobald die Carotis und die inneren Jugulararterien freigelegt wären, würden sie sie an das Sauerstoffgerät der Konsole anschließen, die das Leben des abgetrennten Kopfes aufrechterhielt. Die Herz-Lungen-Maschine würde sofort die Funktion der Körperorgane der Patientin übernehmen, sobald diese stillgelegt waren. Gleichzeitig würde ein Dialyseapparat in der Konsole die Nierentätigkeit ersetzen und eine Nahrungspumpe die Blutbahnen im Kopf versorgen. Um ein elektronisch unterstütztes Sprechen zu ermöglichen, würde schließlich eine speziell konstruierte Pumpe in Aktion treten, die dem Kehlkopf, der jetzt in den Ösophagusstumpf eingesetzt wurde, Druckluft zuführen sollte.

Michaels Gedanken schweiften neuerlich ab. Nachdem Katherine ihn Samstagnacht auf dem Boot erreicht hatte, waren Charley Phelps und er an Land zurückgekehrt und hatten den Rasen vor dem Haus mit den Scheinwerfern mehrerer Autos beleuchtet. Zwanzig Minuten später hörten sie die Rotorblätter des Hubschraubers und kaum hatten sie die grünen und roten Positionsleuchten ausgemacht, stieß der Helikopter schon rasch herab wie ein riesiger unheilbringender Nachtvogel.

Die Rückkehr nach Washington, zum Hauptsitz von Borg-Harrison in der Massachusetts Avenue, hatte er nur undeutlich wahrgenommen, in banger Erwartung, bis das Dunkel der St.-James-Bucht plötzlich aufriss und sich unter ihnen das funkelnde Netz der Hauptstadt ausbreitete.

Es war nicht so sehr Burnleighs Zorn, der Michael beunruhigte; den hatte er schon bei anderen Gelegenheiten hinter der randlosen getönten Brille aufblitzen sehen und es hatte ihn selten aus der Ruhe gebracht. Vielmehr war er sich mit einem Mal darüber klar geworden, dass er Burnleighs Unterstützung verloren hatte. Für jeden gab es eine Grenze der Belastbarkeit und der Admiral hatte die seine offenbar erreicht. Es war völlig klar, dass Burnleigh beschlossen hatte, seine eigenen Flanken zu decken.

„Katherine sagt, Sie seien intim mit dieser Dame, daher sollten Sie lieber jeden Einfluss nutzen, den Sie in dieser Abteilung noch besitzen."

Es war kaum von Vorteil gewesen, Burnleigh zu erzählen, dass Susan niemals zugesagt hätte, für Borg-Harrison zu arbeiten, wenn sie einander nicht näher kennengelernt hätten. Der Admiral hatte nur noch eisiger und abweisender reagiert und das nagte weiter an ihm.

Die Tatsache, dass Katherine über ihn und Susan Bescheid wusste, traf ihn noch viel mehr. Waren Susan und er so leicht zu durchschauen gewesen oder war es nur Katherines Intuition? Ihre Kälte am Telefon hatte ihn geärgert. Verdammt noch mal, er war doch nicht ihr Eigentum! Die Besorgnis darüber, dass Burnleigh es als unzweckmäßig und für das EG Programm schädlich ansehen könnte, wenn sie heirateten, war nicht der einzige Grund, warum sie es nicht getan hatten. Auch Katherine hatte immer wieder gezögert, aus Gründen, die sie ihm nie offenbart hatte.

Während Michaels Gedanken abschweiften, arbeiteten er und Toni, ohne zu sprechen. Außer dem Summen der Sauerstoffpumpe war nur das Klirren der Instrumente zu hören, die die Operationsschwester den beiden Chirurgen reichte. Geklapper und metallisches Zuschnappen von Klemmen, die eine Ader nach der anderen verschlossen. Die OP-Schwester packte mehr und mehr Klemmen, Wundrandhalter, Skalpelle, Pinzetten und Tupfer aus, sowie ein bipolares Schneidegerät und eine Absaugvorrichtung.

Ein einziges Mal blickte Toni auf und ihre Blicke trafen die von Al Luczynski. Sie überlegte, ob er wohl an ihre Unterhaltung am Strand dachte. Er starrte herausfordernd zurück, wie ihr schien, obwohl sie nur seine Augen sah und sich irren konnte. Sie arbeitete weiter und vergaß Al, als Michael sie scharf auf eine Klemme aufmerksam machte, die sich geöffnet hatte, und weitere Tupfer verlangte.

Das war der siebenundvierzigste Kopf, den sie von einem Körper getrennt hatten, und sie waren schon nahezu drei Stunden damit beschäftigt; dabei lag eine der schwierigsten Arbeiten noch vor ihnen. Sie hatten die Speiseröhre durchtrennt, nebst einer großen Anzahl kleiner Muskeln und Blutgefäße; die Vertebralarterie war an die Sauerstoffpumpe angeschlossen worden. Nun konnte mit der mikrochirurgischen Arbeit im Bereich der Halswirbelsäule begonnen werden, in diesem verschlungenen Labyrinth von hochempfindlichen Nerven, durch die das Gehirn den Körper steuerte und umgekehrt von ihm Befehle empfing. Michael nahm ein Operationselektronenmikroskop und ein spezielles Fluoroskop, die mit einem Monitor verbunden waren, zu Hilfe, während er die restlichen Verbindungen zwischen Kopf und Körper durchtrennte. Nun war der Körper funktionslos.

Zweieinhalb Stunden später war jedes Mitglied des Operationsteams in Schweiß gebadet und das, obwohl die gesamte Operation von Anfang an nahezu automatisch abgelaufen war.

Eine für den körperlosen Kopf ausreichende Blutmenge war in die Sauerstoffpumpe geleitet worden. Nachdem das übrige Blut dem nackten Körper entzogen worden war, wurde dieser in einen Sack und dann in einen Plastikbehälter gelegt. Eine halbe Stunde später würde der Behälter einem Leichenbestatter, der für Borg-Harrison arbeitete, übergeben werden. Dieser wiederum würde die Eingeweide herauslösen, die Körperhöhle, die Anal und Vaginalöffnung mit Baumwolle ausstopfen, die Arterien- und Venensysteme mit Formaldehyd vollpumpen und den Körper schließlich in einen versiegelten Sarg legen.

Trotz ihrer gleichgültigen Einstellung dem Tod gegenüber verabscheuten sie alle den Augenblick am meisten, wenn der Körper weggeschafft werden musste. Wie immer wirkten nun die leblos nach außen gekehrten Beine, die entblößten weiblichen Genitalien, die plötzlich so geschlechtslos geworden waren, die schlaffen Brüste und die lose herabhängenden Arme des eben geköpften Körpers irgendwie noch lebendig. Es war, wie immer, ein erschütternder Anblick, diese Schultern, oberhalb derer nichts mehr war, abgesehen von dem wunden, zerquetschten, fleischigen Stumpf, auf dem einst der Kopf gesessen hatte. Eine Krankenschwester wandte sich ab.

Toni brachte nun rasch und geschickt die Gardner-Wells-Zange an, indem sie deren scharfe Enden durch die Einschnitte in der Kopfhaut in die Löcher führte, die sie zuvor in die Schädeldecke zu beiden Seiten der Frontookzipital-Ebene gebohrt hatte. Die Hilfsschwester tupfte die Eintrittsstellen ab, dann wurde der Kopf sorgsam auf die lebenserhaltende Konsole gesetzt, die Zange in ihre Halterung geführt und zurechtgerückt.

Die Operation war vorüber, der Kopf unwiderruflich an eine Maschine angeschlossen, die seinen neuen Körper darstellte und die bis zu seinem Tod die einzige Verbindung mit dem Leben bilden würde. Noch in tiefer Narkose, ruhte er auf der Konsole, mit geschlossenen Augen; nur ein leises Gurgeln war zu hören. Es rührte von dem Rohr her, das zu Beginn der Operation bei der Pharyngotomie in den Hals eingesetzt worden war, um den Speichel abzusaugen.

Michael und Toni beobachteten gemeinsam mit Al Luczynski auf einem Monitor die Vitalwerte und verglichen die multilinearen Informationen mit den Werten der Sauerstoff- und der Hirndruckpumpe. Der Blutdruck im Kopf betrug 100 zu 80, der Druck im Schädelinneren 5 Torr. Dies wurde über einen Katheter abgelesen, den Michael in einen Seitenventrikel des Gehirns eingepflanzt hatte. Gleichzeitig hatte er eine Temperatursonde eingeführt, sie zeigte einen normalen Wert von etwa 37 Grad Celsius. Er überprüfte auch den arteriellen Blutgasgehalt. Auch dieser war normal.

Während Michael die Wirbelsäule vollständig abtrennte, hatte Toni die Kopfhautelektroden an dem rasierten

Schädel angebracht. Die EEG Überwachung würde die nächsten sechsundneunzig Stunden andauern. Gegenwärtig waren fast ausschließlich Beta Wellen abzulesen, was relative Hirnaktivität bedeutete.

Nachdem Michael und sie den Monitor etwa zehn Minuten lang überwacht hatten, ging Toni in den Ruheraum, um nachzusehen, ob dort alles in Ordnung war, bevor der Kopf auf seiner Konsole dorthin gebracht wurde. Michael betrat den angrenzenden Umkleideraum, um die Operationskleidung abzulegen. Er entfernte die Maske und die Haube und lehnte sich erschöpft an einen Schrank, bevor er Mantel und Hose auszog.

Er wünschte sich nichts mehr, als nach Hause gehen und schlafen zu können. Es war nicht so sehr physische Müdigkeit, das wusste er wohl, sondern das Bedürfnis zu fliehen; Burnleighs Forderungen zu entgehen und Katherines Beharren darauf, Termine einzuhalten, denen er nie hätte zustimmen sollen; die schwierige Lage zu vergessen, die durch Susans Entdeckung entstanden war.

Als er sie gestern gesehen hatte, war es ihm irgendwie gelungen, die goldene Mitte zwischen dem unschuldig Angeklagten und dem besorgten und reumütigen Liebhaber zu finden. Das war nicht einfach gewesen und es hatte ein paar unangenehme Augenblicke gegeben. Als sie sich anfangs weder am Telefon gemeldet noch auf die Türklingel reagiert hatte, war seine Fantasie mit ihm durchgegangen: Vielleicht hatte sie eine Überdosis Schlafmittel geschluckt und irgendeine unheilvolle Nachricht für die Polizei hinterlassen; vielleicht hatte sie auf irgendeine Art Burnleighs Überwachung umgangen und die Stadt verlassen und würde irgendwann wieder auftauchen; unter Schutz stehend und Anklage erhebend. Ein Dutzend Möglichkeiten.

Ihr Schweigen auf der Fahrt nach Philadelphia war

ebenso qualvoll gewesen. Es war ihm sehr schwer gefallen, ebenfalls zu schweigen und abzuwarten. Noch schwieriger war es gewesen, seine Erleichterung zu verbergen, als sie sagte, sie würde ihre Arbeit fortsetzen.

Als Katherine es geschafft hatte, Flemmings Unterschrift auf einem Organspendervertrag zu bekommen, ohne dass Flemming sah, was er unterschrieben hatte, war er besorgt gewesen, die Sache würde irgendwie auf sie beide zurückfallen. Aber das war bis jetzt nicht der Fall gewesen und nun dankte er Gott dafür. Denn hätte er Susan den Vertrag nicht gezeigt, hätte sie sich nie überzeugen lassen.

Doch auch so war er noch nicht völlig beruhigt. Trotz ihrer offensichtlichen Zuneigung für Flemming bestand noch immer die – wenn auch unwahrscheinliche – Möglichkeit, dass ein neuerliches Wiedersehen mit ihm eine neue, andersartige Reaktion bei ihr auslösen könnte. Eine schwierige Woche lag vor ihm. Dazu kam ein deutlich nagendes Schuldgefühl, das Susan in ihm ausgelöst hatte. Irgendwie war sie für ihn viel wichtiger geworden, als er je beabsichtigt hatte, und das war nicht gut. Es war nicht nur der Sex mit ihr, der so aufregend war, es war da noch etwas an ihr, eine Art halsstarriger Selbständigkeit und das Fehlen weiblicher Tricks, das ihn fesselte. Und anders als Katherine stellte sie nie Forderungen.

Widerstrebend kehrte er in die unmittelbare Gegenwart zurück. Er sollte Susan nun in ihrem Zimmer aufsuchen. Es war ihm wichtig, sich ihrer zu vergewissern.

Er war gerade dabei, den Kittel auszuziehen, als er die Hilfsschwester aufschreien hörte. Etwas in ihrer Stimme veranlasste ihn, sofort wieder in den Operationssaal zurückzukehren. Toni war bereits dort. Sie, Al Luczynski und die Schwestern starrten das neue EG stumm an.

Während und auch nach der Operation hatte sich alles komplett mit ihren früheren Erfahrungen gedeckt, sodass niemand auf den plötzlichen Tod der jungen Frau vorbereitet war, der nur wenige Minuten, nachdem man aufgehört hatte, sie per Monitor zu überwachen, eingetreten war. Es war bereits zu spät, Wiederbelebungsmaßnahmen einzuleiten.

Michael war niedergeschmettert. „Was ist passiert?"

Wenn eines der EGs aufgrund postoperativer Komplikationen starb, so konnte er das gerade noch hinnehmen; es war eines der unkalkulierbaren Risiken des Programms. Nicht aber der Tod während oder infolge einer eben durchgeführten Abtrennung des Kopfes vom Körper. Es bedeutete, dass sie einen Fehler gemacht hatten. Bis jetzt hatten sie auf diese Weise erst sechs EGs verloren.

Er hörte Tonis besorgte Stimme: „Ich weiß nicht, Michael, aber meiner Ansicht nach liegt da eine Embolie vor."

Al Luczynski sagte: „Der Meinung bin ich auch."

Michael wusste, dass sie wahrscheinlich recht hatten. Er warf einen Blick auf das Überwachungsgerät. Auf dem EEG waren überhaupt keine Werte abzulesen. Er drückte eine Taste des Steuercomputers. Der Augenblick des Todes wurde wiedergegeben. Die Gehirnwellen verliefen normal vertikal, dann verflachten sie plötzlich. Gerade so, als hätte jemand einen Stecker aus einer Steckdose gezogen. Er hob eines der Augenlider und berührte die Pupille. Sie war starr und erweitert. Alles deutete auf eine Embolie hin. Aber wieso? Michael machte einen Schritt rückwärts, überrascht von dem Zorn, den er aufsteigen fühlte. „Verdammt noch mal", sagte er, „ein Fehler und sie kratzen einfach ab. Kein Wunder, dass sie überschnappen und Katherine solche Schwierigkeiten mit ihnen hat. Okay, Toni, entferne so rasch wie möglich beide Hirnhälften. Wir werden eine Autopsie machen müssen, wegen des Berichtes." Er versetzte der Konsole einen Fußtritt. „Und jemand sollte wohl dieses verdammte Ding überprüfen. Und nachsehen, ob es richtig arbeitet."

Es war eine bloße Geste. Er wusste sehr wohl, dass höchstwahrscheinlich er selbst der Schuldige war. Wenn man nur zwei oder drei Stunden schlief und dann operierte, musste man einfach Fehler machen. Vielleicht hatte er infolge der Übermüdung unachtsam eine größere Luftmenge in das System eindringen lassen, als er eine Arterie an die Sauerstoffpumpe anschloss. Das war bitter. Sie brauchten jeden Kopf, den sie bekommen konnten.

Er kehrte in den Umkleideraum zurück. Während er sich umgezogen hatte, hatte die Hilfsschwester die Zange, die den Kopf geradehielt, entfernt. Nun leitete sie das Blut in einen Abfluss, ehe sie den Kopf in einer Plastiktragetasche verstaute. Al Luczynski war irgendwohin verschwunden, Toni Soong jedoch wartete; sie schaute nicht auf den Kopf, sondern blickte starr ins Leere. Sie sah bleich und abgezehrt aus. Michael wusste, dass er eigentlich etwas zu ihr sagen, ihr das Gefühl geben sollte, dass es nicht ihre Schuld war; vielleicht sollte er sogar zugeben, dass es seine eigene gewesen sein könnte. Toni war immer schnell damit, die Schuld auf sich zu nehmen, wenn bei einer Operation etwas schiefging.

Aber irgendwie konnte er es nicht. Zum Teufel mit ihr, dachte er, zum Teufel mit allen.

Als er in sein Zimmer zurückkam, sagte er Gladys, dass er niemanden sehen oder sprechen wollte. „Burnleigh mit eingeschlossen", sagte er. „Ich bin außer Haus." Energisch schloss er die Tür hinter sich.

Gladys war verblüfft. Sie hatte ihn noch nie in einer derartigen Verfassung gesehen.

Einige Türen weiter, ein paar Minuten später, schloss sich auch Toni Soong ein. Sie empfand ein Schuldgefühl, das ihr bis jetzt fremd gewesen war. Sie hatte sich nicht einen Augenblick lang von der Krankengeschichte der Toten täuschen lassen. Was darin stand, stimmte nicht mit ihrem Eindruck vom Zustand der Patientin überein. Vor der Operation hatte sie den zutiefst beunruhigenden Verdacht gehegt, dass sie gerade dabei waren, das Leben eines Menschen zu zerstören, der noch eine Überlebenschance besaß. Sie hatte sich gezwungen, diesen Verdacht zu verdrängen. Weder Katherine noch Michael waren zu einer solchen Sache fähig, dachte sie, ungeachtet dessen, wie verzweifelt sie neue EGs brauchten. Jetzt war sie sich da nicht mehr sicher. Jemand war gestorben, entweder durch ihre oder durch Michaels Hand – aber das machte keinen Unterschied.

Sie fragte sich, wie Al Luczynski sich jetzt fühlte. Oder Michael. Oder ob sie überhaupt irgendetwas empfanden. Sie war sich dessen nicht sicher. Mit einem Mal wurde ihr bewusst, dass sie sich überhaupt keiner Sache mehr sicher war.

## 19

Als Michael den Operationssaal verließ, um in sein Zimmer zu gehen, besuchte Susan John zum zweiten Mal in dem winzigen Neurometriklabor neben dem Raum, in dem sich die anderen EGs befanden, und der, wie sie erfahren hatte, als „Aufenthaltsraum" bezeichnet wurde.

Das Wiedersehen erwies sich als beinahe so qualvoll wie das erste Zusammentreffen. Von dem Augenblick an, in dem sie die Bakterienschleuse verließ, kostete es sie größte Überwindung, nicht wieder ihr Entsetzen, ja beinahe Abscheu vor dem grauenvollen Anblick zu zeigen. Sie konnte das, was sie sah, nicht mit dem John in Einklang bringen, den sie geliebt, mit dem sie gelebt und geschlafen hatte. Und doch hielt ihre Furcht an, dass er plötzlich sterben könnte, ohne Vorwarnung, unmittelbar vor ihren Augen.

Ihr Mut sank, sie wusste, er durchschaute ihren Versuch, ihre Gefühle zu verbergen. Wie Helen und die anderen im Aufenthaltsraum schien auch er einen beinahe übermenschlichen Scharfblick entwickelt zu haben. Sie versuchte daran zu denken, was sie ihm sagen wollte, aber sie konnte es nicht. Egal wie behutsam sie auch vorging – sie war überzeugt, dass der Zorn und die Feindseligkeit, die sie bei ihrem ersten Treffen gespürt hatte, sich wieder gegen sie richten würden.

Und angenommen, er behauptete wieder, er sei kein Freiwilliger? Sie durfte ihm nicht zeigen, dass sie ihm glaubte. Sollte jemand – besonders Katherine – der Meinung sein, sie hätte Zweifel an Johns freiwilliger Teilnahme, so würde es das Bild zerstören, das sie zu schaffen versuchte, dass sie nämlich keine potenzielle Bedrohung für das Programm darstellte.

Ruhe bewahren, sagte sie sich immer wieder, nur Ruhe bewahren, dann kannst du klar denken. Du darfst ihn einfach nicht beunruhigen, was immer du tust, was immer er sagt.

Sie fürchtete nicht so sehr, dass sie und John belauscht werden könnten. Die akustische Überwachung der EGs vom Steuerraum her erstreckte sich nicht auf das kleine Neurometriklabor, das so vollgestopft war mit Spezialapparaturen, dass nicht einmal genügend Platz für ein Überwachungsgerät für die Körperfunktionen war. Sie und John konnten frei sprechen. Was ihr Sorgen bereitete, war, dass er vielleicht unter dem Einfluss von Drogen stand und über Dinge redete, über die er nicht reden sollte.

Zu ihrer Überraschung und Erleichterung jedoch sagte er nichts. Vielleicht war es zu qualvoll für ihn, dachte sie. Auch war sein Verhalten in keiner Weise mehr feindselig. Stattdessen bewies er Feingefühl für ihre unglückliche Lage und bestand darauf, sofort mit der Arbeit zu beginnen.

Hatte er Gewissensbisse, weil er sie durch einen Fehler hatte wissen lassen, dass er am Leben war? Es war bedeutungslos. Susan fügte sich. Arbeit war eine willkommene Flucht und sie zwang sich, an nichts anderes zu denken; so, als wäre John völlig normal und als lebten sie nicht in einem Alptraum. Innerhalb von zwei Tagen erreichten sie und John eine ganze Menge: Sie entwickelten rasch ein neues Programm für die Stimulierung durch Tiefenelektroden, zuerst für Helen, dann für ein zweites EG, Thurston, einen Mann Ende fünfzig, der vor seiner tödlichen Krankheit Richter in Chicago gewesen war.

Das Experiment bestand aus vielen komplizierten Einzelteilen. Es wimmelte von Kopfhautelektroden auf den rasierten Schädeln der EGs und bei beiden wurden

Elektroden tief in die periaquäduktale graue Substanz, den Lernbereich des Gehirns zwischen dem dritten und dem vierten Ventrikel, eingeführt. Zwei weitere Elektroden waren in den Hippocampus eingepflanzt, nahe der Rinde des Temporallappens, jeweils in den linken und den rechten Thalamus, tief drinnen in der Nähe des Hirnstammes, wo dieser aus dem Hals mündete. Da das Gehirn selbst über keine Schmerzrezeptoren verfügt, spürten sie sie nicht.

Jede Elektrode würde auf Johns Anweisung mit einem Strom von einigen Milliampere einen Reiz auslösen. Er hatte gelernt, mit einem „Zungen Kippschalter" und einem „Saug-Blas-Röhrchen" umzugehen, wie sie üblicherweise von Gelähmten verwendet werden; die Geräte hingen von einer an der Decke angebrachten Vorrichtung herab. Mit einer kurzen Zungenbewegung oder einem schwachen Luftstoß konnte er Ultraschallbefehle an eine Steuereinheit senden, die sechsunddreißig Apparate bediente, darunter all seine neurometrischen Computerausrüstungen; die Steuereinheit ermöglichte auch die direkte akustische Verständigung mit jedem beliebigen EG, mit dem er gerade arbeitete.

Routine und Vertrautheit herrschten den Rest der Woche über, die im Nu verflog, und plötzlich war es Freitag. Dennoch schien es Susan, als seien Jahre vergangen, seit sie John entdeckt hatte. Eigenartigerweise kam es ihr vor, als wäre es immer so gewesen wie jetzt. Die Bestürzung, die sie an seinem Grab empfunden hatte, war verschwunden. Die massive und komplexe Apparatur, die ihn am Leben hielt, war für sie zu seinem Körper geworden.

Die ganze Woche hindurch sah sie Michael nur, wenn er den EGs und John seine täglichen Visiten abstattete; einmal etwas länger, um mit ihr und Palmer die Arbeit zu besprechen. Beim ersten Mal, als er in Johns Labor erschien, war sie unruhig und verwirrt von seiner Ausstrahlung, die noch immer auf sie wirkte, trotz des Misstrauens, das sie weiterhin gegen ihn hegte. Es fiel ihr schwer, den Schwall zwiespältiger Gefühle zu verbergen, und bisweilen fragte sich Susan, ob es ihr auch nur halbwegs geglückt war.

Es war eine Hassliebe. Sie fühlte sich zu ihm hingezogen und gleichzeitig hatte sie Angst, einen falschen Schritt zu tun, der sie entlarvte. Sie musste herzlich und freundlich sein und doch wieder nicht zu sehr, um John nicht zu kränken, dessen verächtliches und zynisches Verhalten in Michaels Gegenwart nur allzu deutlich den tiefen und rebellischen Groll darüber zeigte, was Michael ihm angetan hatte.

Was die anderen betraf, so war sie überrascht, dass niemand jemals den unerlaubten Gebrauch von Tonis Ausweis erwähnte, nicht einmal Toni Soong selbst. Sie machte sich darüber Gedanken, ob das gleichgültige Verhalten ihrer Kollegen beabsichtigt war oder ob sie einfach nicht so bestürzt gewesen waren, wie sie angenommen hatte. Sie fand es merkwürdig. Merkwürdig und beunruhigend.

Auch sie spielte allen etwas vor – dass man sich auf sie verlassen konnte, dass sie den Schock, John lebend vorzufinden, überwunden hatte und dass sie mit diesem Schock spielend fertig wurde. Währenddessen versuchte sie verzweifelt herauszufinden, was nun zu tun war. Sollte sie John und die anderen EGs auf irgendeine Weise zu retten versuchen, die ganze Sache mit dem Labor aufdecken? Und wenn ja, an wen sollte sie sich wenden? Wenn sie es tat, würde man dann nicht versuchen, diese Personen zu bestechen oder zum Schweigen zu bringen, sodass sie sich ganz vergebens in große Schwierigkeiten brachte? Burnleigh war ein mächtiger Mann, der stets gute Kontakte zum Weißen Haus hatte und auch zu fast allen anderen Persönlichkeiten in Washington.

War es das Risiko wert? Nichts würde John und die anderen wieder zu dem machen, was sie gewesen waren. Ihre Lage war endgültig.

Außerdem war da noch Michael. Sie wusste, dass es zwecklos war zu versuchen, ihn zu einer – auch nur teilweisen – Änderung des Programms zu bewegen. Ungeachtet der Lügen ihr gegenüber war es sein Lebenswerk und es war klar, dass er es für völlig rechtmäßig und in Ordnung hielt. Unabhängig davon, was er John angetan hatte – wäre es fair, ihn ebenfalls zugrunde zu richten? Oder sogar über die Ethik des gesamten EG Forschungsprojektes zu urteilen, das von anderen Leuten, die andere Ansichten hatten und auch andere Prioritäten vertraten, vielleicht anders beurteilt wurde? Zeitweise war sie völlig verwirrt.

Plötzlich fuhr Susan auf: Die Digitalwanduhr zeigte 17 Uhr 45. Sie und John hatten mehr als drei Stunden mit den EGs gearbeitet. John hatte bereits Gehirnreaktionen auf Lichtblitze und elektronische Geräusche in Diagrammform dargestellt und nun zeichnete er die Antworten auf verbale Fragen auf, wobei jede Reaktion als grüne, gezackte Linie auf seinem EEG Monitor aufschien, die durch die „Eclipse“ Zentraleinheit nach einer vorher festgelegten Norm klassifiziert werden musste; der Computer übersetzte auch sie in eine Reihe verarbeitbarer Zahlen und speicherte die Ergebnisse für weitere Untersuchungen.

Susan saß vor dem Mikrocomputer und gab Zahlen ein. Als sie ihren Blick von der Uhr abwandte, sah sie, dass John sie mit einem schwachen Lächeln anstarrte.

Wie aus heiterem Himmel sagte er plötzlich: „Weißt du, wir sollten wirklich über dein Verhältnis mit Michael sprechen. Es macht mir nichts aus, dass du eines hast, natürlich nicht, wie denn auch? Aber ich kann deutlich sehen, dass es dich sehr belastet."

Es traf sie völlig unvorbereitet. Sie begann zu beteuern, zu stammeln, aber er unterbrach sie, und seine gleichgültige, monotone elektronische Stimme ließ das, was er sagte, noch schärfer klingen. „Susan. Dies ist einer der Augenblicke, in denen ein Kopf sein Leben dafür geben würde, einen Körper zu besitzen. Ich möchte meine Hand ausstrecken und die deine ergreifen. Besser als Worte würde das ausdrücken, dass alles in Ordnung ist, dass du die Sache mit Michael nicht vor mir verbergen musst."

Als sie es fertigbrachte, ihn anzublicken, sah sie ihn kaum, ihre Augen waren mit Tränen gefüllt. „Es tut mir leid, John."

Er schien plötzlich wieder der John aus längst vergangener Zeit zu sein. „Leid? Warum, zum Teufel? Er ist attraktiv, wenn auch nicht ganz mein Fall. Du bist eine sinnliche, lebenshungrige, junge Frau." Er lächelte zynisch und gleichzeitig belustigt. „Du könntest wohl kaum ein Abenteuer mit mir haben, nicht wahr? Also, komm, weg mit den Gewissensbissen und vergiss es."

„Ich fürchte, es ist nicht so einfach."

„Hm?"

Susan sah ihn prüfend an. Er wirkte gleichgültig, objektiv. Offenbar schien er sich selbst nicht leid zu tun. Sie überlegte, wie viel sie ihm erzählen konnte, und stellte fest, dass es nicht viel war. Nicht, dass sie sich plötzlich wie eine Ehebrecherin fühlte. Sie wollte unter keinen Umständen ihre Furcht auf ihn übertragen. Sie sagte: „Ich weiß nicht mehr, was ich für ihn empfinde."

„Meinetwegen?"

„Natürlich."

„Meine Existenz sollte damit nichts zu tun haben. Als du dich für ihn zu interessieren begannst, war ich tot. Erinnerst du dich?"

„Ich werde nicht damit fertig, dass er mir nicht die Wahrheit gesagt hat."

„Unter diesen Umständen bin ich auch nicht sicher, ob ich es getan hätte. Und damit meine Chancen zerstört hätte, dich zu kriegen. Auch er ist ein Mensch, Susan, ob du es glaubst oder nicht."

John wollte anständig sein. Impulsiv strich Susan ihm mit ihrer behandschuhten Hand über die Stirn. Die Schutzhaube war im Weg, aber es war das, was einem Kuss am nächsten kam.

„Ich liebe dich, John", sagte sie. „Bitte vergiss das nie. Das war immer so und wird immer so bleiben."

„Was du auch tust, Susan, hüte dich vor Katherine. Hüte dich vor den Furien der Hölle."

„Was meinst du?"

Seine Augen weiteten sich. „Was alle über sie und Michael wissen, außer dir offensichtlich."

Da verstand sie und alles wurde plötzlich sonnenklar: Katherines merkwürdig feindseliger Blick, als sie einander zum ersten Mal begegnet waren; ihr eigener Instinkt, Katherine aus dem Weg zu gehen; Katherines Freundlichkeit und Herzlichkeit an jenem Abend, an dem sie sie in Wirklichkeit doch hätte verabscheuen müssen. Warum hatte ihr Michael nicht gesagt, dass Katherine Blair momentan die Frau in seinem Leben war? Natürlich hatte Katherine sie belügen müssen und das bestätigte ihren schlimmen Verdacht gegenüber Michael. Es war ihr, als fiele eine Tür krachend ins Schloss, aber ihr blieb keine Zeit weiterzudenken. Sie sah ein Zucken in Johns Augen. Gleichzeitig hörte sie ein leises Stöhnen aus dem Aufenthaltsraum nebenan.

John sagte rasch: „Du solltest jetzt gehen."

Es war zu spät. Das Stöhnen wurde lauter und klang nun wie das Kreischen einer verletzten Katze, unmenschlich und entsetzlich.

Susan drehte sich um.

„Susan, nein!"

Aber sie lief bereits in den Aufenthaltsraum.

Ihr Blick fiel sofort auf Peggy, das jüngste der EGs. Peggys Gesicht war zu einer grauenhaften Grimasse verzerrt. Sie rollte die Augen. Die Schneidezähne bissen in die Unterlippe. Blut floss. Sie war eher einem Nagetier ähnlich als einem Menschen.

Der grauenvolle Ton brach immer wieder aus ihrem Mund hervor. Helens elektronische Stimme übertönte das Kreischen. „Peggy, ist schon gut. Wir sind bei dir. Weine nicht, wir sind ja bei dir." In ihrem Blick lag Panik. Und Hilflosigkeit.

Es war zu spät. Die innere Bakterienschleusentür flog auf; zwei Pfleger erschienen und dann Katherine.

Richter Thurston sagte rasch: „Bringen Sie sie nicht weg von hier, Katherine, bitte. Es wird ihr schon besser gehen, wenn sie sich bloß ein paar Tage erholen kann. Bitte."

Katherine warf ihm ein kurzes, einstudiertes Lächeln zu, dann bemerkte sie Susan. Das Lächeln erstarrte.

„Ich muss dich leider bitten hinauszugehen, Susan. Reg dich nicht auf. Es ist bloß ein hysterischer Anfall. Wir werden sie in kürzester Zeit wieder beruhigen."

Sie sagte das leidenschaftslos und autoritär – der Befehl eines Arztes, von dem ein Leben abhing.

Susan kehrte zu John zurück. Sein Gesicht war wie aus Stein gemeißelt. „Tu, was sie sagt." Er schloss die Augen, aber sie hatte bereits das nackte Entsetzen darin gelesen.

Sie hatte es auch in den Augen der anderen gesehen, bei Helen, Thurston, Rachel und Annette. Susan warf noch einmal einen Blick auf sie. Katherine hatte eine kleine Phiole aus der Tasche gezogen und in eine Injektionsöffnung von Peggys Konsole entleert.

Das Kreischen steigerte sich zu einem durchdringenden Schrei. Einer der Pfleger zog eine Schutzhaube über Peggys Kopf.

Susan verließ den Raum. Ihr Gefühl sagte ihr, dass sie Peggy nie wiedersehen würde.

## 20

Als sich die Tür hinter Susan schloss, beobachtete John, wie Katherine im anderen Raum Annette, Rachel, Thurston und Helen Beruhigungsmittel verabreichte. Und dann, wie die Pfleger Peggy hinausschoben.

Wohin? Keiner von ihnen hatte je erfahren, wohin man kam, wenn man den Verstand verloren hatte. Wohin waren alle ihre Vorgänger gebracht worden?

An irgendeinen schalldichten Ort, wo ihre Schreie und ihr Kreischen niemanden störte? Oder zu einer schrecklichen Hinrichtung? Ärzte und Pfleger gefühllos und unerreichbar, vom Leben abgewandte Augen; Wissenschaftler, die ein Experiment aufgaben, das sich nicht mehr lohnte. Keine Zeremonie, kein Abschied, keine letzte Zigarette, kein Gebet. Nur halblaut gesprochene medizinische Fachausdrücke oder vielleicht nicht einmal das.

Dann wird ein Schalter ausgeknipst, ganz nebenbei, Finsternis. Für immer. Ein Leben weniger. Deins.

Johns Augen wandten sich wieder der Tür der Bakterienschleuse zu. Das mit Computern vollgestopfte Zimmer wirkte leer, nachdem Susan fortgegangen war. Doch hatte sich sein Geist erst vor einer Woche, als sie zum ersten Mal durch diese Tür gekommen war, dagegen aufgelehnt, so ausgesetzt zu sein, so verwundbar, so ohnmächtig. Und auch gegen das Schuldgefühl und den Schmerz darüber, einen Augenblick lang seinem Selbstwertgefühl geschmeichelt zu haben, als er verriet, dass er der Autor jenes dummen und bedeutungslosen Artikels war, von dem er ohnehin nie so recht überzeugt gewesen war. Geh weg, verdammt noch mal! Ich bin nicht der, den du nachts so eng umschlungen gehalten hast. Geh weg!

Als jedoch das qualvolle Gefühl, entdeckt worden zu sein und ihr Entsetzen mitansehen zu müssen, nachgelassen hatte, beschloss er, ihr nie wieder zu sagen, dass er kein Freiwilliger war. Er konnte nur beten, dass sie es nicht gehört oder vergessen hatte oder ihm einfach nicht glaubte. Es war zu gefährlich. Ein falscher Schritt und sie würde irgendwo einem tödlichen Unfall zum Opfer fallen. Oder schlimmer, ihr Kopf würde auf einer Konsole landen, wie dies einem Gerücht zufolge einer aufrührerischen Schwester zugestoßen war. Er und sie konnten das Risiko nicht eingehen, dass sie etwas ausplauderte.

Arme Susan. Was für eine Hölle sie durchmachen musste! In welch schreckliche Lage er sie gebracht hatte. Hundert Jahre war es her, dass sie vor einem Fahrstuhl gestanden und gelächelt hatte wie heute. „Ich liebe dich, John." Er erinnerte sich – damals war er noch ein Mann gewesen. Sterbend, aber noch immer menschlich, noch immer John Flemming. Jemand, den man lieben konnte. Nicht ein hässliches, unmenschliches Etwas, vor dem man erschauerte.

Die Lifttüren hatten sich vor ihr geschlossen, der Fahrstuhl hatte sich in Bewegung gesetzt. Danach nur noch Bilder, wie durch einen Schleier. Korridore, ein Krankenwagen, unbekannte Schwestern, irgendein Zimmer. Etwas Kühles auf dem Kopf, ein summendes Geräusch. Und das Gesicht und die bernsteinfarbenen Augen der jungen Ärztin. Sie lächelte.

„Wir müssen Ihnen die Haare schneiden."

Jemand anderer nannte seinen Namen. „Kannst du mich hören?" Es war Michael Burgess. Er trug eine Haube und einen OP Kittel.

Dann gleißende Helligkeit. Deckenlampen. Schwestern, Ärzte. Ein großes, bärtiges Gesicht. „Atmen Sie einfach ganz normal, Doktor Flemming, und zählen Sie mit mir." Der zischende Narkosetrichter. Gummi. Zählen, Dahintreiben. Finsternis und violettes Licht, dann rot und grün. Ein Kaleidoskop.

„Sechs ... sieben ..."

Wirbeln, fallen. Ein Blatt.

Weit, weit entfernt ein heulender Wind, ein undeutliches, summendes Geräusch. Und eine Stimme: „Wachen Sie auf, John, wachen Sie auf!" Scharf und klar. Das war wieder die junge Ärztin. Sie trug eine Haube, aber ihr Gesicht war deutlich hinter einer breiten Glasscheibe zu sehen. Und noch eine Frau, eine Asiatin.

Er versuchte, sich zu bewegen. Die Beine, die Arme. Irgendetwas.

Und konnte nicht. Ein Bleigewicht lastete auf ihm. Um ihn herum standen Monitore mit dunklen Gesichtern. Grüne Linien und Punkte. Die Umrisse eines Zimmers. Er schien zu sitzen. Aber wie war das möglich? Das summende Geräusch dröhnte in seinem Kopf, ein schwaches Gurgeln ließ seinen Mund vibrieren. Und er verspürte eine seltsame Enge am Hals. Hände machten sich an ihm zu schaffen. Der Druck an beiden Schläfen wuchs.

Und dann Michael Burgess. Ganz nahe. Er lächelte. „John, du wirst nicht sterben, wir haben dir ein neues Leben geschenkt."

Sie gingen weg. Der Abstieg in die Hölle begann.

Zuerst bloß eine Spiegelung in einer dunklen Fensterscheibe. Er selbst. Mit rasiertem Kopf. Dann bemerkte er die massive, glänzende Apparatur unter sich. Und irgendwo eine Wand voll medizinischer Überwachungsgeräte.

Unbehagen.

Gekrümmte Zangen hielten seinen Kopf fest, keine Bewegung war möglich. Warum? Angst erfasste ihn.

Wo war sein Körper? Er selbst?

Und plötzlich begriff er. Das große, entsetzliche, lähmende Verstehen. Alles auf einmal. Wie ein fürchterlicher Schlag. Sein Körper war nicht da.

Nur sein Kopf.

Und der Alptraum begann, die ohnmächtige Verwundbarkeit, die Hilflosigkeit, der Schrecken über die Leere vom Hals abwärts. Die Zeit hatte keine Bedeutung mehr. Minuten wurden zu Stunden, Stunden zu Tagen. Ärzte und Pfleger kamen und gingen, auf den Monitoren blinkte ein Durcheinander von roten Lichtern und gezackten, grünen Linien.

Man sagte, dass er lebte.

Aber man irrte. Das war nicht er. Nicht John Flemming. Es war bloß eine Marionette, die an Elektrodenfäden hing, sonst nichts. Ein Gehirn, eingeschlossen in einem Sarg aus abgesägtem Fleisch und Knochen. Ein sechs Kilogramm schweres medizinisches Wunder, das ihnen zur Verfügung stand. Wofür sie wollten, wann immer sie wollten.

So dachten sie.

Er fühlte, wie schließlich Worte aus seinem Munde zischten. Elektronisch. „Ich bin nicht John."

John war unter dem Fallbeil gestorben, als es zum dreiundvierzigsten Male niedersauste. Vor ihm zweiundvierzig andere unmenschliche Wesen. Zweiundvierzig Opfer medizinischer Experimente ohne Rechte, ohne Wahl, ohne Stimme, in erzwungenem Bewusstsein gehalten von Apparaturen, die jeder ausschalten konnte. Jederzeit. Aus jedem beliebigen Grund. Ich mag dich nicht. Knips. Gute Nacht.

Nicht mit mir, Freunde. Ich mache eure Arbeit nicht. Das solltet ihr zur Kenntnis nehmen.

Katherine trat ein. Mit dem schönsten von Gott geschaffenen Körper, die Hure. Schlank, weiblich, mit bernsteinfarbenen Augen und darauf aus, seinen Willen zu brechen. Schmeichelnd, schließlich befehlend, mit Medikamenten und Tiefenelektroden, unaussprechliche Qualen für den Geist. Ein Rheostat wurde nur um einen Bruchteil hochgedreht und er wurde zu allem, was sie einprogrammierten: von einem sabbernden, orgasmischen Sexbündel, geil wie nie zuvor, bis zu einem lallenden, geistlosen Idioten. Oder Medikamente wurden ihm verweigert, sodass ihn Scheinempfindungen übermannten. Das schreckliche Gefühl von nicht entleerter Blase und Darm, entsetzlicher, nicht enden wollender Juckreiz, all die tausend Qualen des längst entfernten und verwesenden Körpers.

Aber zur Kreativität konnte man ihn nicht zwingen. Bis jetzt vermochten das kein Arzt und keine Wissenschaft. Und das würde wahrscheinlich auch nie der Fall sein. Die zehn Milliarden miteinander verwobener Zellen, die die rosa und graue Substanz des Menschen ausmachten, stellten ein Mikrouniversum dar, das niemand je vollständig würde manipulieren können ebenso wenig, wie der Mensch den Gang der Sterne lenken konnte.

Er hatte beschlossen, dass es am besten war zu sterben; sich durch Willenskraft in den endgültigen Frieden der letzten Finsternis zu versetzen. An diesem Punkt hatte Katherine nicht weiter gewusst und Michael herbeigeholt. Die oberste Gottheit. Der Vater, der Sohn und der Heilige Geist. Wie allmächtig du dich heute fühlst, Gott, weil ich mich anschicke, von hier wegzugehen. Da fühlt man sich so richtig herausgefordert, nicht wahr?

Und dann all die alten Klischees. Wie glücklich er doch sein könnte, noch am Leben zu sein, jetzt, da er endlich seine Alternativbereichstheorien zum Erfolg führen könnte.

„Tut mir leid, Michael. Es ist zu spät. Du hast mit einem Traum begonnen und du bist ihm erlegen. Du warst nicht aufrecht genug und bist im Flugsand versackt. Zum Teufel mit all dem schönen Gerede, die Menschheit weiterzubringen! Die Qualität des Lebens kann nicht nach seiner Quantität beurteilt werden. Wenn man auch nur eine Person einsperrt oder tötet, selbst um Millionen anderen zu helfen, hat man das angestrebte Ziel verfehlt. Ich lasse mich nicht gemeinsam mit dir hinabziehen."

Und dann hatte Michael gesagt, dass Susan hier arbeitete. Gerade in diesem Augenblick saß sie eine Etage unter ihnen.

„John, ich habe sie vor drei Wochen als Palmers Assistentin angestellt. Aus einleuchtenden Gründen glaubt sie, dass deine Arbeit von ihm stammt, aber ich könnte ihr leicht die Augen öffnen." Ein beiläufiges triumphierendes Lächeln.

„Aber ich glaube nicht, John, dass sie es aushalten würde, dich ein zweites Mal sterben zu sehen; ob ich sie also hierherbringe und dich ihr zeige, hängt von deiner Entscheidung ab."

So war es gewesen. Der schlimmste Alptraum war Wirklichkeit geworden. Natürlich, Susan! Wer sonst konnte seine Gedanken weiterführen, wenn er aufgab und seine Arbeit beendete, wenn er wahnsinnig wurde oder starb?

Sie hatten ihn wieder alleingelassen. Die Deckenbeleuchtung in seinem Zimmer war schwächer geworden und erzeugte nur mehr ein Dämmerlicht. Ein Choral von Beethoven ertönte leise aus Stereolautsprechern. Er hatte verloren. Durch eine einzige niederschmetternde Enthüllung war er vom Frieden und Vergessen, die der

Tod bot, gewaltsam wieder in die Qualen des Lebens zurückversetzt worden. Und in einen neuen und noch entsetzlicheren Alptraum, denn nun war er nicht mehr allein; nun war Susan da. Er musste sie aus der Sache heraushalten. Irgendwie. Sie schwebte in tödlicher Gefahr, da war er sicher. Es musste so sein. Zum Teufel damit, dass sie Michaels Geliebte war, zum Teufel die schrecklichen Qualen, die er gelitten hatte, als er nach Michaels mehrmaligem Besuch im Labor ein seltsames Unbehagen an Susan bemerkt und zu verstehen begonnen hatte. Es stand viel mehr auf dem Spiel als seine Gefühle, es konnte um Susans Leben gehen! Er musste sie also ermutigen, ihre Beziehung zu Michael fortzusetzen, so, wie er es bereits versucht hatte. Sie sollte einen Liebhaber und gleichzeitig einen Beschützer haben, und das konnte nur Michael sein. Er hatte in Katherines Augen gesehen, dass von ihr Gefahr drohte. Da war nicht bloß Eifersucht gewesen, sondern auch Ehrgeiz und die Notwendigkeit, Michael für ihre Zwecke zu benutzen. Wenn der Tag kam, an dem er weggebracht würde und Susan ihre Stellung hier kündigen wollte, würde Katherine alles daransetzen, um sie zurückzuhalten. Sie würde versuchen, Susan zu benutzen, um das Projekt für Michael und auch für sich erfolgreich abzuschließen. Und gleichzeitig würde sie sich rächen.

Während die Stimmen des Chores mit erhabenem Klang Beethovens Genie huldigten, leitete John die ersten Schritte einer Rettungsaktion ein. Er nahm ein Saug-Blas-Röhrchen in den Mund und wies den Terminal an, sich an die „Eclipse“ Zentraleinheit anzuschließen. – Aber nicht, um die neurometrischen Arbeiten fortzusetzen. Seinetwegen konnte die Alternativbereichsentwicklung auf direktem Wege zur Hölle fahren!

Irgendwann hatte jemand einen besonderen Code in das ungeheure, aus Silizium bestehende Labyrinth der Zentraleinheit einprogrammiert. Dieser Code, das „Kennwort“, stand nun auf einer von hunderten Speicherplatten, von denen jede Millionen an Informationseinheiten enthielt. Das Kennwort bildete den Schlüssel zum Sicherheitsschloss des Computers. Ohne dieses Schlüsselwort war die Zentraleinheit im Borg-Harrison Gebäude von der Außenwelt abgeschlossen. Es konnte eine Art „Falltür“ ins TELENET öffnen, das nationale Computernetz, an dessen Schaltkreis Hunderte anderer Computer hingen. Wenn er eine Enthüllung über die Tätigkeit des Labors in seinen Terminal eintippte und die Zentraleinheit anwies, das Programm auszuführen, so würde die Welt Sekunden später das Geheimnis von Borg-Harrison erfahren. Und sicher würde die Welt handeln, zumindest was Susan betraf.

Die ganze Woche hatte er versucht, das Kennwort zu knacken. Tagsüber, wenn er an der Alternativbereichsentwicklung arbeiten sollte, hatte er eine Unmenge von Programmen an die Zentraleinheit geschickt, deren jedes dazu bestimmt war, die Bekanntgabe des Kennwortes zu erzwingen. Und abends hatte er das Gleiche getan. Offensichtlich konnte sich die Zentraleinheit nicht selbst dazu programmieren, das Kennwort freizugeben. Sicherheitssperren machten das unmöglich. Auch konnte er seinen Terminal nicht anweisen, Programme zu erstellen. Es war nicht „intelligent“. Jemand hatte offenbar dafür gesorgt – für den Fall, dass er auf die Idee kommen sollte. Daher musste er die Programme selbst zusammenstellen. Das kostete Zeit, unendlich viel Zeit.

An diesem Abend arbeitete er wieder fieberhaft. Als die Pfleger kamen, um ihn in den anderen Raum zurückzuschieben, hatte er keinen Einwand erhoben. Er wusste seit Langem, dass das sinnlos war. Außerdem machte es auch keinerlei Unterschied. Man konnte ihn nicht von seinem eigenen Gehirn entfernen. Bis spät in die Nacht, während die anderen meditierten oder lernten, erstellte er auf der Suche nach dem Kennwort wieder ein Programm nach dem anderen. Am nächsten Tag würde er sie abrufen und in die Zentraleinheit eingeben. Computer dachten nicht, sie nahmen nur Befehle entgegen, und wenn ein menschliches Gehirn das Kennwort ersonnen und verschlüsselt hatte, um dessen eigene Sicherheit zu gewährleisten, dann konnte ein Superhirn es auch wieder entschlüsseln.

Früher oder später würde er die Tür zur Außenwelt finden.

## 21

Al Luczynski konnte die Augen nicht von dem Bild losreißen. Es war eine in Sepiabraun gehaltene Aktstudie zweier junger Frauen in halber Lebensgröße und so realistisch, dass sie provozierend wirkte, auch wenn es sich offensichtlich um ernstzunehmende Kunst handelte. Die Körper, die einander zärtlich umschlangen, schienen zeitlos im Raum zu schweben vor den sonst fast leeren, weißen Wänden von Tonis großem, hohem Wohnzimmer.

Al hörte sie rufen: „So, da wären wir!“ Er wollte sein Interesse an etwas so offensichtlich Erotischem nicht zeigen und drehte sich rasch um, während sie mit zwei Gläsern von der Anrichte herüberkam.

Sie merkte es aber doch und lächelte wissend. „Gefällt es dir?“

„Es ist sehr hübsch.“ Er hörte, wie verlegen seine Worte klangen, und das machte ihn wütend, wütend auf sich selbst.

„Sofern man sich nicht schockieren lässt. Konventionen schaffen seltsame Illusionen über so etwas wie Sex.“ Toni lächelte wieder, während sie sich über ihn lustig machte. Sie stellte die beiden Gläser auf den weißen, polierten Marmortisch neben der L förmigen modernen Couch, die mit naturfarbenem, grobgewebtem Baumwollstoff bezogen war.

Luczynski ließ sich vorsichtig auf eines der Kissen sinken, als habe er Angst, etwas zu zerbrechen. Er war solch teuren Luxus nicht gewohnt. Seine Wohnung war kaum mehr als ein möbliertes Zimmer und früher, in Detroit, hatte er nur wenig Geld gehabt. Sein ehrgeiziger Wunsch, Arzt zu werden, hatte für seine Familie ungeheure Opfer bedeutet und seine ältere Schwester hatte sogar seinetwegen auf ihre eigene Ausbildung am College verzichtet.

Toni ging in die Küche. „Ich hole noch etwas Käse und dann erzähl mir, was du auf dem Herzen hast."

Er blickte ihr nach und dachte, dass sie unter dem Kaftan, der in losen Falten fiel, wahrscheinlich sehr wenig oder gar nichts anhatte. Dies verstärkte die erotische Atmosphäre, die, wie ihm schien, diese Wohnung ausstrahlte. Er wusste, dass ihn all das noch vor einem Monat, vor Susans Auftauchen im Labor, erregt hätte. Jetzt aber waren seine Gefühle eher klinischer Natur und in Toni sah er nicht so sehr die begehrenswerte und herausfordernde Frau als vielmehr die geschlechtslose Neurochirurgin in Maske und Kittel, die Kollegin, die er immer bei der Arbeit sah. Susan, die Claire so ähnlich war, hatte viel von seiner Erinnerung an jene Toni an dem einsamen Strand, den sie von Michaels Jacht aus besucht hatten. Eine große Ähnlichkeit mit ihrem schlanken, sonnengebräunten Körper und ihren festen Brüste unter dem weichen, ausgebleichten Stoff des winzigen Bikinis.

Jetzt raubten ihm ähnliche Gedanken an Susan nachts den Schlaf. Aber er sah nicht nur Susan im Bikini oder nackt in seinem Bett vor sich, eine Susan, die ihn mit geflüsterten Liebesgeständnissen erregte. Er stellte sie sich auch bei einem Abendessen bei Kerzenschein vor, bei einem Kinobesuch oder Hand in Hand mit ihm durch eine Einkaufsstraße bummelnd, wo er ihr etwas kaufen wollte, das sie sah und das ihr gefiel. In all diesen Tagen dachte er an nichts anderes, im Augenblick gehörte sie Michael und das schmerzte. Aber es war nicht ihre Schuld und es würde nicht ewig dauern. Katherine würde der Sache bald ein Ende bereiten und dann hatte er gute Chancen.

Toni brachte Käse und Cracker und er fragte sich bereits, wie er sich überwinden sollte, das zu sagen, weswegen er gekommen war, als sie plötzlich selbst das Thema anschnitt.

„Es ist wohl ungefähr das, worüber wir damals am Strand gesprochen haben, nicht wahr? Ethik? Moral?“ Sie lachte. „Ich war ziemlich grob zu dir. Du hättest mir eine kleben sollen.“

„Nein“, protestierte er. „Du hast recht gehabt. Ich war einfach zu empfindlich.“

„Ich glaube nicht, Al. Du hast Claire geliebt. Aber einfach, weil du so ein gutmütiger großer Bär und so zurückhaltend bist, hält es keiner für möglich, dass auch du leidest, was du natürlich doch tust, vielleicht mehr als wir alle.“

Plötzlich kam er sich schüchtern und linkisch vor und schüttelte die Eiswürfel in seinem Glas. „Nun“, sagte er, „zum Teil ist es das. Ich habe an das gedacht, was du gesagt hattest, und … nun …“ Er zuckte die Achseln, hielt inne. Es fiel ihm schwerer denn je, zu sagen, was er sagen wollte.

„Ja? Du glaubst, dass das Mädchen, das uns am Montag gestorben ist, vielleicht auch keine Freiwillige war, ist es das?“

Er blickte rasch auf. Ihre dunklen, orientalischen, leicht überschatteten Augen schauten ihn an, ohne zu blinzeln. Sie saß sehr steif und unbeweglich da und hielt ihr Glas mit beiden Händen.

„Ungefähr das ist es“, antwortete er. „Mein Gott, Toni, glaubst du es nicht?“

Sie antwortete nicht direkt. Sie sagte: „Ich habe ihre Unterschrift auf dem Organspendervertrag gesehen.“

„Ich habe auch die von Flemming gesehen. Und die von Claire.“

Toni stellte noch eine Frage: „Worauf gründest du deinen Verdacht, Al?"

„Nun, die präoperativen Werte waren eben nicht so wie bei jemandem, der wirklich so krank ist, wie dieses Mädchen angeblich war."

Sie schwiegen beide. Toni starrte in ihr Glas und sagte dann: „Mir kam ihr Krankenblatt verdächtig vor."

„Wieso?"

„Es wies keine so ernstliche Verschlechterung ihres Zustandes nach, als dass man auf den unmittelbar bevorstehenden Tod hätte schließen können." Sie blickte auf, als wäre sie erleichtert darüber, dass sie es endlich gesagt hatte. „Und so ist sie eben gestorben, Dr. Luczynski."

„Ja. Sie ist gestorben." Er klang wie betäubt. „Und wie ist sie gestorben? Was war mit der Embolie?"

„Daran könnte jeder schuld sein. Ich, Michael, Sara, die zweite Schwester, der medizinisch technische Assistent."

„Ich glaube, es war Michael. Er schlief im Stehen. Ich habe ihn beobachtet. Aber du hast recht. Es ist nicht wichtig, wer Mist gebaut hat. Wichtig ist, was, zum Teufel, geschieht, bevor wir operieren."

Sie zuckte die Achseln. „Mir scheint, die Nachfrage ist größer geworden als das Angebot."

„Glaubst du, dass es wieder vorkommen wird?"

„Was glaubst denn du?" Sie lachte schroff. Es war eine Bestätigung, keine Frage.

Luczynski holte tief Atem. „Es macht mich wahnsinnig, Toni. Stell dir vor, es wird publik. Können wir denn gar nichts tun?"

„Wir könnten kündigen. Beide. Und Lügen erzählen über das, was wir getan haben. Das Ganze irgendwie vertuschen. Es muss eine Möglichkeit geben."

„Nein. Das können wir nicht tun." Wieder holte er tief Atem, und dann teilte er ihr mit, was ihn noch bedrückte. „Am Mittwoch hatte Susan ihren Wagen in der Werkstatt. Bremsen oder so etwas. Ich habe sie nach Hause gefahren. Ich hab ihr nachgesehen, wie sie das Haus betrat, und wollte wegfahren. Da bemerkte ich einen Kerl in einem Wagen, der einen halben Häuserblock weiter oben an der Straße stand. Er versteckte rasch sein Fernglas und ich dachte zuerst, dass er bloß ein Voyeur sei. Um mich zu vergewissern, fuhr ich später noch einmal vorbei. Da waren es zwei, und gestern und letzte Nacht wieder."

„Bist du sicher, dass sie Susan beobachten?"

Luczynski nickte. „Es muss so sein. Ein Bekannter von mir arbeitet bei der Telefongesellschaft und er hat Susans Leitung überprüft. Sie ist angezapft."

Toni stand auf und wanderte langsam durch das Zimmer. Vor dem Bild mit den beiden Frauen blieb sie stehen, blickte starr ins Leere und sagte leise: „Verdammte Scheiße."

Dann kam sie zurück und setzte sich ruhig wieder hin. „Burnleigh", sagte sie. „Er muss es sein. Dieser Schweinehund. Er hat wahrscheinlich noch eine Privatarmee von Kubanern aus der Zeit, als er bei der CIA war, damals, als die Geschichte mit der Schweinebucht war. Und natürlich beobachten sie Susan. Als sie entdeckte, dass Flemming am Leben war, muss Burnleigh ja vor Angst ganz außer sich gewesen sein, weil sie das Ganze verraten könnte. Und das könnte er auch von uns glauben. Das ist es doch, was du denkst?"

Er zuckte die Achseln. „Unsere Telefone haben sie noch nicht angezapft."

„Aber sie können es tun. Und wenn einer von uns kündigen sollte, könnten sie noch weitaus mehr tun, oder?"

Luczynski sagte langsam: „Nun, sollte unser Forschungsprojekt erfolgreich sein, dann, fürchte ich, liegst du richtig. Dann wäre wohl jedes Mittel recht, um zu verhindern, dass etwas durchsickert, nicht wahr? Die Folgen unserer Arbeit für die Politik sind ungeheuerlich. Wer, zum Teufel, sind wir denn schließlich? Blöde Ärzte. Davon gibt es Millionen überall." Er machte eine Pause und fuhr dann fort: „Schau, was mit Claire passiert ist, und das Einzige, was sie getan hat, war, dass sie kündigen wollte."

Er verlor sich in seinen eigenen Gedanken und Toni folgte seinem Beispiel. Als sich ihre Blicke trafen, verrieten sie nur Hilflosigkeit.

Luczynski schüttelte wieder die Eiswürfel in seinem Glas und Toni sagte schließlich leise: „Mein Gott, Al, worauf haben wir uns da eingelassen?" Es klang diesmal weder zuversichtlich noch souverän.

„Der Zweck heiligt die Mittel", erwiderte er langsam. „Jegliche Mittel."

Toni fand, dass dies den Nagel so ziemlich auf den Kopf traf. Ihre Blicke schweiften traurig durch das luxuriös ausgestattete, wunderschöne Wohnzimmer, das sie so viel kostete. Dann füllte sie nochmals die Gläser.

# 22

Es geschah, als Susan es am wenigsten erwartete. Eine weitere Woche war verflogen, während der sie gelernt hatte, mit der nagenden Angst und der Depression zu leben. Sie bekam Michael fast gar nicht zu Gesicht und hatte sich, aus Selbstschutz, so sehr in die Arbeit vertieft, dass sie es kaum merkte. Mit Johns Hilfe, dessen geistige Brillanz sich noch mehr gesteigert hatte, und den Apparaturen, über die sie nun verfügten, erzielten sie mehrmals wichtige Durchbrüche bei Experimenten, an denen sie fast ein Jahr lang gearbeitet hatten, bevor er „gestorben" war. Abends blieb sie lange in ihrem Arbeitszimmer, fast bis Mitternacht, fuhr nach Hause, um sechs unruhige Stunden zu schlafen, kam um sieben Uhr morgens wieder ins Labor, manchmal sogar noch früher.

Freitag um neun Uhr morgens tauchte dann plötzlich Michael in ihrem Zimmer auf, lächelte sie herzlich an, als wäre überhaupt nichts vorgefallen, und verkündete rundheraus, dass sie über das Wochenende nach New York fliegen würden, weil er jemanden im Columbia Medical Center treffen musste. Für ihn war es selbstverständlich, dass sie mitkommen würde. „Wir fliegen mit der Abendmaschine", sagte er.

Susan war fast überrascht, dass ihr das „Nein" so leicht über die Lippen kam. Vor zehn Tagen hätte sie nicht so reagiert. Sie hätte wahrscheinlich ja gesagt, und das nicht aus Angst. Vor zehn Tagen war die erste Woche zu Ende gegangen, in der sie täglich mit John gearbeitet hatte. Als sie jetzt daran zurückdachte, merkte sie, dass sie sich während dieser ersten Woche an Johns Zustand gewöhnt hatte; so sehr, dass sie, so unglaublich es auch schien, unversehens beinahe ebenso gefühllos und abgestumpft wie mancher hartgesottene Mediziner geworden wäre. Trotz ihres Entsetzens, als sie John entdeckte, trotz ihrer anfänglichen Furcht, man könnte sie selbst als Bedrohung auffassen, hatten Michaels Ausstrahlung und ihre früheren Gefühle für ihn zu wirken begonnen. Sie fühlte sich nicht mehr so bedroht.

Die Sache mit Peggy hatte alles plötzlich wieder geändert. Der erschütternde und furchterregende Ausbruch des EGs riss Susan in die Wirklichkeit zurück. Das Forschungsprojekt war etwas Unmoralisches. John und die anderen EGs lebten in Angst und Schrecken. Und Michael war plötzlich zu jemandem geworden, der menschliche Wesen in heulende Tiere verwandelte. Ein Doktor Frankenstein, der für die Wissenschaft sein eigenes Menschsein geopfert hatte.

„Michael, es tut mir leid. Ich kann nicht."

Er reagierte überrascht. „Wieso nicht?"

„Ich habe zwei Versuche zu überwachen. Wenn ich sie unterbreche, brauche ich Tage, um sie wieder auf den gegenwärtigen Stand zu bringen."

„Kannst du sie nicht einfach vom Computer steuern lassen? Ich habe ein Zimmer im Plaza reserviert und außerdem Theaterkarten."

Das Lügen machte ihr beinahe Spaß: „Das lässt sich nicht machen, wegen der EGs. Es gehört zu dem Experiment, dass ich selbst ständig auf ihre Antworten reagiere. Ich kann es nicht länger als zwölf Stunden unterbrechen. Ach, Michael, wenn du es mir nur gestern oder vorgestern gesagt hättest."

Er gab auf. „Gut, wenn du nicht kannst, dann kannst du eben nicht."

Es klang widerwillig, aber Michaels beleidigter Gesichtsausdruck wich langsam, während sie weiter über die Arbeit sprachen, und als er ging, hoffte sie zuversichtlich, dass er keinen Verdacht geschöpft hatte.

John war nicht so sicher. Als sie es ihm mitteilte, verdüsterte sich sein Blick.

„Ich habe nachgedacht", sagte er, „und ich glaube, du solltest so bald wie möglich von hier weg."

„Das hast du schon einmal gesagt, erinnerst du dich?" Sie berührte ihn liebevoll.

„Damals habe ich mich um mich selbst gesorgt." Er lächelte zynisch. „Um meinen Ruf. Jetzt mache ich mir plötzlich Sorgen um dich."

„Um mich? Warum um Himmels willen?"

„Warum? Weil du begonnen hast, deinen Beschützer abzuweisen, deswegen."

Sie lachte, um ihn hinters Licht zu führen. Er durfte nicht wissen, dass sie verstand, was er meinte. „Michael? Vor wem beschützt er mich? Wovon redest du eigentlich?"

„Erstens einmal vor einer gewissen verschmähten Katherine Blair. Vor wem sonst? Oder hast du sie so schnell vergessen? Solange du Michael hast, bist du wahrscheinlich vor ihr sicher. Ohne ihn bist du in Schwierigkeiten."

Sie zuckte die Achseln. „Sei nicht kindisch, John. Sie gehört zum Projekt und das Projekt braucht mich. Solange das so ist, wird sie mir kein Haar krümmen."

„Und wenn es nicht mehr so ist?"

„Wenn es einmal nicht mehr der Fall ist und wenn Katherine beschließen sollte rumzuzicken – nun, dieses Problem werde ich lösen, wenn es sich mir stellt."

„Mit anderen Worten, ich soll es zulassen, dass ihr Frauen einander in Stücke reißt, wenn euch danach ist."

Susan lachte. „Mit anderen Worten, ja."

John blickte sie mit halbgeschlossenen Augen an. Derselbe energische Mund wie früher. Der gleiche direkte und trotzige Blick. Totaler Eigensinn, dachte er. Mein Gott, durch welche harte Schule war dieses Mädchen gegangen, die so früh im Leben alles verloren hatte! Aber sie hat gelernt sich durchzusetzen.

„Du bist ein eigensinniger Dummkopf", sagte er.

„Ich liebe dich auch."

Sie lächelte. Und er gab auf, und er wusste, wenn er noch einen Körper gehabt hätte, so hätte er jetzt alle physischen Anzeichen von Angst und Besorgnis verspürt: beschleunigten Herzschlag, Ziehen in der Magengegend. Sie schien noch immer nicht verstanden zu haben, in welcher Gefahr sie sich tatsächlich befand. „Susan", sagte er, „eines noch. Ich brauche etwas."

„Was denn?"

„Ein Medikament."

Sie ließ sich von den nachlässig hingeworfenen Worten nicht täuschen.

„Was für ein Medikament?"

„Phenmetrazin."

„Wofür?"

„Es bekämpft die Beruhigungsmittel: Haldol, Valium, das ganze Zeug, das sie uns geben, damit wir gut schlafen und brav sind. Es bringt einen sofort in Topform. Lässt alles zwischen den Ohren doppelt so gut und doppelt so schnell arbeiten."

Sie runzelte die Stirn und tippte verbissen auf der Tastatur. „Und du sollst es nicht bekommen, sonst hättest du ja Michael oder Toni darum gebeten."

Klar, das musste sie sagen, damit hatte er gerechnet.

Warum sollte er nicht tatsächlich einen der Ärzte fragen? War es so sicher, dass sie die Bitte abschlugen? Wenn ja, so bedeutete das, dass mit dem verdammten Zeug irgendetwas nicht stimmte.

„Susan, ich brauche es."

„Nein."

„Es ist wichtig für unsere Arbeit. Ich bin die meiste Zeit über halb betäubt." Wichtig? Wie weit konnte er untertreiben? Es war von entscheidender Bedeutung. Er war geistig so erschöpft, dass er ohne die aufputschende Wirkung des Medikaments nicht weitermachen konnte. Dabei dachte er nicht an ihre gemeinsame Arbeit. Es schien ihm immer noch fast genauso schwierig wie am Anfang, das Codewort für die trügerische „Falltür" zu finden, die den Computer über das TELENET System und dessen viele hundert anderen Computeranschlüsse mit der Welt verband. Nacht für Nacht hatte er sein übermüdetes Gehirn gezwungen, endlose neue Programme zu erarbeiten, die er dann tagsüber in seinen Computer eingab. Er kam tagelang nicht weiter, es war zum Wahnsinnigwerden. Jahrhunderte schienen vergangen zu sein, seit er den Terminal eingeschaltet und angefangen hatte.

„Hypothese."

„Ich warte", sagte die Zentraleinheit.

„Sie leisten Widerstand, weil Sie dazu angewiesen wurden."

„Richtig."

„Der Befehl war kodiert."

„Richtig."

„Der Befehl ist abgespeichert."

„Richtig."

Es gab vier Milliarden Speicherabschnitte auf den tausenden Speicherplatten der Zentraleinheit. Und einem davon musste er das Codewort entreißen.

Gleich am Anfang erzielte er einen kleinen Durchbruch. „Es ist alphabetisch, nicht numerisch."

„Richtig."

Das bedeutete, dass das Codewort aus Buchstaben, nicht aus Ziffern bestand. Dadurch würde es leichter zu entschlüsseln sein. Dann hatte er herausgefunden, dass das Codewort mit keiner Benutzerkennzeichnung verbunden war. Man war offenbar felsenfest davon überzeugt, es absolut sicher kodiert zu haben, sodass man auf zusätzliche Vorsichtsmaßnahmen verzichtet hatte, Nichtberechtigte auszuschalten. Er, John, konnte genauso danach fragen wie irgendjemand anderer.

Dann aber war es, als stieße er gegen eine Mauer. Was auch immer er fragte, die Antworten in blassgrüner Schrift, die er vom Terminal ablas, lauteten fast immer „Nein", „Ungültig", „Nicht möglich" oder „Datensatz gesperrt".

In ihrer äußerst unpersönlichen Art wirkten diese abweisenden Antworten doch wieder sehr persönlich. Wer immer das Codewort auch eingegeben hatte – er hatte wenig Fantasie oder Zeit und Sinn für Spaß gehabt. Wer war es gewesen? Welcher namenlose, gesichtslose Mensch? Er würde es wahrscheinlich nie erfahren.

Von Zeit zu Zeit aber erschien ein geheimnisvolles „Ja" oder „Weiter" und er arbeitete weiter. Erst an diesem Wochenende hatte er die richtige Speicherplatte gefunden. Vor ihm lag aber noch ein Berg von Arbeit. Er musste die Ebene der Platte finden, auf der sich das Codewort befand, und hierauf den Extent, das heißt dessen genaue Position auf dieser Ebene. Der Extent war wie ein Land und er musste etwas herausfinden, das dem Nebenanschluss einer unbekannten Telefonnummer in einem unbekannten Bezirk eines unbekannten Gebietes entsprach. Nach dem Extent musste er den Block oder die Vorwahl finden und innerhalb des Blockes die Datensätze, in denen sich sozusagen die Telefonnummer selbst befand, und schließlich das Feld oder den Nebenanschluss. Wenn er diese Informationen hatte, konnte er die Falltür öffnen.

Als er sich jedoch vor drei Nächten an die Arbeit gemacht hatte, war er eingeschlafen, und vorgestern ebenso. Und gestern war er nicht mehr fähig gewesen zu denken.

Er befahl seinem Gehirn zu arbeiten, doch es weigerte sich. Er verausgabte sich, er konnte sich nicht erinnern, je so müde gewesen zu sein. Diese bleierne Müdigkeit konnte er nur mit vollster Konzentration überwinden. Doch mit jedem Tag fiel es ihm schwerer, sich auf irgendeinen bestimmten Gedanken oder eine Idee zu konzentrieren.

Das Phenmetrazin würde das alles ändern. An sich war es ein Appetitzügler. Sofern man einen Körper besaß. Wenn man bloß ein Kopf war, würde es anders wirken. In einem Kopf ohne Körper würde es ermattete Nerven wie mit einer Stahlrute antreiben. Das Phenmetrazin würde wirken wie Äther, den man in den Benzintank eines Autos füllte. Literweise.

Aber er musste vorsichtig sein. Das Medikament konnte ihn auch töten. Hochspannung konnte zu einem Kurzschluss führen. In einem mächtigen Aufflammen, das bloß Sekunden dauerte, konnte die ganze, unendlich komplexe Maschinerie seines Gehirns vollständig zerstört werden.

Er hörte Susan sagen: „Bitte, John. Versuch doch, mich zu verstehen."

Dummes Weib! Wie eine Platte mit Sprung. Wenn er ihr nur den wahren Grund verraten könnte! Aber das konnte er nicht. Nicht, ohne ihr seine Furcht zu zeigen, dass sie möglicherweise auf einer Konsole enden würde.

Auch wenn sie Michael mehr oder weniger halb zurückgewiesen hatte, würde sie ihn doch nie für fähig halten, sie zu einem dahinvegetierenden EG zu machen.

„Bitte, Susan, versuch doch, auch mich zu verstehen. Denk an früher. Ich brauche das Zeug wirklich. Und, glaub mir, ich habe nicht vor, Selbstmord zu begehen. Ehrenwort."

„Lässt du mir Zeit, darüber nachzudenken?"

Aha, sie lenkte ein. Aber sie hatte sich noch nicht ergeben.

Er schaltete seinen Terminal ein, für heute hatte er sie genug gedrängt. „Denk aber nicht zu lange nach", sagte er.

Er erklärte ihr ein paar an Helens Elektroden durchzuführende Veränderungen und begann mit der Ausarbeitung einer neurometrischen Formel, die diese Veränderungen berücksichtigte und die er in die Zentraleinheit einprogrammieren würde.

Eine halbe Stunde später verließ ihn Susan und kehrte in ihr Arbeitszimmer zurück. Plötzlich fühlte sie sich, und das kam unerwartet, furchtlos und zuversichtlich. Dass es ihr so leicht gefallen war, nein zu Michael zu sagen, und dann offen mit John zu sprechen, hatte sie neuerlich in dem Entschluss bestärkt, John und sich irgendwie aus der verzweifelten Lage zu befreien, in der sie sich befanden. Wie, wusste sie nicht. Aber sie wusste, dass sie eine Lösung finden würde, wenn sie den richtigen Zeitpunkt abwartete, einen kühlen Kopf behielt und geduldig war.

Ihre gehobene Stimmung verflog sofort, als sie ihr Zimmer betrat.

Die maschinengeschriebene Mitteilung befand sich in einem verschlossenen Kuvert, das ihren Namen trug, und steckte säuberlich hinter der Walze der Schreibmaschine:

„Sie schweben in ernster Gefahr. Das Telefon in Ihrer Wohnung wird angezapft. Sie werden rund um die Uhr überwacht. Versuchen Sie, wenn möglich, eine Aufhebung des Arbeitsverhältnisses zu erreichen, bevor es zu spät ist." Keine Unterschrift.

In Sekundenschnelle fühlte sie sich verwundbar und gefährdet. Die Menschen um sie wurden plötzlich zu Unbekannten. Einer von ihnen wusste etwas über sie, das nicht einmal sie selbst gewusst oder auch nur vermutet hatte. Wenn sie überwacht wurde, so vermutlich deshalb, weil sie John entdeckt hatte und nun als ernstliches Sicherheitsrisiko eingestuft wurde. Aber warum sollte sie kündigen? Wenn sie nicht mehr dort angestellt wäre, würde sie ja für Borg-Harrison eine viel größere Gefahr darstellen.

Handelte es sich bei der Mitteilung um eine List, weil jemand sie aus persönlichen Gründen loswerden wollte? Zum Beispiel Katherine?

Ihr erster Gedanke war, den Brief John zu zeigen. Nach einigen Minuten aber kamen ihr Zweifel. Offensichtlich machte er sich bereits jetzt Sorgen um sie, warum sollte sie ihn noch mehr belasten? Er konnte ihr in dieser Sache überhaupt nicht helfen.

Zweimal an diesem Vormittag zerknüllte sie das Blatt und warf es weg, aber nach einigen Minuten überlegte sie es sich wieder anders und holte es aus dem Papierkorb, glättete es und las es nochmals. Wer, zum Teufel, steckte dahinter?

Beim Mittagessen gab ihr keiner der Anwesenden auch nur den leisesten Hinweis. Palmer zeigte sein gewohntes großväterliches Lächeln. Katherine war wie immer kühl und höflich, Toni fröhlich und unergründlich und Al Luczynski voll jungenhafter Bewunderung wie immer. Sogar Gladys mit ihrer strassbesetzten Brille war so spröde und altjüngferlich wie sonst auch.

Es musste ein Scherz sein, dachte sie, von jemandem, der einen kranken, grausamen Humor hatte.

Doch als sie auf die Gesichter rundum blickte, wusste sie, dass es kein Scherz war. Diese Leute hier waren zu allem fähig, jeder Einzelne von ihnen, aber so etwas war nicht von ihnen zu erwarten. Von keinem von ihnen. Die Mitteilung war ernst gemeint.

## 23

Das Unheil begann um drei Uhr morgens, während der von zwei bis vier dauernden Nachtruhezeit der EGs, in der sie sich ausruhen, schlafen oder nachdenken konnten. Nachmittags hatten sie ebenfalls zwischen zwei und vier Uhr eine Pause. Den Rest der Zeit, zwanzig Stunden, wurden sie den verschiedensten Experimenten unterzogen, von denen einige mit Johns ABE Theorie zu tun hatten. Bei anderen handelte es sich um Lernsättigungsversuche, wie sie schon vor Johns Eintreffen durchgeführt worden waren.

In dem schalldichten, hermetisch abgeschlossenen Aufenthaltsraum, dessen Mikroklima durch Luftbefeuchter sorgfältig geregelt wurde – die Temperatur betrug genau zwanzig Grad Celsius – war es still. Nur das leise Summen elektronischer Apparaturen war zu hören. Das künstliche Dämmerlicht wurde von den pulsierenden roten und grünen Lichtern der Überwachungsgeräte durchbrochen.

Die fünf EGs, die von chirurgischen Zangen über den lebenserhaltenden Apparaturen unbeweglich festgehalten wurden, bildeten einen Halbkreis: Helen, Thurston, Rachel, Annette und John Flemming.

Sie nutzten diese Zeit gewöhnlich, um eine Art Gruppentherapie abzuhalten. Indem sie einander ihre Befürchtungen und Ängste oder auch ganz banale Gedanken mitteilten, fanden sie einen gewissen Trost und linderten den Alptraum, den sie alle zusammen und jeder für sich durchlebten.

Annette aber hatte überhaupt nicht gesprochen, sie schien gänzlich mit sich selbst beschäftigt zu sein, und die nie sehr taktvolle Rachel sagte plötzlich: „He, was ist denn heute mit Gottes Auserwählter los?“ Annette war tief religiös und Rachel, eine erklärte Atheistin, ärgerte sie gerne.

„Nichts." Es war ein kaum hörbares Flüstern.

„Verdammter Unsinn!" Rachels schmales Gesicht hatte einen verächtlichen Ausdruck. Sie war Fernsehjournalistin gewesen, bevor sie ein tödliches Krebsgeschwür bekommen hatte. Man hätte sie beinahe als schön bezeichnen können, wären da nicht eine gewisse Schärfe und eine gewisse feministische Feindseligkeit gewesen.

„Du verbirgst etwas", warf Helen etwas sanfter ein. „Und wir waren doch übereingekommen, gerade das nicht zu tun."

Annette sah betroffen drein. Vor der Operation war sie Bankangestellte gewesen. Bei einem fehlgeschlagenen Bankraub war sie als Geisel genommen worden und hatte drei Schüsse in lebenswichtige Organe abbekommen; danach war sie in Michaels Hände geraten.

„Sag es uns", drängte Thurston. „Dann wirst du dich besser fühlen."

„Ist es deswegen, weil wir abgehört werden?", fragte Helen.

Annette blickte starr vor sich hin, dann blinzelte sie – das Zeichen, das sie alle an Stelle eines Nickens verwendeten.

„Ach was", sagte Rachel. Ihre Augen blitzten. „Können sie dir etwas noch Schlimmeres antun, als sie bereits getan haben?"

„Das können sie und das weißt du auch", sagte Helen kurz. „Sie können strafen."

Rachel verstummte. Ebenso wie John hatten sie alle die entsetzlichen Qualen durchgemacht, die ein Strom von einem halben Milliampere verursachte, wenn er durch eine in der Nähe eines Schmerzrezeptors implantierte Elektrode geleitet wurde. Genauso, wie auch sie alle mit der – vor den Augen aller anderen – peinlichen Ekstase eines scheinbar endlosen Orgasmus' belohnt worden waren.

Thurston richtete seine Augen auf Annette. „Glaubst du, dass du etwas zu sagen hast, wofür man dich bestrafen würde?"

„Versuch es", sagte Rachel. „Sie werden es schon nicht hören."

Die Augen der anderen folgten dem Blick, den sie auf die jetzt dunkle, matte Fläche des Beobachtungsfensters warf, durch das sie gewöhnlich vom Steuerpult her genau überwacht wurden. Im Lauf der Monate hatten sie festgestellt, dass der diensthabende Pfleger während ihrer nächtlichen Ruhezeit sein Abhörgerät gewöhnlich ausschaltete und sich ebenfalls ausruhte.

Da brach es aus Annette hervor: „Es ist Peggy. Sie hat Theater gespielt. Sie hielt es nicht mehr aus. Sie fand, dass es nirgends schlimmer sein kann, wo immer man uns auch hinbringt. Sie zog eine Show ab. Ich bat sie, es nicht zu tun."

Rachel rief in die darauf folgende Totenstille. „Ach Gott, diese dumme, kleine Gans!"

„Wir wissen ja nicht, ob es so schrecklich ist", sagte Helen.

Es war offensichtlich, dass sie bloß versuchte, es allen leichter zu machen, aber Rachel spielte nicht mit. „Sei nicht so dumm", zischte sie. „Wenn es nicht schrecklich ist, warum erzählen sie uns dann nie etwas darüber?"

„Ich glaube nicht, dass sie uns irgendwo hinbringen", flüsterte Annette. „Ich glaube, dass Peggy tot ist. Ich glaube, sie bringen uns einfach um."

„Still", sagte Richter Thurston sanft. „Du kennst die

Regeln." Sie hatten den eisernen Grundsatz aufgestellt, nicht über den Tod zu sprechen, mit dem sie alle so unmittelbar konfrontiert waren. Davon zu reden, steigerte nur die Verzweiflung.

John sagte nichts. Er erinnerte sich an Peggy, wie sie gewesen war, bevor sie zu einem entsetzenerregenden, tierischen Etwas geworden war, das mit verzerrtem, unmenschlichem Gesicht vor Schmerz und Verzweiflung heulte. Er fragte sich, ob Annette recht hatte. Vielleicht war Peggys Wahnsinn schließlich doch nicht das gewesen, was sie geplant hatte. Er hatte zu echt gewirkt, um gespielt zu sein. Einen Augenblick lang erinnerte er sich an sie: jung, zart und brünett; die schmalen Zangen, die ihren kleinen Kopf festhielten, im weichen Licht eher einem zerbrochenen Heiligenschein ähnlich, als kaltem chirurgischen Stahl. Und die in Falten gelegte, blaue Nylongummisäule unter ihrem Kinn hatte eher wie eine Halskrause an einem hochgeschlossenen Kleid ausgesehen, nicht wie eine Tarnung für Drähte und Schläuche und den grauenvollen Stumpf.

Und einen Augenblick lang dachte er auch an sie als die freie, selbständige, junge Frau mit dem *Körper* einer Frau und all seinen Bedürfnissen und Wünschen, bevor, wie bei ihm selbst, ein Autounfall das alles geändert hatte.

Er blickte sich rasch um in dem Halbkreis der massiven Apparatekonsolen, eine jede von ihrer tragischen, halblebendigen Last gekrönt, und er las in den Augen seiner Leidensgenossen den dumpfen Schrecken und die bedrückende Angst, die Peggys Schicksal hervorgerufen hatte. Das ganze Entsetzen und die Beklemmung, die sie mit ihr gemeinsam empfunden hatten, als sie abtransportiert worden war, lebten wieder auf. John sehnte sich danach zu erzählen, woran er arbeitete. Er wollte ihnen erklären, wie er sich bemühte, den Sicherheitscode der Zentraleinheit zu knacken, und dass es doch noch Hoffnung gab. Aber er wagte es nicht. Ob der Pfleger nun schlief oder nicht, er wagte es nicht, ihre einzige Chance aufs Spiel zu setzen. Wer konnte wissen, was einer von ihnen in geistiger Erschöpfung oder von Katherine unter Drogen gesetzt dann vielleicht unabsichtlich ausplauderte!

Seine Gedanken wurden durch Richter Thurstons Stimme unterbrochen. Kalter, fast hochmütiger Zorn schwang in der monotonen elektronischen Stimme des Kehlkopfgerätes mit und jede Falte des von Wind und Wetter gegerbten Gesichts verriet moralische Entrüstung.

„Soll Michael doch zur Hölle fahren", sagte er, „und Walter Burnleigh mit ihm, wenn er noch immer der Mann an der Spitze ist! Unter dem Deckmäntelchen der Wissenschaft mit menschlichem Leben zu spielen! Ihr könnt alles auf Katherine schieben, wenn ihr wollt, aber die anderen sind die wirklich Schuldigen. Bald wird es wahrscheinlich heißen, dass die nationale Sicherheit auf dem Spiel steht, und wir werden als eine Art neue Geheimwaffe bezeichnet werden. Ich habe jetzt endgültig genug von ihrer entsetzlichen Ungerechtigkeit. Als Richter habe ich beinahe zwanzig Jahre lang mit menschlichen Schwächen und Fehlern zu tun gehabt, und ich will das alles wahrhaftig nicht in den Schmutz ziehen, indem ich jetzt nichts tue. Wie groß das Risiko auch sein mag! Von jetzt an müssen wir Widerstand leisten! Sie müssen mit uns rechnen, und man muss sie um jeden Preis davon abhalten, mit dem weiterzumachen, was sie gegenwärtig mit uns tun und in Zukunft auch noch mit anderen tun werden."

Zum ersten Mal lächelte Rachel. Es war die Art Kampf, die sie liebte. „Amen", sagte sie.

John behielt seine Gedanken für sich. Die Haltung des Richters war vorbildlich und verständlich. Er selbst fühlte das Gleiche und wusste, dass er aus Mitleid wie aus Loyalität alle Pläne des Richters unterstützen würde. Doch sein Verstand sagte ihm, dass in diesem grauenvollen Schachspiel jeder ihrer Züge gekontert werden würde, hart gekontert.

Der Richter, so dachte er, hatte möglicherweise den gefährlichen Fehler begangen, jene Gerechtigkeit zu erwarten, die er selbst walten lassen würde.

# 24

Henry Palmer hatte die Implantation von Tiefenelektroden in gewisse, besonders empfindliche Bereiche des Gehirns gefordert und dazu waren neue chirurgische Techniken nötig. Michael war der Meinung, dass Toni und er zuerst an einem Präparat üben sollten, um Kunstfehler bei der Behandlung eines ihrer EGs zu vermeiden. Als Katherine eintraf, machten er und Toni sich gerade im Sektionssaal an die Arbeit. Sie hatten einen männlichen Kopf aus einem Behälter mit Formaldehyd genommen und auf dem Tisch aus rostfreiem Stahl befestigt, der mit Abflüssen versehen war. Blind starrte er sie aus halbgeschlossenen Augen an, die wahrscheinlich einmal blau gewesen, aber nun durch das Konservierungsmittel trüb und graugelb geworden waren. Während Michael seine Aufzeichnungen und einige Röntgenbilder studierte, präparierte Toni den Kopf.

Keiner von beiden bemerkte Katherine, die stumm in der Tür stand. Sie beobachtete, wie Toni rasch und geschickt die Kopfhaut in der oberen Schädelregion einschnitt und zurückklappte, mit einer elektrischen Säge durch das Stirnbein, dann diagonal durch die Schläfengrube und um das untere Scheitelbein herum schnitt. Sie hatte den Knochen hochgehoben und den Cortex freigelegt, die faltige, äußere Gehirnschicht, als Michael aufblickte.

„Oh. Hallo."

„Michael, ich muss mit dir sprechen."

„Jetzt?" Er deutete auf das Präparat, mit dem Toni und er beschäftigt waren. Bei Katherines Anblick hatte er eine unbestimmte, aber unmittelbare Bedrohung gespürt. Er war sicher, dass es mit Susan zu tun hatte und mit dem Sicherheitsrisiko, das sie darstellte. Eigentlich war er ganz froh, dass sie nicht mit ihm nach New York gekommen war. Jemand, zweifellos Katherine, hatte im Plaza angerufen und nach einer Mrs. Burgess gefragt. Obwohl Burnleigh ihm gesagt hatte, er solle Susan bei Laune halten, hatte er darin doch eine Falle gesehen. Er wollte nicht, dass der Admiral es erfuhr, wenn er ein Wochenende mit Susan verbrachte, und Katherine wäre durchaus dazu imstande, Burnleigh zu benachrichtigen.

„Es tut mir leid. Es ist wichtig. Toni, macht es dir sehr viel aus?"

Toni stand vom Seziertisch auf. „Keineswegs. Ich mache zwischenzeitlich was anderes. Sagt mir einfach Bescheid, wenn ihr fertig seid." Sie ging in den Nebenraum, in dem sich das Elektronenmikroskop befand, und schloss die Tür hinter sich. Sie verhielt sich so, dass Michael sich fragte, ob auch sie etwas von Susan und ihm wusste. Er tat so, als arbeite er weiter. „Nun?"

Katherine merkte, dass er unruhig war und erriet ohne Schwierigkeiten den Grund. Freitagabend und am Samstag hatte sie bei Susan zu Hause angerufen und niemand hatte sich gemeldet. Dann hatte sie es im Plaza Hotel in New York versucht und obwohl man ihr in der Vermittlung gesagt hatte, dass keine Mrs. Burgess, sondern nur ein Dr. Burgess unter den Gästen sei, war sie doch überzeugt, dass Susan Michael begleitete. Der Rest des Wochenendes war eine Qual gewesen. Trotz aller Versuche, ihre heftigen Gefühle in den Griff zu bekommen, hatte die Eifersucht die Oberhand behalten. Sie hatte sich Michael und Susan gemeinsam beim Essen vorgestellt, im Theater, im Bett, wo Michael Susan mit seinem nackten Körper halb wahnsinnig machte, indem er sie so liebte, wie er sonst immer sie, Katherine, geliebt hatte, und diesen Alptraum hatte nichts, aber auch gar nichts vertreiben können.

Sie freute sich beinahe darüber, schlechte Nachricht zu bringen, das war auch eine Art Rache. Sie trat an den Seziertisch, ließ ihn noch einen Augenblick warten und sagte dann: „Mit den EGs gibt es Schwierigkeiten."

„Was für Schwierigkeiten?"

„Sie streiken."

Michael legte eine Pinzette nieder und blickte sie starr an, halb lachend, halb ungläubig. Katherine sah, wie er sich bemühte, diese Neuigkeit zu verarbeiten, instinktive und sofortige Beunruhigung mit der Erleichterung darüber in Einklang zu bringen, dass sie nicht wegen Susan gekommen war.

„Die verdammten Köpfe streiken? Das kann doch nur ein Scherz sein!"

„Nein. Sie weigern sich, bei den neurometrischen Tests weiter mitzumachen."

„Augenblick mal! Erklär mir das!" Michael sah noch ungläubiger drein.

Katherine zuckte die Achseln. „Die neurometrischen Tests erfordern verbale Antworten auf Fragen. Die EGs weigern sich zu sprechen."

„Sie weigern sich zu sprechen", wiederholte Michael. „Einfach so." Er lächelte nicht mehr, sondern blickte starr auf den Kopf, der vor ihm auf dem Tisch befestigt war. „Sie weigern sich zu sprechen, außer … ?" Plötzlich klang er gereizt.

Katherine antwortete: „Außer wir garantieren ihnen, dass wir das Arbeitspensum auf die Hälfte reduzieren."

Michael sagte langsam: „Wann haben sie mit diesem Unsinn begonnen?"

„Ich weiß es nicht. Heute, vermutlich."

„Woher haben sie die Idee, von Flemming?"

„Ich glaube nicht. Diesmal nicht. Ich glaube, sie stammt von Thurston."

„Dem Richter? Bist du sicher?"

„Ziemlich."

„Verdammt noch mal!" Michael dachte nach, dann sagte er: „Vielleicht ist er einfach übermüdet. Wer könnte ihn in Flemmings Experiment ersetzen?"

„Alle, denke ich. Annette, Rachel. Philipp, der Neue, wenn alles klappt. Er müsste jetzt jeden Tag soweit sein."

„Sonst noch jemand?"

„Wir haben noch die zwei Frauen, die wir im März operiert haben. Die Schwarze und die Grauhaarige. Aber sie sind beide noch nicht fertig."

Michael runzelte die Stirn. „Was sagt Flemming zu dem Ganzen?"

„Das Gleiche wie die anderen."

Er stand auf. „Okay. Gehen wir, reden wir mit ihnen." Er riss die Tür zum Nebenraum auf. „Toni, mach ohne mich weiter. Ich bin in zwanzig Minuten wieder da."

Katherine folgte ihm stumm durch den Operationsbereich und dann durch die Tür und den Korridor in den Umkleideraum, wo sie beide Schutzkleidung anlegten. Er legte eine Kälte an den Tag, die sie an ihm nie zuvor erlebt hatte. Das beunruhigte sie. Susan schien plötzlich nicht mehr wichtig.

Sie sagte: „Michael, sei nicht zu streng mit ihnen. Die Sache könnte auf uns zurückfallen. Besonders, was Flemming betrifft. Du weißt, wie er ist, und dass er dir nie vergeben hat. Wenn du hart durchgreifen musst, dann lass es mich mit Medikamenten lösen. Oder lass mich wenigstens Medikamente verwenden, um sie alle gefügiger zu machen."

Er antwortete nicht. Sie folgte ihm wieder über den Korridor, in die Abteilung 2.

## 25

Als John Susan erzählte, was Thurston und die anderen planten, war ihr sofort klar, dass ernste Schwierigkeiten bevorstanden.

„Michael wird nie zustimmen, John. Er steht mit dem Rücken zur Wand. Er hat keine andere Wahl. Er muss schnellstens konkrete Ergebnisse erzielen."

„Susan, ich kann ihnen nicht das Recht zu protestieren nehmen. Das Schlimmste, was Michael tun kann, ist, den Vorschlag abzulehnen."

Sie war wegen einiger Daten in ihr Zimmer gegangen. Als sie zurückkehrte, hatte der diensthabende Pfleger den Steuerraum verlassen und durch das Beobachtungsfenster sah sie ihn gemeinsam mit Michael und Katherine im Aufenthaltsraum.

Irgendetwas hielt sie davon ab, ebenfalls hineinzugehen. Vielleicht war es bloß ein Gefühl für die Gepflogenheiten, die Mystik der Medizin. Was sie da sah, betraf die Ärzte und die Medizin, und plötzlich war sie eine Außenseiterin.

Thurston sprach.

Susan hörte ihn sagen: „Wir haben weder Macht über die Vergangenheit noch können wir sie ändern, aber wir geben uns nicht mehr dazu her, weiter wie Sklaven gehalten zu werden. Abgesehen von einer Verringerung unserer Arbeitszeit bestehen wir auch auf nachweisbaren Garantien, dass Sie allen künftigen EGs genau erklären werden, was sie erwartet, ohne ihnen das Trugbild einiger weiterer Lebensjahre vorzugaukeln und die tatsächliche Zukunft hinter solchem Unsinn wie ‚zerebrale Isolation' und ‚neurologische Blockierung' zu verbergen."

„Ich verstehe", sagte Michael. Sein Blick traf den von

Helen. „Ich vermute, dass Sie alle Richter Thurstons Meinung teilen.“

Helen blickte starr und in trotziger Würde zurück. „Dies ist tatsächlich der Fall“, sagte sie ruhig. „Wir wollen auch wissen, wo Peggy ist und wo wir selbst hinkommen, wenn Sie mit uns fertig sind.“

Michael wurde nachdenklich, dann sagte er: „Okay, ich habe Sie gehört. Aber das ist leider alles, was ich tun kann. Ich bin nicht der Direktor und Sie sind keine Gewerkschaft. Ich bin Arzt und Sie sind zu Versuchszwecken hier. Sie wurden dem Grabe entrissen und haben das unfassbare Geschenk eines weiteren nützlichen Lebens erhalten, eines Lebens, das vielleicht den ganzen Lauf der menschlichen Geschichte verändern wird. Aber sind Sie dankbar? Nein. Stattdessen machen Sie mir moralische Vorhaltungen und nörgeln herum.“ Er zuckte die Achseln und fuhr fort: „Ich habe keine Zeit für solchen Unsinn. Und Borg-Harrison auch nicht. Dieses Projekt ist einem Zeitplan unterworfen und dieser Zeitplan gestattet es nicht, dass mir die Hände gebunden werden.“

Er wandte sich Helen zu. „Und was den Ort betrifft, wohin Sie gebracht werden, wenn die Arbeit hier zu Ende ist, so kann ich Ihnen nur mitteilen, dass es dort keine Arbeit mehr gibt und dass dort allen Ihren physischen Bedürfnissen auf das Angenehmste entsprochen wird.“

Das war zu viel für Rachel. „Und was ist mit unseren psychischen Bedürfnissen?“, fragte sie. „Damit meine ich Erholung, Lesen, Musik und nicht noch eine Dosis Beruhigungsmittel von Katherine.“

Katherine sagte kalt: „Die einzigen Gründe, aus denen Sie diesen Ort verlassen werden, sind Tod oder Geisteskrankheit, sodass Sie das von Ihnen Erwähnte kaum benötigen werden.“

Michael nickte. „Das stimmt. Und jetzt sollten Sie sich vielleicht alle beruhigen und dort weitermachen, wo Sie aufgehört haben."

Rachels schmales Gesicht verzerrte sich. „Ihr verdammten Schlächter! Hat sich denn der Richter nicht klar genug ausgedrückt? Keine Zugeständnisse! Zur Hölle mit euch, auf dem schnellsten Weg!"

Michael sah sie prüfend an und lächelte kaum merklich. Dann sagte er: „Bis jetzt, Rachel, haben Sie zu diesem Projekt weniger beigetragen als die meisten anderen. Aber ich glaube, ich habe ein Mittel, das zu ändern. Ich glaube, ich kenne ein Mittel, das Sie nur allzu begierig machen wird, wie verrückt zu arbeiten."

Bevor er sich noch von Rachel abgewandt hatte, erkannte Susan, was er tun wollte. Die Erkenntnis traf sie wie ein Schlag in die Magengegend. Sie spürte einen Druck, einen scharfen Schmerz. Sie konnte nicht mehr atmen.

Und dann lähmendes Entsetzen.

Ohne ein weiteres Wort bückte sich Michael plötzlich und knipste den Hauptschalter auf Richter Thurstons Konsole aus.

Thurstons Mund öffnete sich. Er wollte Einspruch erheben. Der Schock entstellte sein Gesicht. Seine Augen starrten, wurden trüb. Die Lippen wurden weich. Sekunden später erschlafften die Muskeln des von Wind und Wetter gegerbten Gesichts. Er war tot.

Es war so schnell gegangen, dass niemand reagierte. Der Pfleger war der Erste: „Um Gottes willen, Doktor!" Er war kreidebleich geworden. Er fuhr sich durch die Haare, mit der anderen Hand griff er sich an die Kehle.

Katherine bewegte sich überhaupt nicht. Ihre Blicke wanderten von Thurston zu Michael und wieder zu Thurston zurück. Sie glich einer Statue.

Susan versuchte zu denken. Sie musste zu John. Koste es, was es wolle.

Seine Stimme ertönte unerwartet scharf und klar in der Gegensprechanlage: „Nein! Komm nicht herein!" Er gebrauchte ihren Namen nicht, aber Susan wusste, dass er sie meinte. Wieso wusste er, dass sie da war? Hatte er bloß geraten? Sie konnte ihn auf dem Fernsehmonitor sehen. Sein Gesicht zeigte keinerlei Ausdruck.

Die anderen reagierten unterschiedlich. Annettes Augen waren geschlossen, sie betete. Rachels Augen waren voll Entsetzen, Hass und glichen Stecknadelköpfen. Helen blickte starr auf Richter Thurstons totes Gesicht; sie konnte es nicht glauben.

Michael wandte sich an alle. „Jetzt", sagte er, „sollten Sie eigentlich zweierlei gelernt haben. Erstens, dass man mich nicht erpressen kann, zweitens, dass Sie alle ersetzbar sind. Wenn Sie noch immer Lust auf Gewerkschaftsverhandlungen haben, werde ich nicht zögern, das zu wiederholen, was ich soeben getan habe."

Er wandte sich in völlig dienstlichem Ton an den Pfleger. Er war wieder ganz der Arzt. Er wies mit dem Kinn auf Thurston: „Entfernen Sie seine Kopfhautelektroden und befestigen Sie sie auf Rachel. Wenn irgendwelche Fragen von Ihrer Elektrodenkarte nicht beantwortet werden, fragen Sie einfach Miss McCullough. Sie ist wahrscheinlich unten in ihrem Zimmer."

Katherine folgte ihm zur Bakterienschleuse. Ihre Lippen waren zu einem schwachen Lächeln verzogen.

Als Susan hörte, wie die Innentür geöffnet wurde, schlüpfte sie in die Schleuse, die zum neurometrischen Labor und zu John führte. Aber sie trat nicht ein. Sie konnte ihm jetzt nicht gegenübertreten. Und auch sonst niemandem. Sie blieb zwischen den beiden Türen der

Schleuse stehen und verließ sie erst, als sie sicher war, dass Michael und Katherine fort waren.

Als sie den Steuerraum durchquerte, warf sie einen letzten Blick auf Thurston. Der Pfleger hatte den Kopf mit einem chirurgischen Tuch zugedeckt. Man sah bloß den grobgefalteten weißen Stoff, den unheimlichen blauen Schlauch, der abwärts führte, und darunter die schwarze Konsole mit den lebenserhaltenden Apparaturen, die in ihrer Anonymität fast obszön wirkte.

Susan streifte die Bakterienschutzkleidung ab und ließ sie einfach auf den Boden fallen. Sie hätte jetzt den Anblick Michaels oder Katherines nicht ertragen können. Die beiden würden nun bestimmt noch im Umkleideraum sein. Dann rannte sie hinunter und fuhr nach Hause. Sie musste allein sein, um ihre Selbstbeherrschung wiederzugewinnen. Das war wichtiger als jeglicher Trost, den sie John und den anderen jetzt hätte spenden können.

Sie duschte – es war, als wolle sie das Entsetzen über das, was sie gesehen hatte, von sich abwaschen –, während ihr Zorn wuchs. Sie genoss diesen Zorn, genoss den plötzlichen, erbitterten Hass gegen Michael. Wie hatte sie nur je, vor einer ganzen Ewigkeit, glauben können, dass sie ihn liebte! Sie erschauerte. Jetzt wollte sie nur eines: ihn umbringen. Aber sie würde es nicht tun. Da waren ja John und die anderen. Ihr Leben, ihre Sicherheit waren wichtiger.

Sie trat aus der Dusche, zog sich an, ging hinunter zu ihrem Wagen und fuhr eine Stunde lang ziellos durch Washington. Auf diese Weise konnte sie am besten nachdenken. Sie hatte das entsetzliche Gefühl der Dringlichkeit; sie konnte es sich nicht mehr leisten abzuwarten; sie musste handeln. Da Michael soeben diese Wahnsinnstat an dem armen Thurston verübt hatte, war er durchaus imstande, mit John ebenso zu verfahren. Daher musste sie etwas tun, schnell, aber auch vorsichtig. Die anonyme Warnung, die sie erhalten hatte, war kein Scherz gewesen und auch nicht auf Katherines Eifersucht zurückzuführen. Sie war echt. Sie, Susan befand sich tatsächlich in Gefahr.

Allmählich begannen Entschlüsse in ihr zu reifen. Zuerst überlegte sie, wie sie nun vor Michael und Katherine auftreten sollte. Sobald es glaubhaft erschien, dass sie von dem Vorfall gehört haben konnte, würde sie Michael sagen, dass sie davon wusste. Er würde ihr gegenüber misstrauisch sein. Sie würde entsprechende Betroffenheit vortäuschen, ihm aber sagen, sie verstünde, dass er zu diesem Schritt gezwungen gewesen sei, ja, sie würde sogar Mitgefühl zeigen. Das EG Projekt sei doch wichtiger als der einzelne Mensch.

Sie würde jede erdenkliche weibliche List anwenden, damit er ihr glaubte, denn sie musste ihre Beziehung zu ihm aufrechterhalten, um sich gegen Katherine zu schützen, die sie vermutlich durchschauen würde. Und wenn sie mit ihm schlafen müsste, damit er keinen Verdacht schöpfte, so würde sie auch das tun. Andere Frauen hatten noch mehr für die Männer getan, die sie liebten. An Sex starb man nicht.

Als sie wieder zu Hause war, gestattete sie es sich, das Entsetzen nochmals zu durchleben und an Thurston zu denken. Sie brauchte sich nicht darum zu kümmern, wie sie ihn rächen konnte. Der Rest der Welt würde sich dieser Sache annehmen. Sie musste es nur den Rest der Welt wissen lassen.

## 26

Zunächst dachte Susan, dass es wohl am sinnvollsten wäre, bei der Presse Hilfe zu suchen. Ihr Gefühl, verfolgt zu werden, wurde immer stärker und sie war sicher, dass alle anderen, an die sie sich wenden konnte – ein Abgeordneter oder ein Senator zum Beispiel – auf irgendeine Weise, ja vielleicht sogar unabsichtlich Borg-Harrison alarmieren würden. Die Stiftung war so angesehen, dass sie beinahe allmächtig schien.

Sie wusste jedoch nur zu gut, dass jede Kontaktaufnahme mit einem Journalisten zu ihrer sofortigen Verhaftung durch die Bundesbehörden wegen Gefährdung der nationalen Sicherheit führen konnte, wenn nicht zu noch viel Schlimmerem. Allzu gut erinnerte sie sich an das, was damals mit der Gewerkschafterin Karen Silkwood geschehen war. Von Richter Thurston ganz zu schweigen. Aber die Zeit drängte; John konnte nicht ewig durchhalten. Susan beschloss, es mit einer großen Washingtoner Zeitung zu versuchen. Sie hatte zwar keine sehr klare Vorstellung davon, wie ihr ein Journalist helfen sollte, ohne Zutritt zum Labor zu haben oder über wirklich konkretes Beweismaterial zu verfügen, aber sie hoffte wenigstens auf Unterstützung und vielleicht auf eine Idee, wie sie sich Beweise verschaffen konnte.

Die Mitteilung, die sie in ihrer Schreibmaschine gefunden hatte, besagte, dass ihr Telefon angezapft war. Das zu glauben fiel ihr zwar schwer, aber sie beschloss, diese Warnung dennoch nicht zu ignorieren. Sie fuhr in die Stadt und begab sich in eine Telefonzelle in einem Kaufhaus. Sie blickte durch die geschlossene Glastür der Telefonzelle, sah aber niemanden, der sie möglicherweise beobachtete. Eigentlich kam sie sich wie eine Verrückte vor; der Telefonistin, die abhob, erklärte sie, dass sie mit einem Reporter sprechen wollte. Sie wurde mit einer Sekretärin verbunden, die sie fragte, worum es sich handelte.

„Ich würde lieber mit dem Reporter sprechen, wenn Sie nichts dagegen haben. Ich habe eine vertrauliche Mitteilung zu machen."

Die Dame war kurz angebunden: „Ihr Name, bitte."

Plötzlich stand ihr Verstand still. Natürlich konnte sie nicht ihren eigenen Namen nennen – daran hatte sie nicht gedacht. Man konnte ja ihre Mitteilung über Katherine oder Michael oder sogar Burnleigh nachprüfen und würde das vermutlich auch tun.

„Smith. Mary Smith." Ihr fiel nichts anderes ein.

„Bleiben Sie am Apparat."

Der Reporter, der abhob, war ein älterer Mann, der wenige Fragen stellte und das Sprechen gänzlich ihr überließ. Als sie zu Ende gesprochen hatte, wusste sie, dass ihr Bericht wie der einer unzufriedenen Angestellten geklungen haben musste, die diese fantastische Geschichte erfand, um ihren Chef in Schwierigkeiten zu bringen. Oder aber man hielt sie überhaupt für eine komplett Irre. Borg-Harrison und Admiral Walter Burnleigh mit geheimen Gehirnforschungsexperimenten an menschlichen Köpfen, ohne Körper, in Zusammenhang zu bringen, hatte nicht den geringsten Beigeschmack von Wahrheit oder Realität; und dass sie dem Reporter sagte, sie könne ihn nicht treffen, weil sie überwacht werde, und er könne sie auch nicht zurückrufen, weil ihr Telefon angezapft sei, machte die Sache noch schlimmer. Schon am Anfang war sie sich verrückt vorgekommen, aber jetzt, als sie einhängte, war sie völlig verstört und frustriert und den Tränen nahe.

Zwei weitere Anrufe halfen ihr ebenfalls nicht; zuerst rief sie bei einer anderen Zeitung an, dann bei einem Fernsehsender. Aber beide Male erhielt sie herablassende, wenn auch freundliche Ratschläge, die denen des ersten Reporters ähnlich waren: „Bringen Sie uns konkretes Beweismaterial – Fotos, Dokumente, alles, was Sie finden –, dann können wir etwas damit anfangen."

Genau diese Antwort hatte sie die ganze Zeit erwartet und sie ärgerte sich über sich selbst, dass sie nicht gleich entsprechend gehandelt hatte.

Das „Wie" war eine andere Frage. Sie kannte sich nicht aus mit Fotoapparaten und musste erst einen kaufen und das würde sicher Aufmerksamkeit erregen. Außerdem lebten die EGs ja gleichsam wie Goldfische in einem Aquarium und das machte es fast unmöglich, sie heimlich zu fotografieren. Ein paar Zentimeter eines der vielen Überwachungsmagnetbänder der EGs zu verstecken, wäre zwar einfacher, aber auch hier gab es einen Haken. Diese Aufzeichnungen wurden in Schränken aufbewahrt, für die man zwei verschiedene Schlüssel benötigte. Der diensthabende Pfleger hatte den einen, den anderen verwahrte der oberste Sicherheitsbeamte.

Es blieben also nur schriftliche Beweisstücke. Susan beschloss, die Arbeitszimmer zu durchsuchen. In Michaels, Katherines, ja sogar Tonis oder Al Luczynskis Zimmer könnte sie auf etwas stoßen, das sich vielleicht verwenden und mit der gewöhnlichen Büropost hinausschmuggeln ließ. Und dann kam ihr der Gedanke, Al Luczynski dazu zu bringen, ihr zu helfen. Sie hatte zwar keine Ahnung wie, aber es war ganz offensichtlich, dass er ein äußerst intensives Interesse an ihr hatte.

Sie wartete bis zum Freitagabend, an dem nie jemand lange im Labor blieb, und bat Michael, ein gemeinsames Abendessen und einen Ballettbesuch im Kennedy-Center zu verschieben. Sie entschuldigte sich mit ihrer Arbeit.

Er machte es ihr nicht leicht. „Kannst du das Zeug nicht morgen erledigen, was immer es ist?“

„Ich wollte, es wäre so.“

Er schaute skeptisch.

Ebenso Katherine, als sie um sechs Uhr vorbeikam, um eine gute Nacht zu wünschen. „Du arbeitest zu viel, Susan.“ Susan suchte in ihrem Gesicht nach einem Zeichen des Argwohns. Sie fragte sich, ob Katherine bemerkt hatte, dass sie wusste, was Michael mit Thurston gemacht hatte. Aber Katherines freundliches Lächeln war unergründlich und wirkte bedrohlicher denn je.

Um etwa neun Uhr ging der letzte Wissenschaftler nach Hause und ein Nachtwächter kam auf dem ersten seiner stündlichen Rundgänge vorbei. Es war ein freundlicher, älterer Mann, der sie gewöhnlich mit den neuesten Basketball Ergebnissen versorgte.

„Bleiben Sie wieder lange hier, Miss?“

„Ja.“

„Falls ich nicht an meinem Platz bin, wenn Sie gehen, dann bin ich in der Cafeteria. Drücken Sie auf die Klingel auf meinem Tisch und ich komme sofort hinunter und lasse Sie raus.“

Susan versprach dies zu tun, wartete nach seinem Verschwinden noch fünf Minuten, fuhr dann mit dem Lift hinunter und ging direkt zu Michaels Arbeitsräumen.

In Gladys’ Reich war es dunkel, die Schreibmaschine zugedeckt. Die Türen zu Michaels und Katherines Zimmern waren geschlossen. Beinahe wäre sie in Panik verfallen. Was, wenn er noch da war? Sie riss sich zusammen und trat ein. Das Zimmer war leer. Sie schaltete mehrere Lampen an, sah sich um und beschloss, mit dem Schreibtisch anzufangen. Er war nicht abgeschlossen und das bedeutete, dass es hier wahrscheinlich nichts zu finden gab, aber sie beschloss, dennoch nachzusehen.

Mach es ganz offen, dachte sie. Schau nicht schuldbewusst drein, wenn jemand kommt. Tu so, als gehörtest du hierher. Sag, dass dich Michael um die Computersimulation des Todes eines Patienten aufgrund einer Infektion gebeten hat, und dass er dir eine Notiz hinterlassen hat, die du holen musst. Und wenn es Michael selbst ist, sag, dass du Daten suchst, die du ihm gegeben hast.

Niemand kam.

Und sie fand auch nichts. Weder in Michaels Schreibtisch noch in dem – ebenfalls nicht abgeschlossenen – Karteikasten, und auch nicht zwischen den vielen medizinischen Büchern und Schriften, die die Regale füllten. Es gab keine Fotos oder Röntgenbilder und auch keine Magnetbänder irgendwelcher Art, nicht einmal Krankengeschichten von EGs oder Beschreibungen der Operationen.

Susan ging hinüber in Katherines Zimmer. Irgendwie war ihr hier unheimlicher zumute als in Michaels Zimmer und sie durchsuchte Katherines Schreibtischschubladen und Karteikästen sehr rasch – wieder erfolglos. Sie zog einige Ordner hervor, die in Katherines Bücherregalen standen. Einer enthielt Notizen über den Zusammenhang von Schizophrenie und der wirtschaftlichen Stellung des Patienten. In einem anderen befand sich eine Reihe von Krankengeschichten über verschiedene Arten von Wahn; es waren zwanzig oder noch mehr. Keiner der Patienten war namentlich genannt, aber Susan hatte einen lähmenden Verdacht, um wen es sich handelte.

Im letzten Ordner fand sie ein halbes Dutzend mehrere Jahre alter Aufzeichnungen über EGs, aber nichts deutete darauf hin, dass sie keine gewöhnlichen Patienten waren. Sie trugen keine Namen, sondern nur Kennziffern – 16 bis 21. Es war schmerzlich, auch nur an sie zu denken. Man vergaß zu leicht, dass es das EG Projekt bereits so lange gab. Dass es sich nicht auf Peggy, Annette, Thurston, Helen und Rachel beschränkte. Und auch nicht auf John.

Man wurde auf Henkerskarren gehievt, der Scharfrichter wartete, die Menge johlte. Man bestieg das Schafott, der Priester betete. Das Fallbeil sauste nieder.

Finsternis.

Nur gab es hier keinen Henkerskarren, keine Menge, keinen Priester, keinen Scharfrichter. Es gab bloß Chirurgen. Und statt des Rasselns des Fallbeils hörte man das Zischen der Anästhesiegeräte und das leise, rasierklingenscharfe Skalpell des Chirurgen. An die Stelle der feuchten, dunklen, ewigen Grabesruhe trat hier das unerbittliche elektrische Summen der Konsolenmotoren, das im Schädel und im Trommelfell dröhnte, das unaufhörliche Gurgeln von Flüssigkeiten in Schläuchen.

Susan war gerade dabei, die Ordner mit den Krankengeschichten in das Regal zurückzustellen und sich zu fragen, wo sie weitersuchen sollte, als sie ein schwaches Geräusch hinter sich vernahm.

Sie erstarrte.

Eine Sekunde, zwei. Sie nahm Kleidung wahr, einen Körper, der sich lautlos auf sie zu bewegte.

Sie wollte sich umdrehen – und konnte es nicht. Ihr Entschluss, sich ganz natürlich zu verhalten, war wie weggeblasen. Ihre Hände klebten an den Ordnern, waren kilometerweit weg, gehörten nicht zu ihr.

Bis eine Hand ihre Schulter berührte. Sie unterdrückte einen Schrei.

Katherines Stimme sagte: „Gut, Susan, vielleicht könntest du so nett sein und mir erklären, was du in meinem Zimmer suchst."

Susan wandte sich langsam um, um ihr ins Gesicht zu blicken.

## 27

Es war nicht Katherine. Es war Al Luczynski. Groß wie ein Bär stand er in der Mitte des Zimmers. Er hatte die Hände lässig in die Taschen des weißen Arztkittels gesteckt und grinste über das ganze Gesicht. Er roch stark nach Antiseptika. „Da hab ich dich aber ganz schön erschreckt, was?“

Er sagte es mit Katherines kühler Stimme und lachte.

Susan zwang sich zu einem schwachen Lächeln. Langsam wurde ihr klar, dass sie bloß auf eines von Als üblichen Späßchen hereingefallen war, und ihr Entsetzen ließ nach.

„Was, zum Kuckuck, treibst du denn hier so spät?“, fragte er. Seine Augen waren freundlich und ohne Argwohn.

Susan fand ihre Sprache wieder. „Katherine hat mich gebeten, auf dem Computer einen Todesfall nach einer Infektion zu simulieren. Sie sagte, dass sie einige Notizen darüber auf ihrem Schreibtisch zurückgelassen hätte, aber ich kann sie nicht finden.“

Sie suchte nach Worten, Sätzen, irgendetwas. „Du hast wohl Wochenenddienst.“ Langsam ging sie auf die Tür zu.

Er folgte ihr nach. „Mein gnädiges Schicksal hat es so gewollt“, sagte er. Er schaute auf die Uhr. „Ich mache gerade eine Pause, darf ich dich zu einer Tasse Kaffee einladen?“ Er grinste wieder, noch breiter als vorhin, und freute sich über seinen Scherz. Angestellte bekamen den Kaffee in der Cafeteria nämlich gratis.

Vielleicht war es das Grinsen oder der hoffnungsvolle Ausdruck in dem bärtigen Gesicht, jedenfalls witterte Susan plötzlich eine günstige Gelegenheit. Es musste irgendwo Aufzeichnungen geben, sicher im Operationsbereich, zu dem sie noch immer keinen Zutritt hatte.

„Klar“, sagte sie. „Gern.“

Sein überraschter und erfreuter Blick festigte ihr Selbstvertrauen. Auf dem Weg zur Cafeteria begann sie sehr vorsichtig zu flirten, stellte ihm Fragen über seine Arbeit, seine Familie, erkundigte sich, woher er kam.

Als sie den Kaffee halb ausgetrunken hatten, wusste sie: jetzt oder nie!

„Al, ich brauche ein Medikament.“

„Ah, gehörst du auch zu denen? Heroin oder so?“

Sie lachte pflichtschuldig und legte ihre Hand auf die seine. „Bitte nimm mich ernst. Es ist nicht für mich. Es ist für eines meiner Experimente. Michael hat es mir versprochen, aber er hat es vergessen und jetzt ist er das ganze Wochenende über weggefahren. Katherine ist auch fort und im Steuerraum gibt es keines. Der Pfleger sagte, dass ich im Medikamentenschrank im OP Bereich gucken müsste.“

„Warum nicht?“, sagte er. „Was ist es denn?“

„Phenmetrazin.“

„Phenmetrazin? Für ein EG ist das nicht ganz ungefährlich, das weißt du, oder? Zu viel davon und sein Gehirn geht in Rauch und Flammen auf.“

Sie nickte. „Das weiß ich. Ich werde sehr vorsichtig damit umgehen.“

Er blickte sie prüfend an und lächelte dann plötzlich. „Okay. Wenn du das im Blick behältst.“

„Danke, Al.“

Sie nahm nochmals ihren ganzen Mut zusammen. Das Schlimmste, was passieren konnte, war, dass er ihr die nächste Bitte abschlug und sie nur das Medikament bekam. Wenigstens konnte sie dann John das geben, was er wollte. Sie senkte die Stimme, lächelte Al freundlich an und ließ ihre Hand auf der seinen, wobei sie einen seiner Finger leicht streichelte.

„Könntest du mich mitnehmen?"

„In den OP Bereich?"

„Ich weiß, dass ich nicht hinein darf, aber ich sterbe vor Neugier, Al. Es ist wie in einem Film – das geheime Zimmer im Turm."

„Hm, Susan, ich weiß nicht."

„Es braucht ja keiner etwas davon zu wissen."

„Und was ist mit den Pflegern?"

„Sie werden alle glauben, dass ich das Zutrittsrecht bekommen habe. Bitte."

Er streckte die Waffen. „Okay, warum auch nicht? Anscheinend bin ich verrückt." Er lachte anzüglich. „Oder verliebt. Und wehe dir! Wenn du es je Michael oder sonst jemandem erzählst, stecke ich deinen Kopf auf eine Konsole!" Er machte ein wildes Gesicht und fuhr sich mit dem Finger quer über den Hals. „Kapiert? Ehrenwort?"

„Ehrenwort."

Sie tranken den Kaffee aus. Susan konnte es gar nicht fassen, dass es so leicht gewesen war. Beim Weggehen sah sie an einem Ecktisch den Nachtwächter mit zwei Kollegen bei ihrer gewohnten Pokerrunde.

Wenige Augenblicke später fuhren sie mit dem Fahrstuhl eine Etage höher. Sobald sich die Türen öffneten, traten sie in den Vorraum des zweiten Stocks, der ihr bereits vertraut war. Aber statt den Umkleideraum zu betreten, um wie immer Schutzkleidung und Haube anzulegen, begab sich Susan zur Tür der Abteilung 1.

Luczynski holte seinen Ausweis hervor, schob ihn in den Schlitz und sie traten ein. Susan registrierte rasch, was da vor ihr lag. Sie befanden sich in einem kleinen Vorraum mit Krankenhausbodenbelag und kahlen Wänden. An manchen Stellen standen Rollwagen mit medizinischen Apparaturen; dann folgte ein Schwesternzimmer, dahinter eine Wand voller Monitore wie auf einer Intensivstation; auf den hellen Bildschirmen zuckten grüne und rote Lichtmuster. Es gab auch Fernsehmonitore, etwa ein halbes Dutzend. Auf dreien davon sah Susan, unverkennbar, drei von gekrümmten chirurgischen Stahlzangen fixierte Köpfe: drei EGs, von denen sie nichts gewusst hatte. Wer waren sie? Und wo waren sie?

Eine Schwester saß an einem Tisch und schrieb. Sie hatte aufgeschaut, als sie und Al eingetreten waren, dann senkte sie wieder den Blick und ignorierte sie.

Luczynski sagte: „Hier weiter", und Susan folgte ihm, diesmal in einen kurzen Korridor. Zu ihrer Linken führten Doppeltüren, breit genug, um eine Trage durchzulassen, in einen Operationssaal. Luczynski blieb vor einem großen, stählernen Medikamentenschrank stehen und öffnete ihn. Er spähte hinein, tastete mit seinen großen Händen herum. „Phenmetrazin, sehen wir mal. Wahrscheinlich hier drüben. Wie viel brauchst du?"

Susan musste raten. „Etwa fünfundsiebzig Milligramm pro Tag, für ein paar Wochen." Sie hielt den Atem an. Hatte sie eine völlig falsche Dosis genannt?

„Das Zeug gibt es in Tabletten, wenn ich mich richtig erinnere", sagte er. Er holte ein Fläschchen hervor. „Da haben wir's. Fünfundzwanzig Milligramm pro Stück. Du wirst sie auflösen müssen. Eine Lösung von fünfzig Milligramm auf einen Milliliter destilliertes Wasser."

Susan nahm das Fläschen. „Danke, Al." Sie belohnte ihn mit einem Kuss auf die bärtige Wange.

Er lachte und fasste sie liebevoll an der Schulter. „Ein Volltreffer! Du hast alles gewonnen, was es zu gewinnen gibt!"

Er zeigte ihr den Operationssaal. Sie war verblüfft. Noch nie hatte sie eine derartige Ausstattung gesehen und sie vergaß beinahe, wo sie sich befand, bis sie die Konsole mit den beiden senkrechten Stangen aus rostfreiem Stahl erblickte, auf denen später chirurgische Zangen angebracht wurden. Susan erinnerten sie an die Laufstützen einer Guillotine. Auf der Konsole lagen ein langer, blauer Nylongummischlauch und Rollen kleinerer Schläuche und Drähte, bereit, irgendwo im Fleischstumpf des Halses befestigt zu werden. Dahinter stand eine Reihe von Überwachungsmonitoren, die Bildschirme waren dunkel.

Ein Schauer lief ihr über den ganzen Körper, wie der Hauch des Todes. All diese Geräte warteten auf jemanden, der in diesem Augenblick noch kein EG war. Jemand, der noch unversehrt war, dem das mörderische Entsetzen bei der Entdeckung, nur noch halb zu sein, bevorstand.

Als könnte er Susans Gedanken lesen, sagte Luczynski: „Der nächste Fall ist gerade vor zwei Stunden aus einem Krankenhaus zu uns transferiert worden. Willst du die Patientin sehen?"

Susan nickte wie betäubt und folgte ihm in den Vorbereitungsraum nebenan.

Eine Schwester beugte sich über ein Bett und verabreichte jemandem eine Injektion. Es war eine Frau, wie Susan sah, als die Patientin sich aufrichtete. Der frisch rasierte Kopf war eingerahmt von dem weißen Kissen und sie sah klein und zart und schrecklich verwundbar aus. Das Gesicht war fast kindlich, das Gesicht eines ganz jungen Menschen, und der leere, starre Blick der grauen Augen zeigte an, dass die Frau unter dem Einfluss starker Medikamente stand. Am Halsansatz war bereits eine dünne, rote Linie gezogen worden, darüber und darunter waren an verschiedenen Stellen kleine Zahlen aufgemalt.

Übelkeit, in plötzlichen Wellen. Schrecken.

Lauf weg! Hinaus aus diesem Trakt, aus dem Gebäude! Für immer! Warum bist du überhaupt hier? Susan zwang sich, sich zu konzentrieren. Nachdenken. Sich erinnern.

Sie hörte die Schwester sagen: „Doktor, ich bin nicht ganz glücklich mit den EKG Werten. Könnten Sie einmal herkommen?"

Luczynski wandte sich Susan zu. Plötzlich war er auf der Hut und runzelte ein wenig die Stirn. „Vielleicht gehst du jetzt lieber zurück, ja? Möglicherweise gibt es hier Schwierigkeiten, ich komme später nach."

„Natürlich." Sie huschte weg und blickte nur einmal zurück, als er sich bereits über das Bett beugte.

Im Vorraum war die Schwester noch immer mit der Überwachung beschäftigt und die Monitore hinter ihr bildeten ein buntes Farbenspiel. Sie wandte den Blick von einem Fernsehschirm mit dem Bild irgendeines unbekannten EGs und hob zum Gruß ein wenig die Hand. Susan nickte ihr zu. Die Schwester wandte sich wieder dem Monitor zu.

Und auf einmal erinnerte sich Susan, warum sie gekommen war. Sie wollte Beweismaterial für das, was hier vorging, und im Operationsbereich hatte sie nichts gesehen, das sie verwenden konnte. Irgendwo musste es Karteien geben, Aufzeichnungen, Röntgenbilder. Und wer waren jene anderen EGs, wo waren sie?

Hier in dem Vorraum gab es nur zwei Türen. Die eine musste zu ihnen führen. Und vielleicht zu etwas, das sie verwenden konnte. Sie blickte noch einmal zurück und sah, dass die Schwester noch immer den Fernsehschirm beobachtete. Eine Wanduhr zeigte fünf nach zehn. Wahrscheinlich hatte sie noch ein paar Minuten Zeit, bis Luczynski mit der Untersuchung der jungen Frau fertig war und in der Cafeteria nach ihr Ausschau halten würde. Wenn er sie noch hier fand, konnte sie jedenfalls behaupten, dass sie sich verlaufen hätte, irgendwie bluffen. Vorwürfe hatte sie wohl nicht zu befürchten; er hatte sie ja reingelassen, obwohl er nicht dazu berechtigt war.

Rasch öffnete sie die Tür und trat in den stillen, halbdunklen Korridor dahinter. Es war kühl hier. Sie sah niemanden. Leise schloss sie die Tür hinter sich und ging vorsichtig weiter. Es war der erste Schritt in einen Alptraum.

# 28

Die Deckenbeleuchtung in dem Korridor war nur schwach und der größte Teil des Lichts, das auf dem dunklen Boden und den Wänden rechteckige Muster zeichnete, schien aus den dahinterliegenden Räumen oder aus offenen Türen zu dringen.

Irgendetwas hielt Susan zurück, irgendeine namenlose, wachsende Furcht. Sie zwang sich, an das erste Beobachtungsfenster zu treten.

Sie blickte in einen kleinen Raum, der beinahe nur eine Kabine war, doch groß genug für das EG darin, einen Mann in mittleren Jahren mit beginnender Glatze, dessen Augen ausdruckslos ins Leere starrten. Es war ein vertrauter Anblick: Ein menschliches Wesen, das einst ein aktives Leben geführt hatte, jetzt aber ein Gefangener war, fixiert über einer Menge komplizierter Apparate, die ihn am Leben erhielten. Susan fühlte etwas von dem Schrecken, den sie damals bei John zum ersten Mal verspürt hatte, und sie merkte, wie sehr sie sich bereits an ihn und die anderen EGs im Aufenthaltsraum gewöhnt hatte.

Ohne Schutzbekleidung konnte sie nicht eintreten. Sie knipste den neben der Tür angebrachten Schalter einer Gegensprechanlage an. Sogleich ertönte das vertraute elektrische Summen der Geräte der massiven Konsole und das Gurgeln des Pharyngotomierohres.

Susan sagte: „Guten Abend. Darf ich Sie besuchen?“

Die Augen erwachten zum Leben. Die Zunge des Mannes berührte einen winzigen Schalter, der sich vor seinen Lippen befand. Seine Stimme, wie die aller EGs, klang ein wenig monoton und elektronisch.

„Wer sind Sie?“

„Ich bin Susan. Ich bin eine neue Schwester und werde gerade eingearbeitet."

„Ich bin Phillip. Ich bin achtunddreißig Jahre alt. Ich bin seit fünf Monaten ein EG. Ich war Lehrer." Es klang, als sagte er eine Lektion auf.

„Woran arbeiten Sie, Phillip?"

„Kopfarbeit. Experimente. Man prüft nach, wie viel ich an einem Tag lernen kann, wenn man die richtigen Stellen kitzelt." Eine Sekunde lang lag Stolz in seinem Blick. „Ich lerne Chinesisch. Wissen Sie, da gibt es etwa vierzigtausend Zeichen. In weniger als einer Woche habe ich mir sechshundert davon gemerkt. Und nachdem ich die Vorbereitung verlassen hatte, habe ich einen ganzen Einführungskursus für höhere Physik absolviert."

„Warum haben Sie sich freiwillig gemeldet?"

„Ich lag im Sterben, glaube ich. Man sagte es mir."

„Glauben Sie, dass Sie wirklich gestorben wären?"

Er antwortete nicht. Seine Augen schienen sich zu verschleiern, als müssten sie seinen Geist von ihr abschirmen, schützen.

Susan wollte, dass er weitersprach. Sie versuchte es mit einer anderen Frage.

„Sehen Sie jemals die anderen?"

„Die anderen? Sie meinen Anne Marie und Alice?"

Susan merkte, dass er sie für die Einzigen hielt.

„Ja", sagte sie. „Erzählen Sie mir von ihnen."

Er lächelte zum ersten Mal und sagte: „Ich darf sie einmal in der Woche sehen. Man schiebt uns alle in einen besonderen Raum und postiert uns so, dass wir einander sehen und miteinander sprechen können. Die beiden kamen etwa zwei Monate nach mir. Alice war Physikerin, sie hat mir bei meinem Kursus geholfen. Anne Marie war Rechtsanwältin. Beide sind noch in der Vorbereitung."

„Wo ist diese ‚Vorbereitung', die Sie immer erwähnen?"

Er sah überrascht drein. „Das ist kein Ort. Es bedeutet einfach Vorbereitung. Das heißt, es wurde noch nicht mit Experimenten begonnen. Jedenfalls bei Anne Marie nicht."

„Wieso nicht?"

Er antwortete nicht. Wieder verschleierten sich Phillips Augen.

„Bitte sagen Sie es mir", fügte Susan hinzu.

Er zögerte, dann beschloss er offenbar, ihr zu vertrauen.

„Wenn es so weit ist", sagte er, „findet man lange Zeit nicht zu sich selbst zurück und deshalb darf einen niemand besuchen. Nur die Ärzte und ein paar speziell ausgebildete Pfleger. Ich konnte wochenlang nicht sprechen. Ich wollte nur tot sein."

„Aber man hat Sie doch gerettet. Man hat Ihnen ein neues Leben geschenkt", warf Susan ein.

Sie wollte ihn provozieren und erzielte die erwünschte Wirkung. Eine höhnische Grimasse verzerrte sein Gesicht: „Finden Sie?"

„Sie nicht?"

„Ich habe es akzeptiert, Alice hat es akzeptiert. Aber Anne Marie noch nicht. Sie hatte einen Unfall und behauptet, dass sie bereits wieder auf dem Weg der Besserung gewesen sei. Sie sagt immer wieder, dass man sie umgebracht habe und dass sie nie mitarbeiten wird."

„Und hat man das wirklich getan?"

Seine Augen zeigten plötzlich Angst. „Nein, natürlich nicht. Das würde ich nie glauben. Nie. Man ist freundlich und gut zu uns. Man hat mir das Leben gerettet. Sie haben das ja auch gesagt."

Es war eine auswendig gelernte Lektion. Und eine Lüge. Susan erkannte, dass Phillip sie als ein Mitglied des Teams ansah, das sein Versprechen nicht eingehalten hatte. Die Kluft zwischen ihnen war zu tief, weitere Fragen waren Zeitverschwendung. Susan wich seinem starren Blick aus und sah auf die Uhr. Sie hatte bereits zu viel wertvolle Zeit vergeudet. Sie kämpfte ihre Angst nieder und betete, Al Luczynski möge länger brauchen.

„Ich muss jetzt gehen", sagte sie.

„Bitte."

Wieder fiel der Schleier über seine Augen, er zog sich in sich selbst zurück.

Susan schaltete die Gegensprechanlage aus und lief den Korridor entlang bis zu dem nächsten erleuchteten Rechteck. Es waren zwei Fenster nebeneinander. In den Räumen dahinter befanden sich zwei EGs, das erste eine Frau in mittleren Jahren, deren graues Haar an mehreren Stellen abrasiert worden war, damit man die Tiefenelektroden einpflanzen konnte. Sie schien zu schlafen. Im zweiten Raum befand sich eine auffallend schöne, junge Schwarze. Auf dem rasierten Kopf, der im schwachen Licht dunkel glänzte, waren keine Elektroden. Susan erriet sofort, dass dies Anne Marie war. Ihre dunklen Augen blickten wie die Phillips trüb und starr geradeaus, doch bei Susans Anblick blitzten sie plötzlich auf und versprühten sofort solch glühenden Hass, dass Susan instinktiv zurückwich.

Dann schaltete sie die Gegensprechanlage ein. „Sie sind Anne Marie?"

Die Stimme der Frau ertönte sofort, elektronisch verzerrt. Es klang beinahe wie ein böses Fauchen.

„*War* Anne Marie, du verdammte Mörderin! *War*!"

Susan lief davon. Weiter unten im Korridor führte

eine offene Tür in einen kleinen Ambulanzraum, der im Dunkel lag. Susan knipste die Lampen an und sah nur medizinische Apparate – weitere Überwachungsgeräte und Rollwagen mit chirurgischen Instrumenten. Dahinter befand sich ein Gemeinschaftsraum für das Pflegepersonal mit Sesseln, einer Couch, einem niedrigen Tischchen und Büchern. Gegenüber war ein Lagerraum mit verschiedenen mobilen Videoausrüstungen, Kameras und Aufzeichnungsgeräten. In einem dritten Raum sah Susan Überwachungsgeräte und Starkstromanschlüsse und erriet, dass dieses Zimmer wahrscheinlich für die von Phillip erwähnten Zusammentreffen der EGs verwendet wurde.

Dann fand sie sich am Ende des Korridors, vor ihr befand sich nur noch eine geschlossene Tür.

Ein rotes Licht glomm darüber. War es bloß eine Feuertreppe? Beinahe wäre sie umgekehrt, aber eine merkwürdige Ahnung hielt sie zurück. Sie musste alles sehen, was es in Abteilung 1 zu sehen gab! Wenn nur dieses sonderbare Gefühl nicht wäre, lauernd in ihr, ein undefinierbares Grauen, das ihr erst den Rücken hinauf und über den Nacken bis ins Gehirn gekrochen war und sie nun völlig beherrschte.

Sie wusste, was hinter der Tür lag, und sie musste hineingehen. Und doch konnte sie sich nicht dazu überwinden. Ihre Hand ruhte auf dem Türknauf, wie angefroren, bewegungslos. Dann drehte sie den Knauf mit einem heftigen Ruck.

Die Tür öffnete sich weit und fiel dumpf hinter ihr ins Schloss. Sie befand sich nicht auf einer Feuertreppe, sondern in einem weiteren Korridor, der ganz kurz war, fast wie eine Bakterienschleuse. Auf einer zweiten Tür stand in roten Lettern: „Entsorgungseinheit“.

Susan bewegte sich jetzt automatisch, wie ein Roboter, alle Vorsicht vergessend. Die Tür war schwer, öffnete sich aber leicht und leise.

Keine Korridore mehr, keine Türen. Nur ein Raum war da. Ein Raum und der vertraute Krankenhausgeruch, die vertraute Kühle, das vertraute Summen von Elektromotoren.

Aber hier herrschte kein Dämmerlicht, sondern die gleißende, ungedämpfte Helligkeit von Deckenlampen. Schneidendes, kaltes Licht und ein seltsames Geräusch, das an plätscherndes Wasser und gleichzeitig an fallendes Laub erinnerte.

Langsam gewöhnten sich Susans Augen an die Helligkeit, an die neue Umgebung und sie sah. Etwas stieg ihr die Kehle hoch. Ein Protestschrei angesichts des blanken Horrors. Aber sie blieb stumm. Sie wollte sich umdrehen und davonlaufen, aber sie konnte es nicht. Ihre Beine waren schwer wie Blei.

Köpfe. Ganze Reihen von Köpfen. Wirres, weißes Haar über wahnsinnigen, vergreisten Gesichtern. Blicke, die wild umherirrten wie die gefangener Tiere. Augen, die seelenlos in ihren eigenen Alptraum hineinstarrten. Höhnische, spöttische, in kreischendem Lachen verzerrte Gesichter.

Und doch stumm.

Kein Flüstern, kein Lallen. Kein wildes Brüllen, keine Schreie, die bis ins Mark drangen. Keine gestammelten Verwünschungen. Jeder war allein in seiner Hölle, stumm; das Einzige, was Susan hörte, waren die wirren gurgelnden Laute, die wütende Lippen und Zungen erzeugten.

Eine Stille, die garantiert ewig währte, von der nur die unerreichbaren Aufzeichnungen zeugten, die irgendwo eingeschlossen in Katherines Zimmer lagen. Zeugnisse des Wahnsinns. Eine unregelmäßige Narbe an der Kehle eines jeden dieser Köpfe deutete darauf hin, dass der Kehlkopf entfernt worden war.

Susan stand regungslos da. Wie viele? Zwanzig? Mindestens. Versuchskaninchen, die am Leben erhalten wurden, bis der Tod eintrat und niemand beschuldigt werden konnte, ihn herbeigeführt zu haben. Passive Wesen, an denen zweifellos jedes neue Medikament ausprobiert wurde.

Eine junge Frau sah Susan flehentlich an. War es Peggy? Ja. Susan berührte sanft ihren Kopf.

„Gib nicht auf! Wir werden dich schneller hier herausholen, als du denkst."

Ein Hoffnungsschimmer flackerte auf. Dann verschleierten sich die Augen und wandten sich ab. Noch eine Lüge!

Aber Susan sah es nicht. Sie hatte ihre Aufmerksamkeit auf etwas anderes gerichtet.

An einer Wand hinter den aufgereihten Köpfen standen auf Metallregalen ein Dutzend Glasbehälter. Und in jedem Behälter schwebte in Formaldehyd einer der „Entsorgten" und wartete auf die Autopsie.

Starre, halboffene Augen, einst braun oder blau oder grün oder grau, waren nun trüb und gelblich. Zersetzte Haut und runzlige Lippen waren, längst vergessen, im Tode erschlafft. Farblose Haare trieben in der von Gewebsfetzen getrübten Flüssigkeit. Weiße Fäden konservierten Fleisches hingen fasrig von abgetrennten Hälsen.

Zwei dieser Köpfe hatten keine Augen. Drei der Köpfe hatten Kindern gehört.

Susan war es, als klemmte ihr ein schrecklicher, eiserner Schraubstock die Brust zusammen. Ihr Atem stockte.

Der Raum verdunkelte sich, entfernte sich, die Reihen der Köpfe schienen plötzlich weit, weit weg zu sein. Sie wusste, dass sie gleich ohnmächtig werden würde, aber sie fand noch die Kraft sich zu bewegen.

Sie drehte sich um, um zu fliehen, sich für immer vor allem zu verstecken, es auszulöschen, zu vergessen.

Und hielt inne.

Jemand stand in der Tür, aber kein Pfleger. Diesmal war es nicht Al Luczynski, der Katherine nachahmte. Diesmal war es Katherine selbst.

Ihr Gesicht, ihre Augen waren wie Eis.

# 29

Die Zeit stand still. Das Gurgeln verstummte, als ließen sich sogar die Wahnsinnigen einschüchtern.

Katherine lächelte kalt und sagte: „Ich weiß nicht, wie du hierhergekommen bist und was du vorhast – wahrscheinlich steckt Luczynski dahinter, und wenn ja, dann gnade ihm Gott. In jedem Fall muss ich das mit Admiral Burnleigh besprechen und hören, was er nun mit dir machen will. Einstweilen möchte ich dich an die Schweigepflicht erinnern, das hast du unterschrieben, als du hier angefangen hast. Die Regierung weiß, wie sie mit Leuten verfahren muss, die die Schweigepflicht ignorieren."

Katherine verschwand so leise, wie sie gekommen war, und ließ Susan bei den lebenden Toten, und wieder setzten die gurgelnden Laute ein. Als Susan endlich wieder in den Korridor vor dem Entsorgungsraum trat, war Katherine nirgends zu sehen.

Susan fand den Ausgang aus der Abteilung 1. Die Schwester war noch immer mit der Überwachung beschäftigt und blickte nicht auf. Susan ging hinunter in ihr Zimmer und ordnete mechanisch ihren Schreibtisch. Nichts wie weg, rasch! Sie sah niemanden außer dem Wächter, der die Pokerrunde in der Cafeteria verlassen hatte und wieder auf seinem Posten in der äußeren Hauptvorhalle stand. Er war freundlich wie immer, aber Susan wusste, dass Katherine angeordnet haben musste, dass er hierher zurückkehrte.

Als. sie nach Hause kam, klingelte das Telefon. Es konnte nur Michael sein. Sie wartete, bis das Klingeln verstummte, und nahm dann den Hörer ab. Sie hielt es nicht aus, an ihn zu denken, oder an den nächsten Tag; daran, was man mit ihr machen würde, und ob sie John je wiedersehen würde. Sie nahm eine Schlaftablette und sank in einen unruhigen Schlaf.

Gegen Morgen hatte sie einen schrecklichen Traum. Sie sah den alten Hund ihrer Eltern, aber er war nur ein blutüberströmter Kopf, der in Krämpfen im Staub der Sandstraße vor ihrem Haus zuckte und böse kläffte. John war da, hochgewachsen und schlaksig wie einst. „Fürchte dich nicht, Susan", sagte er, „wir werden uns von Admiral Burnleigh eine Konsole geben lassen." Er ging weg und Michael tauchte in Operateurskleidung auf. „Wir müssen ihn am Bellen hindern, Susan. So, wie er ist, taugt er nicht für das Experiment." Er stieß sie zur Seite und schnitt dem Hund die Zunge heraus, ohne auf ihr Flehen zu achten. Dann wurde das gurgelnde Heulen des Tieres zu ihrem eigenen und sie selbst, nicht der Hund, wälzte sich im Staub. Sie wachte auf, sitzend, die Hände an die Kehle gelegt und in Schweiß gebadet.

Der Morgen graute soeben und Susan saß lange am Fenster und blickte starr hinunter auf die stille Straße. Der Traum wirkte noch nach, bis ihn endlich das blasse Gesicht der jungen Frau, die auf die Operation vorbereitet wurde, verdrängte. In einer Stunde vielleicht würde ihr Kopf bereits vom Körper getrennt sein.

Susan duschte und trank Kaffee. Sie wollte die Erinnerungen aus ihrem Gedächtnis löschen, aber sie konnte es nicht. Die Angst hatte sich in ihr festgefressen, aber sie musste ins Labor fahren und versuchen, zu John zu gelangen, gleichgültig, was sie erwartete. Gestern hatte sie noch gehofft, ihn vor Schrecken und Gefahr schützen zu können. Aber die Zeit war verstrichen und sie hatte nichts erreicht; im Gegenteil, wahrscheinlich schwebte er in noch größerer Gefahr. Wenn es jetzt noch eine Chance gab, ihn und sich zu schützen, so musste sie ihm alles sagen. Sie würde all seine Klugheit und seinen Scharfsinn brauchen.

Als sie ins Labor kam, verspürte sie Übelkeit. Sie erwartete bei jedem Schritt, angehalten zu werden, und Gott allein wusste, was man dann mit ihr machen würde – sie verhaften, abführen, vielleicht einsperren. Zu ihrer Überraschung geschah nichts. Gladys sah sie über ihre strassbesetzte, schrille Brille an und winkte zur Begrüßung mit ihren knochigen, beringten Fingern; Toni Soong, schlank und energisch in ihrem weißen Kittel, huschte mit einem hingeworfenen „Hi, Susan“ vorbei; Palmer sagte sein gewohntes „Guten Morgen, mein Kind“, bevor er sich wieder in die Unmengen von Papieren vertiefte, die morgens gewöhnlich seinen Schreibtisch bedeckten.

Hatte Katherine ihnen nichts gesagt? Und wenn nicht, warum? Susan fand keine Antwort; und die Tatsache, dass alles so normal wirkte, machte alles noch unheimlicher.

Von Al Luczynski war nichts zu sehen. Als sie an seine Tür klopfte und keine Antwort erhielt, trat sie einfach ein.

Er saß an seinem Tisch und war mit Schreibarbeiten beschäftigt.

„Al! Wir müssen miteinander reden.“

„Vielleicht später, Susan. Jetzt habe ich zu tun.“ Sein Mund lächelte, seine Augen waren ernst.

Susan blieb hartnäckig. „Wegen gestern Abend. Ehrlich, ich wollte dich nicht in Schwierigkeiten bringen.“

„Keine Ursache.“

„Aber Katherine muss doch etwas gesagt haben.“

Er zuckte die Achseln und antwortete nicht, was Susan mehr sagte, als wenn er es getan hätte. Vermutlich war Katherine ihm gegenüber wirklich niederträchtig gewesen.

„Es tut mir leid, Al, wirklich. Vielleicht später, wenn

du Zeit hast.“ Sie schloss sanft die Tür hinter sich und wusste, dass er ihr wahrscheinlich nie erzählen würde, was vorgefallen war.

Sie ging in ihr Zimmer in der Forschungsabteilung und tat so, als arbeitete sie. Der Vormittag kroch dahin. Sie sollte John erst am frühen Nachmittag besuchen und sie wollte es jetzt nicht riskieren, außerhalb der festgesetzten Zeit bei ihm entdeckt zu werden. Die vormittägliche Kaffeepause nahte. Zu dieser Zeit kam Michael gewöhnlich vorbei und sie sehnte sich beinahe danach, bis ihr die Operation einfiel. Mit aller Kraft versuchte Susan, sie aus ihrem Gedächtnis zu verdrängen, um den Alptraum der letzten Nacht nicht wieder wachzurufen.

Als Michael sie anrief, war sie völlig überrascht.

„Hallo. Ich bin's.“

„Du solltest doch gerade operieren!“

„Das tue ich auch. Ich mache bloß eine Pause.“

Nachher konnte sie sich nur daran erinnern, wie sie ihm sprachlos zugehört und er ihr mitgeteilt hatte, dass sie in Annapolis zu Abend essen würden. Ohne ihre Antwort abzuwarten, erwähnte er noch rasch einen Bericht, den sie ihm versprochen hatte, und legte dann plötzlich auf.

Als auch sie den Hörer aufgelegt hatte, blickte sie lange und starr auf das Telefon. Hatte ihm Katherine überhaupt nichts erzählt?

Sie ging nicht zum Lunch in die Cafeteria; Katherine war immer dort. Stattdessen überredete sie einen Laboranten dazu, ihr ein halbes Dutzend Phiolen flüssiges Phenmetrazin vorzubereiten, nachdem sie ihm ein paar Tabletten aus dem Fläschchen gegeben hatte.

Um zwei Uhr fuhr sie in den zweiten Stock, zog Schutzkleidung an und ging zu John in das mit Computern vollgestopfte Speziallabor. Sie hatten eine halbe Stunde lang miteinander gearbeitet und eben wollte sie endlich über das sprechen, was sie auf dem Herzen hatte, als er plötzlich – so, als hätte er ihre Gedanken gelesen – sagte: „Du verbirgst etwas vor mir, Susan. Vermutlich etwas für mich Unangenehmes, sonst hättest du es mir gesagt. Soll ich raten? Du hast herausgefunden, wohin die Elefanten gehen, um zu sterben."

Da erzählte sie ihm die ganze Geschichte, von ihrem Versuch, Zeitungen und Fernsehen zu alarmieren, wie sie mit Al Luczynskis Hilfe in die Abteilung 1 gelangt war, und wie Katherine sie im Entsorgungsraum entdeckt hatte. Schließlich fügte sie hinzu: „Ach Gott, John, ich wollte dich nicht damit belasten, aber jetzt müssen wir beide etwas tun. Nur was?"

Seine Antwort war beiläufig und machte sie rasend. Sie konnte es nicht glauben. Er lächelte sogar. „Machen? Ganz einfach: Wir machen das, was wir schon längst hätten tun sollen – einen Weg für dich finden, von hier zu verschwinden – für immer."

„Nein."

Sein Lächeln verflog und die eingesunkenen Augen wurden völlig ernst. „Kein nein, Susan. Ja. Diesmal hast du die Grenze überschritten. Die Gefahr, die du jetzt für sie darstellst, könnte größer sein als der Nutzen, den du ihnen bringst. Wenn wir beide sterben, hilft das keinem von uns. Sei vernünftig, vor dir liegt ein ganzes Leben, während ich vielleicht nur mehr ein halbes Jahr vor mir habe."

Er wartete, bis es ihm schien, dass sie seine Warnung aufgenommen hatte, dann wurde sein Ton geschäftsmäßig. „Gut, nun zur praktischen Seite. Du musst dich beeilen, sie überrumpeln. Es müsste noch genug Geld übrig sein von dem, was wir für den Hauskauf gespart haben, sodass du längere Zeit davon leben kannst. Verwische deine Spuren, am einfachsten ist das für gewöhnlich auf Landstraßen, glaube ich. Vielleicht nimmst du die Strecke, die in der Nähe vom Haus meiner Mutter entlangführt. Du kennst dich da aus, die anderen aber nicht. Dann fahr nach New York, nimm den nächsten Standby Flug nach Europa, am besten nach Schweden, wo man dir vielleicht politisches Asyl gewährt, und komm erst zurück, wenn die Kerle hier davon überzeugt sind, dass du gar nicht die Absicht hast, sie zu verpfeifen."

Susan bewahrte Haltung, ihr Entschluss jedoch stand fest. „Vergiss es, John. Meine Antwort ist dieselbe wie vorher. Ich verlasse dich nicht. Nie."

Er sah wirklich verblüfft drein. „Unsinn."

„Nein. Es ist kein Unsinn. Du weißt, dass ich dich nie deinem Schicksal überlassen und allein leben könnte."

Er sah sie fest an, lange. Es war der gleiche sture Blick, den er immer auf sie gerichtet hatte, wenn sie sich vor ihn hingestellt und ihren Standpunkt verteidigt hatte; wenn er ausrechnete, inwieweit sie das, was sie sagte, wirklich meinte, und wie weit er mit seinen Überredungsversuchen gehen durfte.

Sie wiederholte: „Ich fahre nicht weg. Und damit hat sich's."

Dieser Blick war ihm ebenso vertraut. Sie würde keinen Zoll breit weichen.

Johns Augen wurden schmal, dann gab er klein bei. Er sagte langsam: „Das werden wir noch sehen. Hast du mir das Aufputschmittel mitgebracht?"

„Ja." Sie holte die Phiole Phenmetrazin aus der Tasche.

„Dann gib mir mal eine Spritze. Hundert Milligramm werden gerade richtig sein, danke."

Susan zog den Metallverschluss von der Phiole und steckte sie umgedreht auf den Medikamenteneingang an Johns Konsole. „Du fängst mit fünfzig an", sagte sie entschlossen. Sie drückte den Knopf des Steuersystems für den Medikamenteneingang. Eine Nadel fuhr heraus, durchstieß den Gummipfropfen der Phiole und zog die exakt dosierte Menge daraus ab.

John reagierte rasch. „Interessant", sagte er. „Wenn man keinen Körper hat, wirkt das Zeug sofort."

„Wie lange wird die Wirkung anhalten?"

„Weiß ich nicht. Wahrscheinlich ein paar Stunden. Wir werden sehen." Er zwinkerte und fügte hinzu: „Gut, das wär's für heute, was Neurometrik betrifft. Wir haben größere Fische an Land zu ziehen und ich brauche deine Hilfe."

Er nahm sein Saug-Blas-Röhrchen zwischen die Lippen und schaltete seinen Terminal ein. Grüne Worte flimmerten über den grauen Bildschirm.

„Abfrage Datenbank."

„Zugriff frei."

„Platte acht vier freigeben."

„Acht vier frei."

„Ebene siebenundneunzig freigeben."

„Siebenundneunzig frei."

Susan sagte: „Wenn die Frage nicht allzu unverschämt ist: Hättest du vielleicht die Güte, mir zu erklären, was du da tust?"

John unterbrach das Programm und erklärte es ihr. „Ich habe alles, was ich über das ganze Gehirnforschungsprojekt von Borg-Harrison weiß, in einem Memorandum zusammengefasst", sagte er, „und in der Zentraleinheit abgespeichert. Die Referenznummer lautet 19479B. Sobald ich das verschlüsselte Kennwort finde, das uns an das nationale Computernetz anschließt, brauche ich der Zentraleinheit nur zu befehlen, den Datensatz zu übertragen. In Sekundenschnelle erfährt dann das ganze Land, was hier vorgeht."

Susan wurde zwischen Zorn und Kummer hin- und hergerissen. Während sie also die ganze Zeit nach einem Ausweg gesucht hatte und dabei halb verrückt geworden war, hatte er das Gleiche getan – und wahrscheinlich mit viel mehr Aussicht auf Erfolg.

„Danke", sagte sie unwirsch. „Danke, dass du es mir sagst."

„Was denn? Sauer? Und du? Hast du nicht überall herumgeschnüffelt?"

„Ich wollte dir davon erzählen, aber nicht jetzt", log sie. „Ich möchte mit dir über das Phenmetrazin reden. Hätte ich gewusst, was es damit auf sich hat, hätte ich dir das verdammte Zeug nie besorgt."

„Du hattest nicht vor, über das Medikament zu reden", sagte John. „Gib's doch zu! Aber vergessen wir's. Und ärgere dich nicht, das bringt keinen von uns beiden weiter. Außerdem gibt es hier in der Nähe keinen Wein, den du über mich schütten kannst, wenn du feststellen musst, dass dein unterentwickeltes Gehirn dich im Stich gelassen hat und du sprachlos bist."

Diese Worte nahmen Susan den Wind aus den Segeln. Sie musste gegen ihren Willen lachen und berührte mit ihrer behandschuhten Hand seine Stirn. „Du bist unverbesserlich. Der Macho, wie er im Buche steht. Verstehst du denn nicht?", fragte sie. „Du wirst dich umbringen. Du wirst es so nicht schaffen."

„Wenn ich schlafe", erwiderte er, „werde ich es wahrscheinlich auch nicht schaffen. Versuch doch zu verstehen, dass das Leben für mich einen etwas anderen Stellenwert hat als für dich. Jetzt ist es aber genug. Mach ein paar EEG Untersuchungen, um mich zu decken. Es muss so aussehen, als arbeiteten wir."

Er wandte sich wieder seinem Terminal zu: „Anzahl der Extent Nummern: drei?"

„Richtig."

„Bitte freigeben."

„Leider nicht möglich. Kennwort?"

Er fluchte und begann, dem Terminal eine Permutationsformel einzugeben, die die gewünschte Nummer erraten und ihre Freigabe erzwingen sollte.

Susan beobachtete ihn. Sein Gesicht war schmerzverzerrt, erschöpft, er sah fünf Jahre älter aus als noch vor einer Woche. Das Haar, das man wachsen ließ, war dünn und glatt. Gewiss mussten es die Ärzte bemerkt haben. Bemerkt und dem gesteigerten Druck zugeschrieben haben, Ergebnisse mit der ABE Theorie zu erzielen. Es war ihnen völlig gleichgültig, wenn er sich verausgabte, sofern er nur rechtzeitig das richtige Resultat für ihr Projekt fand. Flemming? Nun, wir haben bekommen, was wir brauchten, bevor wir ihn in die Entsorgung schickten.

Während sie sein sensibles Gesicht beobachtete, dachte sie an die schaurigen Erlebnisse von gestern Abend, diese Hölle, die offenbar auch John bevorstand: seine Lippen, für immer stumm, der brillante Verstand, gemartert und allein. Und sie dachte an John, wie sie von ihm geträumt hatte, wie er einmal gewesen war, groß, schlaksig, mit seinen Tennisschuhen und weiten Shorts und dem T-Shirt, wie er sich bückte und so tat, als suche er Percival nach Flöhen ab.

Was war nur passiert? Sie waren so unschuldig, so von Liebe erfüllt, so glücklich, so lebensfroh und zuversichtlich gewesen. Und jetzt war John hilflos, Mensch und doch nicht menschlich, der in Qualen dahinvegetierte, und sie selbst eine Art Sklavin, gezwungen, ihn vor ihren Augen sterben zu sehen.

Sie verspürte einen Zorn wie nie zuvor, sie raste gegen die Ungerechtigkeit, aber es war ein ohnmächtiges Rasen. Sie wandte sich von ihm ab, schaltete den EEG Computer und ihren Terminal ein und begann die Daten von Rachels Gehirnwellen in das am Vortag erstellte Programm einzugeben. Was immer Michael und Katherine und auch Burnleigh erwarten würde, wenn John hier erfolgreich wäre – sie würden die Lorbeeren ernten.

Eine Stunde später kam eine Schwester, um Beruhigungsmittel auszugeben und die Ruheperiode anzukündigen. Sie öffnete eine Phiole mit Thorazin und verabreichte John fünf Kubikzentimeter. Er grinste sie an. „Tun Sie Ihr Schlimmstes, meine Beste." Und blinzelte Susan zu, als die Schwester in das andere Zimmer hinüberging.

„Bitte, ich möchte noch ein wenig von unserem Mittelchen zu mir nehmen."

„Nein, John."

„Doch! Und zwar sofort."

Susan sah die Wut in seinen Augen und schluckte ihre Einwände herunter. Ein Streit schadete ihm vielleicht mehr als das Medikament, aber sie beschloss, in Zukunft zu mogeln und ihm immer weniger zu geben, als er verlangte. Er konnte die Computeranzeige auf dem Medikamenteneingang nicht sehen, sie aber schon. Sie verabreichte ihm das Phenmetrazin; dann ließ sie einige Computerprogramme laufen, um John bei seiner Arbeit zu decken. Selbst um nur so zu tun, als arbeite sie, benötigte sie all ihre Kräfte, und als sie zwei Stunden später wegging, war sie deprimiert, ja beinahe verzweifelt.

John bemerkte kaum, dass Susan fort war. Eine seltsame Sache mit diesen Medikamenten, dachte er. Wenn man keinen Körper hatte, um sie zu absorbieren, konnte man buchstäblich spüren, wie sie im Gehirn ihre verschiedenen Funktionen erfüllten: wie sie beruhigten, stimulierten, gegeneinander kämpften – so empfindlich war sein Gehirn geworden. Er spürte, dass das Phenmetrazin zunächst die Oberhand behielt, aber würde es stärker sein als das Thorazin? Bald würde er es wissen.

Er dachte nun an Susan. Er hatte nicht das Herz, ihr seine wirklichen Befürchtungen mitzuteilen, und auch nicht, dass diese Ängste bloß sie betrafen. Wenn er nicht bald handfeste Ergebnisse in der Alternativbereichsentwicklung erzielte, würde er, wie alle EGs, ausbrennen, und Susan würde den Platz auf seiner Konsole einnehmen. War er aber erfolgreich, so würde sie dennoch das gleiche Schicksal ereilen. Sie wusste zu viel, als dass man je das Risiko eingehen würde, sie einfach gehen zu lassen.

Ihre Behauptung, niemand wisse offenbar davon, dass sie den Entsorgungsraum entdeckt habe, beunruhigte ihn. Das musste bedeuten, dass Katherine einen geheimen Plan hatte und diesen wahrscheinlich rasch in die Tat umsetzen würde. Das aber wiederum hieß, dass er seine Anstrengungen verdoppeln musste.

Der Tod gab vor, der Wissenschaft und der Menschheit zu dienen, trug Operateurskleidung und hatte ein Skalpell. Der Tod legte einen behandschuhten Finger auf einen Schalter. Knips – und man war nicht mehr. Man hatte aufgehört zu sein. Das war eigentlich alles. Das oder eine letzte Fahrt zu den anderen, die schon früher in den Entsorgungsraum gebracht worden waren. Du hast keine andere Wahl, dachte John. Dein Schicksal hängt von deinen Kerkermeistern ab.

## 30

Der Empfangschef des exklusiven Restaurants La Rive Droite nahe der L Street, auf halbem Weg zwischen dem Weißen Haus und dem Du Pont Circle, hatte in der erlesenen Atmosphäre des Hauses bereits so gut wie alle Reichen und Schönen willkommen geheißen und zu den von Kerzenlicht erhellten Tischen geleitet. Mit seinem erfahrenen Auge schätzte er das Paar, das einen Tisch für 20 Uhr 30 reserviert hatte, als Intellektuelle ein, Rechtsanwälte oder Ärzte, dachte er.

Die sehr attraktive Frau trug ein schlichtes Seidenkleid im Stil der zwanziger Jahre und teuren Schmuck: kleine Ohrringe mit einem Brillanten in einem Kreis von Smaragden sowie einen mit Brillanten und Smaragden verzierten Anhänger an dem Collier, das vollkommen zu dem schlanken Hals und dem rotbraunen Haar passte, das sie für den Abend zu einem klassischen französischen Chignon zusammengefasst hatte. Einen ihrer Arme schmückte ein schwerer Goldreif, der in der Farbe zu ihren ungewöhnlichen, bernsteinfarbenen Augen und der leichten Sonnenbräune des perfekt geschminkten Gesichts passte. Während der Empfangschef sie zu ihrem Tisch führte, registrierte er auch den verführerischen Duft ihres sehr teuren Parfums, „Joy“ von Patou. Auf die meisten Männer wirkte sie wohl unwiderstehlich.

Ihr Begleiter, hochgewachsen und athletisch, trug einen maßgeschneiderten grauen Anzug. Er wirkte wohlerzogen und intelligent und seine Augen und seine Miene spiegelten eine freundliche Selbstsicherheit wider, die manchmal an Rücksichtslosigkeit grenzte.

Anwälte, entschied der Maître d'Hôtel fälschlicherweise. Und bei der Dame war Vorsicht angebracht. Sie war eine Frau, die gewohnt war, zu bekommen, was sie wollte. Er brachte die Speisekarte, gab dem Kellner und dem Sommelier ein Zeichen und verschwand, um ein neues Paar zu empfangen.

Katherine tat so, als studiere sie die Speisekarte. Sie wusste, dass Michael nervös war und darauf brannte zu erfahren, warum sie ihn im letzten Augenblick so dringend gebeten hatte, mit ihr essen zu gehen. Nachmittags um vier hatte sie ihn angerufen.

„Was gibt's?"

„Was es gibt, ist, dass wir miteinander essen gehen."

„Oh! Wann?"

„Heute Abend."

„Heute Abend?" Sein Lachen hatte seinen offensichtlichen Ärger nicht verbergen können. „Du beliebst zu scherzen. Das geht nicht."

„Dann mach es möglich. Es ist wichtig. Ich habe im Rive Droite bereits einen Tisch bestellt. Du kannst mich um etwa acht Uhr abholen. Wir werden bei mir noch einen Drink nehmen, bevor wir gehen."

„Jetzt warte mal einen Augenblick, Katherine. Ich habe was anderes vor."

„Dann sag es ab." Sie hatte abrupt aufgelegt, überzeugt, dass er kommen würde. Fertig angezogen wartete sie und hatte auch schon Eis in den Sektkübel getan, als er an ihrer Tür klingelte.

Während der Fahrt ins Restaurant sprach sie nur über Belanglosigkeiten und Alltagskram. Sie hatte keine Eile, ihm das zu sagen, was sie ihm wirklich mitteilen wollte. Sich Zeit zu nehmen und ihn warten zu lassen, war ein Teil ihrer Zermürbungstaktik. Ebenso auch die zwei Stunden, die sie dazu verwendet hatte, um sich zu schminken, das richtige Kleid auszusuchen – sie zog dann jenes an, das sie bei ihrem letzten Aufenthalt in New York bei Bergdorf's gekauft hatte – und um die passenden Ohrringe und den Anhänger aus dem Schmuck auszuwählen, den ihr Vater ihr geschenkt hatte. Ihre äußerliche Ruhe entsprach aber nicht ganz dem, was sie wirklich fühlte. Sie ging ein kalkuliertes Risiko ein, denn obwohl sie ziemlich sicher war, dass ihre Aussichten bestens standen, so gab es doch auch immer die Gefahr eines Misserfolgs. Wenn sie in der Psychiatrie eines gelernt hatte, so war es die Tatsache, dass die Menschen zu unberechenbar waren, als dass man irgendwelche Regeln hätte anwenden können. Während sie Michael im Kerzenschimmer beobachtete, gestattete sie es sich, ihren gemischten Gefühlen insgeheim ganz kurz nachzugeben. Sie begehrte ihn, begehrte ihn sehr. Und sie wollte ihn für sich allein. Das war immer so gewesen, und sie hatte nicht vor das zu ändern. Gleichzeitig aber musste sie sich selbst und ihre eigenen Ziele schützen.

Sie bestellte, sprach über Alltägliches, zeigte ab und zu und unerwartet ihre Zuneigung und wartete, dass er den ersten Schritt tat. Sie glaubte nicht, dass es lange dauern würde. Sie rechnete mit seiner Ungeduld. Michael hatte es nie ertragen können, etwas nicht zu wissen. Sie irrte sich nicht. Er hielt nur bis zur Vorspeise durch.

„Gut, Katherine, du hast mich hierhergeschleppt, du hast es geschafft, äußerst verführerisch auszusehen, lassen wir die Einleitung also beiseite. Worum geht es?"

Sie war darauf vorbereitet. Sorgfältig hatte sie jeden möglichen Ablauf durchgespielt. „Schön. Fangen wir vielleicht mit Susan an."

Sein etwas gezwungenes Lächeln wurde freier. Diese Frage hatte er offensichtlich erwartet. Er zuckte die Achseln. „Nun, ich habe sie in der letzten Zeit ziemlich oft gesehen."

Katherine lächelte. „Zwanzig Stunden von vierundzwanzig, würde ich sagen."

„Wenn du unbedingt willst: ja."

„Keineswegs." Sie legte ihre Hand sanft auf die seine und sprach weiterhin mit leiser Stimme: „Sei unbesorgt, Michael. Ich werde nicht die Verschmähte spielen. Es ist mir wirklich völlig gleichgültig, ob du mit ihr schläfst oder nicht, wofür auch immer du sie brauchst. Was du und ich seit fünf Jahren miteinander haben, ist zu bedeutend, als dass man es wegen einer deiner beiläufigen Affären – ob es nun bloß eine vorübergehende Sache ist oder nicht – versauen sollte. Ich habe nie Anspruch auf Exklusivität erhoben. Ich hatte immer den Eindruck, dass das, was zwischen uns ist, mehr ist als Sex." Sie lächelte wieder. „Und ich muss gestehen, dass ich mich all diese Jahre hindurch auch nicht ganz tadellos verhalten habe. Du brauchst also keine allzu schlimmen Schuldgefühle zu haben."

Darauf beobachtete sie ihn mit halbgeschlossenen Augen und genoss den Anflug von gekränkter Eitelkeit, den er nicht verbergen konnte. Michael mit seinem Chauvinismus, so dachte sie, würde es nicht hinnehmen, dass sie mit einem anderen Mann ins Bett ging. Oder dass ein anderer Mann ein besserer Liebhaber sein könnte.

Sie schlug einen sachlichen Ton an: „Ich bin, was unsere Miss McCullough betrifft, eher wegen ihrer Arbeit besorgt. Und natürlich auch wegen deiner Arbeit", fügte sie hinzu.

In seinen Augen spiegelte sich wieder Vorsicht. „Weiter", sagte er.

„Für meinen Geschmack ist die Beziehung zwischen Susan und Flemming zu eng geworden. Und auch für deinen, denke ich. Sie verbringt mehr Zeit bei ihm als in ihrem Zimmer. Ich kann nicht glauben, dass das bloßer Arbeitseifer ist."

Sein Lachen war echt. „Und? Soll ich eifersüchtig sein, oder was?"

„Eifersüchtig kaum, Michael, aber misstrauisch schon. Hast du nie daran gedacht, dass dein kleines Manöver mit dem Richter bei Flemming vielleicht gerade das Gegenteil von dem ausgelöst hat, was du erhofftest? Auflehnung anstelle von Resignation? Das würde viel besser zu seinem Charakter passen. Und was Susan betrifft – ist dir nie der Gedanke gekommen, dass sie dich vielleicht als Mörder betrachtet und dass all der süße Unsinn, den sie dir offenbar jede Nacht ins Ohr flüstert, möglicherweise darauf abzielt, dich einzulullen, während sie und ihr Lieblingskopf Pläne schmieden, dich hinter Schloss und Riegel zu bringen?"

Seine Augen wurden dunkel. Eins zu null für mich, dachte sie. Michael konnte auch den Gedanken nicht ertragen, dass er vielleicht nicht jede Frau beherrschen konnte, die er wollte.

„Du redest Unsinn, Katherine."

Jetzt wurde sie eisig: „Ach ja? Tut mir leid, dann höre ich auf. Und statt dich einen Dummkopf zu nennen, will ich mich damit begnügen, deine kleine Miss McCullough als eine hinterlistige, gefährliche kleine Schlange zu bezeichnen, und dir mitteilen, wo ich sie letzte Nacht angetroffen habe. Hörst du auch zu? Im Entsorgungsraum – als sie gerade Peggy tröstete und ihr versprach, sie bald von dort herauszuholen. Und zwar, nachdem sie unseren Freund Luczynski dazu verführt hatte, ihr die Abteilung 1 zu zeigen. Dabei stattete sie dem EG einen Besuch ab, das du heute Morgen operiert hast."

Sie erzielte die gewünschte Wirkung. Michaels Zorn

verrauchte und an seine Stelle trat sofort unverhohlene Besorgnis.

Katherine ließ ihn gar nicht erst zu Wort kommen. „Michael, ich hoffe sehr, dass bei dir alles in Ordnung ist und dass du nicht verliebt bist in Susan, denn wir wären weitaus besser dran, wenn wir sie an einen Ort bringen könnten, wo wir sie unter Kontrolle halten und zugleich doch noch für unsere Zwecke einsetzen könnten. Du verstehst, was ich meine?"

Das Blut schoss ihm in den Kopf und sein Ton war schroff: „Du bist verrückt."

„Nein, Michael, nur praktisch."

„Ich leite dieses Projekt, nicht du."

„Wieder falsch geraten. Du hast es geleitet. Als du noch gebraucht wurdest. Jetzt wirst du nicht mehr gebraucht, oder ist dir das noch nicht aufgefallen? Flemmings Theorien bringen viel schnellere und bessere Ergebnisse als deine, und Toni Soong ist durchaus fähig, die Operationen durchzuführen, wenn du nicht willst."

Er wurde blass. „Toni wird Susan nicht anrühren."

„Ach, ich gebe zu, dass sie Skrupel hat. Aber daneben ist sie insgeheim in mich verliebt und ich glaube, ich brauche bloß ja zu sagen, und sie pfeift auf ihre Skrupel. Es könnte sogar ganz angenehm sein, sie ist sehr attraktiv."

Sie beachtete seine mörderischen Blicke nicht, wartete, während der Kellner Wein nachschenkte, und sagte dann: „Ich stelle nicht gern ein Ultimatum, Michael, und am wenigsten dir, glaub mir das, aber noch vor dem Ende dieser Woche wirst du an Susan McCullough eine EG Operation durchführen, oder . . ."

„Oder was?" Die Worte waren kaum hörbar.

„Oder ich werde mit Burnleigh offen reden müssen."

„Was, zum Teufel, erwartest du von ihm?"

„Was? Dumme Frage, Michael. Du weißt so gut wie ich, wie paranoid er in Fragen der Geheimhaltung ist. Ein Wort und es heißt ade Susan – Gefälligkeit irgendeines alten Freundes von der CIA. Und zugleich ade Flemmings ABE Theorie – und damit wären all deine Träume und Hoffnungen beim Teufel. Flemming wird ohne sie nicht arbeiten. Das hat er doch bereits klargemacht, nicht wahr?"

Michael zwang sich zu einem rauen Lachen. „Vergiss es, Katherine. Burnleigh mag noch so viel von dir halten, aber ich bin noch immer sein Mann und werde es immer sein."

„Natürlich, Michael. Ich bin nicht sein Mann, wie könnte ich auch? Aber als Frau verfüge ich über gewisse Mittel, die dir nicht zur Verfügung stehen, und du kannst ebenso gut gleich jetzt erfahren, dass ich während der letzten paar Jahre nicht gezögert habe, sie einzusetzen." Sie lächelte kaum merklich. „Trotz einiger recht sonderbarer Neigungen, die er manchmal zeigt."

Er starrte sie ungläubig an. „Du Hure!"

Sie zuckte die Achseln. „Tut mir leid, Michael. Es ist eine Frage der Prioritäten und an deiner Stelle wäre ich nicht so sicher, dass Burnleigh auf meine Dienste verzichten würde, um dir oder irgendjemandem sonst eine Gefälligkeit zu erweisen."

Sie sah zu, wie sein Selbstvertrauen schwand. Und triumphierte innerlich. Sie wusste, dass sie gewonnen hatte. Er hatte die Lüge geschluckt, dass sie mit Burnleigh geschlafen hatte, und konnte dem keinen Trumpf entgegensetzen. Sie fragte sich, warum sie sich je Sorgen gemacht hatte.

Plötzlich sah er grau und verhärmt aus. Sie legte wieder ihre Hand auf seine. „Schau, Michael, wir sind alte

Freunde. Sprechen wir heute Abend nicht mehr darüber. Essen wir noch ein Dessert und vergnügen wir uns ein bisschen. Wir könnten in den Jazz-Club gehen, der uns immer so angeturnt hat, erinnerst du dich? Mit dem gedämpften Licht und dem sexy Blues. Ich bin mit dem attraktivsten Mann der ganzen Stadt ausgegangen und ich möchte nicht, dass dieser Abend je endet."

Sie fragte nicht, ob sie danach in seine oder in ihre Wohnung fahren würden. Das konnten sie später entscheiden. Stattdessen streichelte sie bloß seine regungslose Hand und lächelte.

# 31

John war völlig erschöpft, schlimmer als je zuvor. Ein Teil seines Verstandes schien einfach nicht mehr arbeiten zu wollen. Er wollte nur noch schlafen, schlafen und nie wieder aufwachen. Wie herrlich wäre es, den Tod herbeizuzwingen und dann zu sterben.

Aber er durfte nicht sterben und auch nicht schlafen. Er musste weitermachen, um jeden Preis. Gott sei Dank gab es das Phenmetrazin; auch wenn es ihm klar war, dass Susan ihn belog, was die Dosis betraf. In den letzten zwei Tagen hatte Susan das Quantum offenbar auf fünfundzwanzig Milligramm reduziert, aber zum Ausgleich dafür hatte John sich bei Katherine heftig darüber beschwert, dass er nicht arbeiten könne, wenn man ihm so viel Thorazin gebe. Es war kaum zu glauben, aber sie hatte die Dosis tatsächlich verringert und auf diese Weise blieb das Gleichgewicht gewahrt.

Aber noch immer wurde er zeitweise von Müdigkeit und Verzweiflung übermannt. Mit aller Macht kämpfte er dagegen an, wobei ihm die neuen, verbesserten Fähigkeiten seines Gehirns zugute kamen, die gesteigerte physiologische Aktivität der Gehirnrinde und die riesigen neuen Neuronenschaltkreise, die während seines früheren Lebens geruht hatten und nun so fieberhaft arbeiteten.

Beinahe hatte er auch schon gefunden, was er so lange und unermüdlich gesucht hatte. Offensichtlich hatte er nur noch eine letzte Hürde zu nehmen, eine Schwierigkeit zu überwinden, mit der er nicht zurechtkam. Kurz bevor er mit der Einnahme von Phenmetrazin begonnen hatte, war ihm ein Durchbruch gelungen: Er hatte den vertrackten Extent des Kennwortes identifizieren können. Damit hatte er wenigstens das „Land" gefunden, in dem sich das „Telefon“ befand. Im Verlaufe von drei schlaflosen Tagen und Nächten hatte er dann den „Block“ oder die Vorwahlziffer ausfindig gemacht und darauf die „Files“ und „Records“, in denen der „Bezirk“ und die „Telefonnummer“ selbst gespeichert waren.

Er brauchte der Zentraleinheit nur mehr die richtigen Bezeichnungen zu geben und sie würde die zehn Buchstaben des Kennwortes freigeben. Endlich würde er finden, was er suchte.

Genau das hatte er getan. Und triumphiert.

Dann wartete er.

Eine grüne Schrift erschien: „Ungültig“.

Unmöglich. Nochmals befragte er die Zentraleinheit. Dieselbe Antwort. Und noch einmal „Ungültig“.

Er konnte es nicht glauben. Irgendwo war ihm ein Fehler unterlaufen. Aber wo, um Gottes willen? Er musste ihn suchen.

Und das hatte er auch getan. Den ganzen Vormittag über und auch den ganzen Nachmittag, während Susan mit dem Elektroenzephalographen arbeitete, um zu vertuschen, woran er arbeitete. John hatte seine wachsende Panik vor Susan verborgen und wieder und wieder seine gesamte Arbeit überprüft, um den winzigen Fehler zu finden. Aber er hatte nichts gefunden. Alles stimmte. Immer wieder teilte ihm die Zentraleinheit mit, dass er auf dem richtigen Weg war.

Aber jedes Mal, wenn er dann die überprüften Alpha Adressen eintippte und sie in der richtigen Reihenfolge abarbeiten ließ, erschien wie von elektronischer Zauberhand dasselbe entsetzliche Wort und starrte ihn von der dunkelgrauen Kathodenstrahlröhre des Terminals vernichtend und endgültig an:

„Ungültig“.

Jetzt war Susan gegangen und die grünen Buchstaben standen klar und deutlich auf dem stummen, matten Bildschirm. Das Summen des elektrischen Motors in Johns Konsole vibrierte schwach und unheilvoll in seinem erschöpften Gehirn.

Was, zum Teufel, hatte man hier ausgeheckt? Brauchte man für das Ganze einen besonderen Schlüssel? Einen Code? Wie komplex war er?

Hinter John blinkten ständig die grünen und roten Lichter des Monitors, der seinen Zustand überwachte. Durch die offene Tür des Aufenthaltsraumes konnte er Rachel, Helen und Annette sehen. Sie waren bereits in ihrer Ruhephase.

Er hatte den Pfleger überredet, ihm mehr Arbeitszeit zuzugestehen, aber wenn er jetzt nicht weiterkam, würde er auch nachher keine Ruhe finden. Er musste um jeden Preis weitermachen. Denn bald würden sie kommen und ihn holen, die Ärzte. John war klar, dass er nicht mehr viel Zeit hatte. An einem Abend wie diesem, am nächsten oder übernächsten Tag, würde man ihn von seiner angeblichen Beschäftigung mit der Neurometrik wegholen. Aber man würde ihn nicht in den Aufenthaltsraum, sondern in die Entsorgungseinheit bringen und Susan an seine Stelle setzen. Noch ein Kopf mehr auf einer Stange. Und Befehle, denen man gehorchen musste. Streng dich an, Susan McCullough, denk nach wie nie zuvor oder wir ziehen den Stecker heraus und legen deine Gehirnhälften auf einen kalten, verzinkten, polierten Seziertisch und schneiden sie in dünne Scheiben, um zu sehen, was dich am Leben erhalten hat.

Auf einmal, ganz plötzlich und ohne zu wissen, warum, verstand er. Es war klar, sonnenklar. Der Schlüssel.

Er war ganz simpel.

Einfach, weil er auch von einem simplen Geist erfunden worden war. Nicht von einem, der wie John komplex und auf Umwegen denken konnte, sondern von einem sehr gewöhnlichen Gehirn. Es war ein Verstand ohne Persönlichkeit, ohne Humor, der nicht so etwas wie „Versuch's noch mal, du Dummkopf" oder „Leck mich" sagen würde. Ein Geist, der bloß so gewöhnliche Antworten wie „Ungültig" oder „Kennwort?" gab.

Ein Code muss schwer zu entschlüsseln und kompliziert sein. Ein langweiliger, simpler Verstand denkt sich daher etwas Kompliziertes aus; etwas rückwärts zu lesen ist schwierig. Also verschlüsselt man den Code in die eine Richtung und lässt ihn in die umgekehrte Richtung entschlüsseln. Man speichert den Code mit Vorwahl, Bezirk und Nummer in der richtigen Reihenfolge ab. Abrufen muss man ihn dann in der umgekehrten Richtung, sodass die Buchstaben für die Telefonnummer jetzt die Vorwahl und den Bezirk darstellen.

John arbeitete in fieberhafter Eile. Er erstellte im Kopf ein Programm, gab es seinem Terminal ein und ließ es laufen.

Er wartete.

Eine Sekunde, zwei.

Wieder leuchtete eine grüne Schrift auf der dunkelgrauen Kathodenstrahlröhre auf:

„TRIBYSADUN".

Er starrte auf den Bildschirm und konnte es fast nicht glauben. Es hatte funktioniert. Das Kennwort war freigegeben. John triumphierte. Er hatte es geschafft, er hatte gewonnen. TRIBYSADUN. Er musste es nur noch eintippen und der Zentraleinheit befehlen, das lange und unheilvolle Memorandum mit der Nummer 19479B aus dem riesigen Speicher ins TELENET zu übertragen.

Jetzt gleich musste er es tun. Morgen war es vielleicht schon zu spät, er durfte keine Sekunde mehr warten.

Mit der Zunge schaltete John eine mit dem Aufenthaltsraum verbundene Gegensprechanlage ein. Dort befand sich eine Abhöranlage, aber der Pfleger würde wahrscheinlich nicht verstehen, was er meinte, und selbst wenn er es verstand, was kümmerte es ihn? Es würde zu spät sein. Er musste es Rachel, Helen und Annette sagen.

„Rachel! Helen! Triumph! Ich hab's. Ich hab's gefunden. Jetzt schicke ich es hinaus."

Er nahm das nun so vertraute, harte Saug-Blas-Röhrchen wieder zwischen die Lippen: „Übertrage 19479B an TELENET. TRIBYSADUN."

John wartete. Eine Sekunde, zwei. Unter den von ihm eingegebenen Worten erschienen weitere grüne Buchstaben auf dem matten Bildschirm des Terminals:

„Kennwort ungültig".

Ungläubig starrte er auf die Schrift, dann gab er, fast ohne zu denken, den Befehl nochmals ein. Vielleicht hatte er sich vertippt.

Aber wieder war es dasselbe: „Kennwort ungültig".

Sein Hochgefühl löste sich in nichts auf. Was war denn falsch? Es musste einfach gelingen. Verdammt noch mal, es musste! Okay, er durfte nicht in Panik geraten. Jedenfalls hatte er sein Ziel schon fast erreicht. Auch dieses Problem würde er noch lösen. Wahrscheinlich war es ganz einfach.

Er schrieb sorgfältig: „Suchprozedur überprüfen."

Und gab die Zahlen wieder in umgekehrter Reihenfolge ein.

„Suchprozedur richtig."

„Stelle des Kennwortes überprüfen."

„Stelle richtig."

„TRIBYSADUN ist Kennwort."

„Ungültig".

Was zum Teufel war da los? War die Zentraleinheit verrückt geworden? Es war völlig unverständlich.

Oder vielleicht doch nicht?

Plötzlich fiel ihm etwas auf an der Buchstabenfolge TRIBYSADUN. In der richtigen Reihenfolge ergaben sie BRAIN STUDY, Gehirnforschung. Was konnte besser zum Borg-Harrison Projekt passen?

Fast im selben Augenblick tauchte in Johns Gedächtnis noch etwas auf. Ein Wort, das er vor langer Zeit gehört hatte. TRIBYSADUN war doch ein Medikament, nicht wahr? Vor fünf oder sechs Jahren hatte es so etwas gegeben. Ja, natürlich. Ein trizyklisches Antidepressivum, das die englische Firma Saford and Dunfrey zu Versuchszwecken auf den Markt gebracht hatte. Dann waren Schwierigkeiten aufgetaucht, in Krankenhäusern hatte es einige Todesfälle gegeben und man hatte den Vertrieb wieder eingestellt.

John hatte es also mit einem Anagramm zu tun. Ein ziemlich einfacher Trick, auf den er eigentlich eher hätte kommen müssen.

Er hörte Helens Stimme. Sie war ungeduldig: „John? Hast du es? Was geschieht jetzt?"

Und dann auch Annette und Rachel: „John? John?"

„Fast", antwortete er. „Richtige Stelle, richtiges Wort, aber die Sache hat irgendeinen Haken. Vielleicht muss ich ein Anagramm des Wortes verwenden."

Er nahm wieder das Saug-Blas-Röhrchen zwischen die Lippen, um neue Wörter einzugeben.

Plötzlich durchdrang ein scharfer Schmerz die ganze linke Hälfte seines Kopfes. Was war das? Er wartete, halb überrascht, halb ängstlich. Der Schmerz ließ nach.

Es war nichts. Gar nichts. Vorübergehender Kopfschmerz, der nichts zu bedeuten hatte. Er begann wieder, etwas in den Terminal einzugeben: „Überprüfen: TRIBYSADUN ist …“

Da durchdrang ihn wieder der Schmerz, scharf wie ein Dolchstoß. Diesmal verging er nicht.

Die Zangen? Hatte eine davon seinen Schädel durchbohrt? Auf der Kathodenstrahlröhre erschienen plötzlich rote Punkte. War es der Bildschirm oder waren es seine Augen? John konnte den Terminal kaum mehr sehen. Was hatte er gerade eingegeben? Er erinnerte sich nicht mehr und musste nochmals anfangen.

„Löschen. Okay.“

Er nahm das Saug-Blas-Röhrchen zwischen die Lippen. Weiter kam er nicht. Der verschwommene, rote Bildschirm wurde immer dunkler.

John wurde es schwarz vor den Augen. Lähmender Schmerz durchdrang ihn. Wind kam auf, ein heulender Sturm, der auf ihn herabstürzte.

Und dann war es still.

## 32

Genau zehn Minuten später betrat Susan das neurometrische Labor. Während sie Ordnung auf ihrem Schreibtisch gemacht hatte, war sie auf eine Formel gestoßen, nach der John sie oft gefragt hatte. Ein willkommener Grund, zu ihm zurückzukehren. In Wirklichkeit aber wollte sie ihn noch einmal bitten, eine Pause zu machen und zu schlafen, wenigstens eine Ruheperiode lang. Er sah schrecklich aus.

Im Dämmerlicht des mit Computern vollgestopften kleinen Raumes erblickte Susan Johns geschlossene Augen und wusste sofort, dass er tot war. Sein Gesicht sah friedlich aus. Friedlich und leblos. Diesmal war es der Tod – für immer.

Auf dem Friedhof gab es einen Grabstein, der Johns Namen trug. Fast jeden Sonntag hatte Susan Blumen hingebracht und bald würde sie wieder hinfahren. Sie legte die Finger an Johns Wange, dann hob sie die Schutzhaube und berührte mit ihren Lippen seine Stirn, spürte noch die Wärme des künstlich erhaltenen Lebens, aber keine Reaktion mehr.

Susan versuchte zu verstehen, was sie fühlte, konnte es aber nicht. Eine Art Betäubung und gleichzeitig Schmerz. Aber nicht wie bei Johns erstem Tod. Nicht die Finsternis der völligen Verzweiflung. Susan verspürte nur eine große, ja überwältigende Trauer. Gleichzeitig aber auch das seltsame Gefühl der Erleichterung. Endlich war John befreit von dieser Hölle. Wo er auch sein mochte, wohin er auch gekommen war – es konnte nicht schlimmer sein als hier.

Dann hörte sie Helens elektronische, aufgeregte Stimme. Wie oft hatte Helen sie schon gerufen? „Susan, Susan!"

Und dann auch Rachel: „Susan! Schnell!"

Sie ging in den Aufenthaltsraum hinüber. Helen sah verzweifelt aus. „Susan, beeile dich, bevor man erfährt, dass er gestorben ist, bevor jemand kommt."

„Vielleicht, um diesmal dich zu holen", zischte Rachel.

„John behauptete, dass er das Kennwort gefunden hätte", sagte Helen.

„Unmittelbar bevor er hinübergegangen ist." Das war Annette. „Er sagte, dass die Sache irgendeinen Haken hat. Irgendetwas mit einem Anagramm."

Alle drei sprachen nun völlig unkontrolliert und durcheinander. In ihrer Verzweiflung dachten sie gar nicht an die Abhöranlage.

„Versuch es herauszufinden, Susan. Es ist auf seinem Terminal. Schnell."

Und dann Rachel: „Zu spät. Man hat uns gehört."

Ihre Konsole stand dem Beobachtungsfenster gegenüber. Susan folgte ihrem Blick und sah, dass der Pfleger aufgestanden war und in offensichtlicher Eile zum neurometrischen Labor hinüber lief. Die Türen der Bakterienschleuse schlugen dumpf zu, dann hörte man einen verhaltenen Schrei. Der Pfleger tauchte neben Susan auf.

„Wann ist es geschehen?"

Der Pfleger wartete nicht auf die Antwort. Er ging wieder in den Beobachtungsraum, trat an seinen Schreibtisch und griff nach dem Telefon.

„Schnell, Susan. Steh nicht hier herum."

„Bevor sie kommen und dich nicht mehr dran lassen."

Susan ging wieder in das winzige Labor zu John hinüber. Plötzlich schien ihr alles wie ein Traum. Es war unwirklich. Der Kopf auf der Konsole war nicht Johns Kopf, sondern bloß irgendeine Wachsattrappe. John war groß und schlank, er legte gern die Beine auf den Tisch und kämmte fast nie sein dichtes, wirres Haar. Und er machte beißende, zynische Bemerkungen und liebte Susan und Percival und die ganze Menschheit. Sie drehte den Hauptschalter seiner Konsole auf „Aus".

Sofort wurde es unheimlich still. Wie lange würde es dauern, bis der Pfleger merkte, dass es ein ernstliches Problem gab?

Susan zögerte ein wenig, als sie zu dem Terminal trat, auf „Recall" drückte und Johns letzte Eingabe abfragte.

Wie von Zauberhand erschienen grüne Buchstaben auf dem Bildschirm: „Überprüfen: TRIBYSADUN ..."

Susan war wie gebannt. Die EGs hatten recht. Hier war es.

Johns mörderische Arbeit, das Schlüsselwort. Aber was für ein seltsames Wort, wenn es überhaupt ein Wort war! Es bedeutete nichts. Zuerst musste sie es wohl nachprüfen. Sie tippte ein: „Bitte Überprüfung durchführen."

Der Terminal antwortete sofort: „TRIBYSADUN ist richtig."

Fast im selben Augenblick sah sie das Anagramm, von dem Annette behauptet hatte, dass John es entdeckt hatte. TRIBYSADUN bedeutete einfach BRAIN STUDY oder Gehirnforschung. Susan kannte die Datensatznummer, die John seinem Memorandum im Zentralspeicher gegeben hatte. Sie brauchte sie bloß abzurufen, das Kennwort hinzuzufügen und der Zentraleinheit zu befehlen, die Daten zu übertragen.

Sie war fürchterlich aufgeregt und verspürte unaussprechliche Erleichterung. Aber welches war nun das Kennwort? Das Anagramm von BRAIN STUDY? Oder war BRAIN STUDY das Anagramm?

Eines von beiden – sie musste es versuchen.

Susan tippte ein: „Übertrage 19479B an TELENET,

TRIBYSADUN." Sie lehnte sich zurück. Wieder erschienen grüne Buchstaben.

„Ungültig".

Gut, dann war es also BRAIN STUDY. Sie gab einen neuen Befehl und wartete.

„Ungültig".

Ungültig? Panik drohte Susan zu überwältigen, aber sie kämpfte sie nieder. Sie musste ruhig bleiben, es weiter versuchen. Und sie musste den Tatsachen ins Auge sehen und zum Kern der Sache kommen. Susan tippte ein: „Ist TRIBYSADUN Kennwort?"

„Nein."

Sie zögerte, holte tief Atem und schrieb: „Ist BRAIN STUDY Kennwort?"

Die Antwort musste „Ja" lauten. Aber das war nicht der Fall. Sofort erschienen grüne Buchstaben: „Nein."

Susan starrte ungläubig auf den Bildschirm. Es war unmöglich. John hatte TRIBYSADUN entdeckt. Er hatte gesagt, dass er das Kennwort gefunden hatte. John hatte sich noch nie geirrt.

Nie. Und was war mit dem Anagramm? BRAIN STUDY konnte doch kein bloßer Zufall sein! Es wirkte zu echt, zu einfach.

Susan verfiel in Panik, sie zitterte am ganzen Körper, ihr Verstand setzte aus. Durch die offene Tür des Aufenthaltsraumes sah sie auf die EGs, die stumm warteten. Dann blickte sie auf John, der so wächsern und unwirklich aussah auf seiner Konsole; der Überwachungsmonitor war inaktiv, zeigte keine Kurven, sondern nur Linien oder überhaupt nichts.

„Halte deine Gefühle unter Kontrolle, McCullough. Bemühe dich, klar zu denken, und benutze dein Gehirn." So hätte John gesprochen.

Sehr sorgfältig tippte sie: „Was ist TRIBYSADUN?"

„Datensatz gesperrt."

Das war zu viel. Ein Gefühl der Hilflosigkeit übermannte sie. Susan schlug mit der Faust auf den Terminal. Verdammtes Ding. Geh doch zum Teufel! Was geht denn da drinnen vor? Weiter kam sie nicht. Sie hörte, wie die Tür der Bakterienschleuse zuschlug, dann tauchte der Pfleger wieder auf, diesmal in Begleitung von Toni Soong, die sofort auf John zuging.

„Um Gottes willen, nein!" Mit vor Schreck geweiteten Augen blickte sie Susan an. „Es tut mir so leid."

Susans Entschlusskraft schwand dahin. Sie vergaß den Terminal und das Kennwort. Da war nur noch John. Sie machte eine hilflose Handbewegung.

Toni kam zu ihr und legte ihr den Arm um die Schultern. „Du Arme. Du hättest mich gleich rufen und nicht hier allein bei ihm bleiben sollen." Sanft führte sie Susan weg. „Schau nicht mehr hin, Susan. Wir werden schon tun, was zu tun ist. Okay?" Sie wandte sich wieder John zu, holte eine Stirnlampe aus der Tasche ihres weißen Kittels und begann mit der Untersuchung.

Susan ging hinüber in den Aufenthaltsraum der EGs und hörte, wie Helen laut und eindringlich sprach. „Hast du es geschafft?"

Wie betäubt schüttelte Susan den Kopf. Es war ihr gleichgültig. John war tot, man hatte ihn umgebracht. So, als hätte man einfach einen Stecker herausgezogen, einen Schalter ausgeknipst. So wie es Michael bei Richter Thurston getan hatte. Medizinische Experimente mit Maschinen. Man benutzte die Versuchsgegenstände und warf sie dann weg, wenn sie keinen Nutzen mehr brachten. Plötzlich verspürte Susan einen Zorn, den sie kaum im Zaum halten konnte.

Und dann erschien Michael selbst und mit ihm Katherine. Der Pfleger hatte die beiden offenbar ebenfalls alarmiert. In dem kleinen Labor waren nun so viele Menschen, dass Susan John nicht mehr sehen konnte. Vielleicht hatte man ihn bereits abtransportiert.

Michael kam auf sie zu und fragte: „Ist mit dir alles in Ordnung, Susan?"

Sie war jetzt ganz ruhig. „Nein. Und du brauchst auch gar nicht so zu tun, als ob es dir etwas ausmachte. Woran ist er gestorben?"

Er blickte sie rasch an. „Wir sind noch nicht sicher, aber wahrscheinlich war es ein Schlaganfall."

Man würde ihn in den Sektionssaal bringen, dachte sie, und die Todesursache feststellen. Man würde seinen Schädel öffnen, das Gehirn entfernen und daraus Präparate für mikroskopische Untersuchungen anfertigen. Der Schrecken schnürte Susan die Kehle zusammen. Nicht John! Alle anderen, aber nicht John!

„Ich will nicht, dass man ihn seziert."

„Bleib ganz ruhig, Susan."

„Ihr werdet ihn nicht sezieren, verdammt noch mal!" Es war ein Schrei. „John nicht."

Plötzlich stand Katherine neben ihr. „Susan, reiß dich zusammen."

Sie stieß Katherine weg. „Du verlogene Hure! Du Mörderin!" Mit dem Handrücken schlug sie Katherine auf den Mund, dann warf sie sich auf sie, zerkratzte ihr das Gesicht und schrie.

„Susan!" Michael zerrte sie von Katherine weg und hielt sie an den Armen fest. In Katherines Gesicht waren rote Kratzspuren und Blut sickerte aus ihrem Mund. Susan versuchte vergeblich, Michael abzuschütteln. Er hielt sie eisern fest wie ein Schraubstock. „Du auch, du

Schuft! Lass mich los!“ Mit den Fersen schlug sie ihm gegen die Schienbeine.

Er wandte sich scharf an Toni Soong: „Rasch, Toni!“ Dann zerrte er Susan durch die Bakterienschleuse hinaus.

Im Steuerraum schlug sie weiter um sich, hörte ihre eigene Stimme immer wieder: „Mörder!“

Plötzlich tauchte Toni wieder auf, bewegte sich rasch, exakt und berufsmäßig, und Susan spürte, wie eine Nadel in ihren Arm eindrang. Toni beherrschte ihr Fach. Susan hörte auf, sich zu wehren; sie starrte ungläubig auf die Spritze und sah, wie die Flüssigkeit durch die Nadel schoss und verschwand.

Es wirkte sofort. Ein Wimpernschlag. Susan konnte nur mehr sagen: „Ihr verdammten Schweine, ihr.“ Noch während des Sprechens hatte sie das Gefühl, als wäre ihre Zunge geschwollen. Toni schien plötzlich weit weg zu sein, als wäre sie am anderen Ende des Labors und nicht direkt neben ihr.

Michael ebenso. Susan hörte ihn sagen: „Holt eine Krankentrage.“ Sie versuchte wieder zu sprechen, konnte aber nicht. Die Worte gelangten nicht mehr zu ihren Lippen und ihrer Zunge. Man hatte sie auf einen Stuhl gesetzt, sie wollte aufstehen, doch ihre Gliedmaßen waren schwer wie Blei und es war ihr, als stünde Michael, ebenso wie Toni, am Ende eines langen Tunnels.

Ich werde ohnmächtig, dachte sie.

Susan hatte keine Angst, aber sie fühlte sich hilflos. Sie konnte fast nichts mehr sehen. Was die anderen redeten, war ein sinnloses Durcheinander. Sie trieb an der Oberfläche eines stillen Meeres im warmen Wasser. Nicht ihr Körper, sondern bloß ihr Kopf.

Ewig schien sie so zu treiben und um sie herum im

Meer schienen Köpfe zu schaukeln. Wer waren sie? Und wieso waren sie hier? Wenn man nur ein Kopf war, wurde man von chirurgischen Zangen über einer Apparatur festgehalten und musste denken. Man wurde dazu gezwungen.

„Schlaf nur“, sagte einer von ihnen sanft. „Schlaf nur.“

Susan schloss die Augen und ließ sich in die Finsternis sinken.

# 33

Walter Burnleigh hatte nie etwas für Denunzianten übrig gehabt. Und derjenige, der soeben bei ihm war, stellte keine Ausnahme dar, auch wenn die Mitteilung des Mannes zutiefst beunruhigend war. Burnleigh wandte sich von Al Luczynski ab, der ihm nervös gegenüber saß, und schaute aus dem Fenster auf die Bäume an der Massachusetts Avenue, die man hinter dem Rasen und der Zufahrtsstraße zur Borg-Harrison-Zentrale sehen konnte.

Es war Spätsommer und Burnleigh wusste, dass es draußen heiß war, aber dennoch erschauerte er. Was er soeben gehört hatte, stellte nicht nur den Erfolg des gesamten Gehirnforschungsprogramms in Frage; auch seine eigene Position und sein Ruf waren möglicherweise ernstlich gefährdet.

Was Luczynski erzählt hatte, schien nicht nur anzudeuten, dass sich Katherine in wachsendem Maße nur noch von ihrem eigenen Ehrgeiz leiten ließ, wie Burnleigh es seit einiger Zeit vermutet hatte. Offensichtlich hatte sie auch jegliche Urteilskraft verloren. Als er ihr freigestellt hatte, dem Labor auf eine nicht herkömmliche Weise EGs zu verschaffen, hatte er keineswegs erwartet, dass sie je weitergehen würde als bis zu offensichtlichen Grenzfällen. Susan McCullough aber war nicht einmal krank. Sie war eine gesunde, energische junge Frau und es kam einem Mord gleich, ihren Kopf auf eine Konsole zu setzen. Und Michael? Er musste verrückt geworden sein, wenn er so etwas tat; noch dazu mit einer Frau, mit der er ein Verhältnis gehabt hatte.

Burnleigh lenkte seine Aufmerksamkeit wieder auf Al Luczynski und drehte sich mit seinem Stuhl so, dass er ihm ins Gesicht sehen konnte. Die Atmosphäre im

Labor musste im höchsten Maße gespannt sein, wenn dieser Luczynski sich entschlossen hatte, als Informant zu ihm zu kommen. Dieses Verhalten stellte eine weitere Gefahr für das Projekt dar. Wer würde der Nächste sein, dem Luczynski etwas erzählte? Ganz offensichtlich hatte seine Loyalität gegenüber dem Labor abgenommen und man musste ihn ebenso wie Susan McCullough rund um die Uhr überwachen lassen.

Burnleigh sah in Luczynskis großes, bärtiges Gesicht und erschauerte nochmals. Luczynski war nicht gekommen, um Susan McCullough zu retten. Er hatte keine Entrüstung über Katherines Plan an den Tag gelegt, ja er hatte nicht einmal Einwände dagegen erhoben. Die Aussicht, dass man Susans Kopf entfernen wollte, schien ihn überhaupt nicht zu berühren. Offensichtlich war er bloß gekommen, um seine eigene Haut zu retten. Konnte man sich an medizinische Abscheulichkeiten so gewöhnen, dass man immun dagegen wurde? Wie stand es mit ihm selbst? Wie tief war er selbst gesunken? Zu Beginn des Programms hatte er sich kaum dazu zwingen können, auch nur Fotos von den ersten paar Operationen anzusehen. Nur die Aussicht auf Erfolg und die damit verbundene Revolution in der Entwicklung der Menschheit rechtfertigte die Art, in der sich das Projekt des menschlichen Lebens bediente. Ihm fiel auf, dass nun auch er selbst die EGs mehr als Experimente und nicht mehr als Menschen betrachtete. Und er erschrak, als er merkte, dass er vielleicht ebenso gefühllos geworden war wie Luczynski.

Er sagte beiläufig: „Für wann ist die Operation angesetzt, Doktor?“

„Morgen früh um 7 Uhr 30.“

„Gut. Nun zu Ihnen. Sie haben noch andere Nicht Freiwillige erwähnt: Dr. Flemming und eine Krankenschwester; und die Versuche, ähnliche Patienten über das Computernetz der Krankenhausarchive zu bekommen. Warum haben Sie nicht gekündigt?"

„Nun …" Luczynski zögerte.

Burnleigh heuchelte ein freundliches Lächeln. „Wegen der Geheimhaltung, nicht wahr? Sie haben Angst, dass wir Sie nicht gehen lassen würden?"

Der Anästhesist schien erleichtert darüber zu sein, dass der Admiral es ausgesprochen hatte. „Ja. Und außerdem, wo würde ich denn nun Arbeit bekommen? Ohne Empfehlung und ohne berichten zu dürfen, was ich in den letzten fünf Jahren getan habe?"

Burnleighs Lächeln wich einem entspannten Lachen. „Für mich ist beides kein Problem, Doktor Luczynski. Borg-Harrison ist ja kein russisches Gefangenenlager. Sie haben Ihre Loyalität zehnfach dadurch bewiesen, dass Sie hergekommen sind, um mit mir zu sprechen, und Ihre Leistungen als Arzt sind hervorragend. Ich hätte keine Schwierigkeiten, Sie für jede von Ihnen angestrebte Stelle wärmstens zu empfehlen und die Darstellung Ihrer Arbeit bei uns in jeder Ihnen genehmen Weise zu modifizieren. Wie wäre es mit einer leitenden Position in Bethesda? Ich habe noch immer ziemlich viel Einfluss bei der Navy. Oder vielleicht ein Verwaltungsposten im Massachusetts General oder im Columbia Presbyterian?"

Burnleigh wartete. Ähnliche Probleme hatte er noch immer dadurch lösen können, dass er die Leute mit einem guten Job köderte. Er war sicher, dass der Anästhesist da keine Ausnahme bilden würde.

Und er wurde auch dieses Mal nicht enttäuscht. Plötzlich grinste Luczynski über das ganze Gesicht und seufzte ausgesprochen erleichtert auf. „Herzlichen Dank. Bethesda wäre ideal. Ich bin gerne in Washington."

Fünf Minuten später ging er. Burnleigh blickte starr auf die schwere Tür aus Eichenholz, die Luczynski hinter sich geschlossen hatte. Was diesen Denunzianten betraf, war alles klar. Aber die Lage war katastrophal und im Grunde genommen war es seine, Burnleighs, eigene Schuld. In jedem Falle hätte er Katherine besser im Auge behalten müssen und vielleicht hätte er es sogar riskieren sollen, sich der breit gefächerten Möglichkeiten des VA zu bedienen.

Sein Blick fiel auf das silbergerahmte Foto seiner Frau, das eine Hälfte seines Schreibtischs beherrschte. Was immer seine früheren Beschäftigungen auch gefordert hatten, im Krieg, auf See, bei den geheimen Operationen der CIA, bei politischen Diensten, die er dem Weißen Haus erwiesen hatte, immer hatte er versucht, so zu handeln, dass Eleanor Burnleigh sein Vorgehen nicht missbilligt hätte. Sie war eine Frau mit ethischen Grundsätzen, eine fürsorgliche Gattin und hingebungsvolle Großmutter, und wenn das Leben sie im Laufe der Jahre auch gelehrt hatte, in manchen Fällen ihre persönlichen Gefühle hintanzusetzen, so hatte sie doch immer gewisse Grenzen gezogen.

Nun, auch er würde diese Grenzen ziehen. Und zwar sofort. Es war nie zu spät, Ordnung zu schaffen. Er würde das VA einsetzen und das Labor wieder auf die rechte Bahn bringen. Vorerst aber musste man McCullough retten und sie sodann auf wirksame Weise zum Schweigen bringen und bei der Stange halten. Zuerst einmal konnte er ihr Gehalt verdoppeln, schließlich hatte jeder seinen Preis.

Burnleigh klingelte seiner Sekretärin. „Rufen Sie bitte Doktor Blair für mich an." Einen Augenblick später meldete sich Katherine.

„Ich höre, dass wir Flemming verloren haben“, sagte er.

Ihr Zögern verriet sie. Er hatte sie überrumpelt. Ganz offensichtlich fragte sie sich, woher er es wusste, und auch, ob sie sich danach erkundigen sollte.

Dann sagte sie: „Leider ja. Ich wollte Sie in Kürze anrufen und es Ihnen mitteilen.“

„Wie weit war er mit seiner Arbeit gekommen?“

„Sehr weit.“

„Glauben Sie, dass Susan McCullough die Sache zu Ende führen kann?“

Sie zögerte wieder und antwortete dann: „Ich glaube, ja.“

Offensichtlich, dachte er, wollte sie ihn auch wegen Susan nicht um Erlaubnis fragen und hatte vor, irgendeine Geschichte zu erfinden, um sich abzusichern.

Andernfalls hätte Luczynski gelogen, aber Burnleigh war sicher, dass der Anästhesist die Wahrheit gesprochen hatte. Sollte er auch das Übrige sagen, von dem er wusste? Damit würde er aber auch verraten, dass ein Denunziant im Spiel war, und er war sich nicht sicher, ob das sinnvoll war.

„Gut“, sagte er. „Aber Flemmings Tod hat sie sicher ganz aus der Fassung gebracht. Sie wird hoffentlich nicht kündigen wollen, oder?“

„Ich nehme an, wir können sie überreden zu bleiben.“

„Ist sie noch immer mit Michael liiert?“

„Ja, ich glaube schon.“

„Nun, das könnte uns ja helfen. Gut, Katherine. Ich würde gerne mit der jungen Dame sprechen und sie wissen lassen, dass Borg-Harrison voll und ganz hinter ihr steht. So etwas in dieser Art. Einfach um ihre Arbeitsmoral zu heben. Könnten Sie nächsten Montag mit ihr herkommen?“

Eine lähmende Stille folgte. Burnleigh hätte am liebsten laut herausgelacht. Versuchen Sie nicht, mit mir Spielchen zu spielen, Katherine Blair. Ich gewinne.

Dann antwortete sie: „Gern. Welche Uhrzeit wäre Ihnen angenehm?“

Er warf einen Blick auf den Kalender. „Ich glaube, wir könnten mit ihr zu Mittag essen. Kommen Sie um etwa 12 Uhr 30. Beide. Ich werde meine Sekretärin bitten, einen Tisch im Caucus Room reservieren zu lassen. Man bekommt dort ein hervorragendes Soufflé.“

„Schön. Ich sehe Sie also am Montag.“

„Katherine, noch etwas.“

„Ja?“

„Vergessen Sie nicht, Miss McCullough mein herzliches Beileid auszusprechen.“

„Ja, Sir.“

Burnleigh legte den Hörer auf, trug den Termin in seinen Kalender ein und frohlockte einen Augenblick lang über seinen Erfolg. Katherine würde Verdacht schöpfen, dass er etwas wusste, und seine Einstellung bezüglich Miss McCullough als Warnung auffassen. Wenn er Glück hatte, brauchte er in dieser Sache überhaupt nichts mehr zu unternehmen. Und wenn Michael der Führung bedurfte, so würde Katherine das selbst besorgen. Ein jeder hatte seine Schwächen; Katherines Schwäche war der Ehrgeiz. Mit einem einzigen Schlag hatte er das Gehirnforschungsprojekt vor der sicheren Katastrophe gerettet.

Es war eines der wenigen Male in seiner Laufbahn, dass er sich geirrt hatte.

Katherine saß in ihrem Zimmer. Als sie den Hörer auflegte, kochte sie innerlich. Es gab keine Möglichkeit, Susan aus der durch die Medikamente hervorgerufenen Betäubung zu wecken und später alles damit zu entschuldigen, dass man ihr zu ihrem eigenen Besten Beruhigungsmittel verabreicht hatte. Selbst wenn man sie überreden konnte, ihre Einstellung zu dem Vorfall mit Richter Thurston, zum Entsorgungsraum und zu Flemming zu ändern – womit sollte man ihren rasierten Kopf und die unauslöschliche rote Einschnittlinie erklären, die man bereits an ihrem Hals eingezeichnet hatte?

Katherine fluchte. Wer hatte dem Admiral von Flemming erzählt? Al? Toni? Sara? Oder eine der Schwestern? Hatte man ihm auch von Susan erzählt? Sie vermutete es. Aber es war egal, der Schaden war bereits angerichtet. Man würde die Operation trotz Burnleighs Intervention durchführen müssen.

Aber es war doppelt ärgerlich, weil sie alles so sorgfältig geplant hatte. Geschickt hatte sie Michaels Schuldgefühle in Feindseligkeit gegen Susan selbst verwandelt. Er hatte offensichtlich keine Gewissensbisse wegen der Operation.

Was Burnleigh betraf, so hatte sie geplant, jede Verantwortung von sich zu weisen, wenn er negativ reagieren sollte. Michael war noch immer der nominelle Leiter des Labors und sie hätte einfach steif und fest behauptet, nur Befehle von ihm entgegengenommen zu haben. Sie war zuversichtlich, dass sie gewinnen würde, sollte es dazu kommen, dass der Admiral sich für Michael oder sie entscheiden musste. Noch nie hatte sie einen Mann kennengelernt, den man nicht verführen konnte, und sie war durchaus bereit, die Affäre mit Burnleigh, die sie Michael gegenüber vorgetäuscht hatte, Wirklichkeit werden zu lassen.

Das alles kam jetzt nicht mehr in Frage. Burnleigh würde wütend sein, dass sie sich ihm widersetzt hatte, und sich nicht mehr beeinflussen lassen. Sie konnte auch nicht mehr behaupten, dass Michael darauf bestanden habe, die Operation durchzuführen, denn sie hatte keine Entschuldigung dafür, dass sie Burnleigh nicht gewarnt hatte. Alles in allem war ihr klar, dass sie sich einen zweiten Plan ausdenken und einen Trumpf ausspielen musste, den sie erst später hätte ausführen wollen.

Jeder hatte seine Achillesferse, Burnleigh genauso wie alle anderen. Einmal hatte er beim Lunch unabsichtlich durchblicken lassen, wer sein größter Feind im Aufsichtsrat von Borg-Harrison war: der Präsident der mächtigen Union Credit and Commercial Trust Company, der sich offensichtlich nichts sehnlicher wünschte als Burnleighs Stellung, um den damit verbundenen politischen Einfluss zu erlangen. Wenn Burnleigh ihr gegenüber eine harte Linie verfolgen sollte, so konnte sie das auch. Sie war in jeder Hinsicht darauf vorbereitet. Wenn sie dem Bankpräsidenten alle Details über das Projekt schilderte, so würde er sie fast sicher auf eine Weise dafür belohnen, die allem, was Burnleigh ihr je geboten hatte, gleichkam oder es sogar noch übertraf. Gleichzeitig konnte sie sich damit von jeder Schuld vor dem Mann reinwaschen, der dann mit an Sicherheit grenzender Wahrscheinlichkeit Burnleighs Platz einnehmen würde.

Wer immer sie auch verraten hatte – und je mehr sie darüber nachdachte, um so sicherer schien es ihr, dass es Al Luczynski gewesen war –, man würde ihr nie zutrauen, dass sie sich Admiral Burnleigh widersetzte. Wenn die Operation wie geplant durchgeführt wurde, so würde Luczynski sicher annehmen, dass es mit Burnleighs Zustimmung geschah, und sich ruhig verhalten, um die Belohnung einzustreichen, die ihm Burnleigh für sein Schweigen wohl versprochen hatte.

Katherine warf einen Blick auf die Uhr. Nur noch etwa vierzehn Stunden und Susan würde dort sein, wo sie sie haben wollte. Man würde ihre Erholung beschleunigen; wahrscheinlich würde man sie nur ein paar Monate lang benötigen und konnte es leicht riskieren, dass sie sich schnell verausgabte. Wenn nicht etwas völlig Unvorhergesehenes geschah, und Katherine konnte sich nichts dergleichen vorstellen, so würde das Projekt am nächsten Tag wieder auf vollen Touren laufen. Und welche Folgen es auch haben mochte, sie würde es in der Hand haben.

In weitaus besserer Stimmung machte Katherine sich auf den Weg in Abteilung 1.

## 34

Bloße Eindrücke.

Noch ein Kopf trieb vorüber. Es war der von Al Luczynski. Er lächelte nicht und die Augen über dem Bart sahen dunkel und rätselhaft aus.

Warum war er hier? Er war Anästhesist. Und war er noch böse auf sie, weil sie ihn ausgenutzt hatte?

Gedämpfte Stimmen. Die Stimme von Al und die einer Frau. Eine Krankenschwester? Das Meer wich zurück. Sie lag in einem Zimmer; ein weißgestärkter Arbeitskittel, ein unbekanntes Gesicht und blonde Haare. Kräftige Finger wickelten etwas eng um ihren Arm. Blutdruck.

„Sieht sie normal aus?“ Das war wieder Luczynski. Offenbar war er wirklich hier, um sie in Narkose zu versetzen. Hatte sie einen Unfall gehabt?

Ein kühler Luftzug strich über ihren Körper, eine Hand berührte sie an der Hüfte. Irgendetwas stach sie. Eine Injektion?

„Bis morgen früh, Susan.“ Schroff, unpersönlich; er hasste sie, ganz sicher.

Noch ein Kopf, Katherine Blair. „Hallo, Susan.“ Ihr Haar war hinten zusammengebunden. Sie zeigte ein kaltes Lächeln. Ihr Mund war blutig gewesen, zusammengepresst und hasserfüllt. Wann war das gewesen?

Ihre eigene Stimme, ihre Zunge fühlten sich wie Watte an. „Wo ist Michael?“

Michael hatte ihr gesagt, sie sollte etwas unterschreiben. Er hatte ihr einen Kugelschreiber in die Hand gedrückt. Sie wollte wissen, was es war. Sie hatte ein Recht darauf. Sie bemühte sich krampfhaft, wieder etwas zu sehen. Ein verschwommener Fleck wurde zu einem scharfen Bild. Kleine, funkelnde Wellen verwandelten sich in gedämpfte Lichter. Ein Krankenhausbett, zur Hälfte von Vorhängen umgeben. Ein seltsames Geräusch, ein tiefes Summen. Eine elektrische Apparatur.

Dann trieb sie wieder weg. Zuerst kämpfte sie dagegen an, dann ergab sie sich. Und wieder schwebte sie in einem stillen, warmen Meer, das von einer matten Sonne beschienen wurde. Nur ihr Kopf schaukelte auf den Wellen. Auch Helen war hier. Hallo, Helen. Was hast du gesagt? John hat das Kennwort gefunden? Ich weiß, aber ich bin nicht drauf gekommen.

Das Meer ist salzig und voll Tränen, John ist tot, und ich kann dich nicht retten. Es tut mir leid.

„Komm, sei schön brav und heb den Kopf auf."

Hände berührten ihren Kopf. Druck an kleinen, runden Stellen. Elektroden? Warum? Meinem Kopf fehlt doch nichts. Ich habe doch nur irgendeinen Unfall gehabt.

War sie gestürzt? Ein Schädelbasisbruch?

John hatte einen Unfall gehabt. Er hatte seinen Körper verloren und war zur Hölle gefahren.

Hilflos. Wenn man nur ein Kopf war, so war man ebenfalls hilflos. Aber sie lag ja nicht im Sterben. Und hatte sich auch nicht freiwillig gemeldet. Es war also alles in Ordnung. Köpfe, das waren andere Menschen, die mit dem Skalpell hingerichtet wurden. Lautlos, scharf wie eine Rasierklinge, schnitt es zuerst die Haut, dann durch Fleisch und Muskeln. Blut brach aus den Adern hervor. Klemme, bitte. Elektronische Säge für hartnäckige Wirbel. Zerberstende Knorpel. Dann das Operationsmikroskop, für die Nerven. Feine, weiße Härchen.

Schließlich ein Sack für den Körper und ein Behälter aus Kunststoff. Der Leichenbestatter holt alles ab.

Aber nicht sie! Das galt alles für das Mädchen, das sie Jahre zuvor gesehen hatte. Mit rasiertem Kopf, mit eingezeichneter Einschnittlinie am Hals, bereit zur Enthauptung.

Armer John. Warum konnte sie das von ihm entdeckte Kennwort nicht erfolgreich einsetzen? Die vielen, vielen Stunden, die er vergeblich gearbeitet hatte.

Wieder versuchte sie krampfhaft, sich zu bewegen. Das Zimmer um sie herum verschwamm, dann wurde das Bild klar. Sie war allein. Allein mit grünen Linien und schwachen Lichtern. Sie zwang sich genau hinzusehen. Spiegelbilder. Das war es also. Im Glasfenster der Tür. Aber von woher kamen sie? Sie musste sich konzentrieren. Auch auf das schwache, aber ganz nahe Geräusch.

Sie erblickte einen Vielkanal Monitor auf einem fahrbaren Tischchen direkt neben ihrem Kopf. Die Rückseite war ihr zugewendet. Von hier also stammte das Geräusch. Und die Lichter – EEG, Puls, Temperatur, Blutdruck und EKG. Ständige Überwachung der Körperfunktionen – ihrer Körperfunktionen.

Sie legte ein Bein über den Rand des Bettes und setzte sich auf. Sie schwankte. Ganz benommen war sie von den Medikamenten. Irgendetwas zog an ihrem Kopf. Sie griff mit der Hand danach. Elektroden. Drähte. Ihr Kopf war glattrasiert.

Sie fiel wieder zurück. Wieder umgab sie das Meer mit den schaukelnden Köpfen. Still, glatt, ruhig. Ein polierter Spiegel als matte Sonne. Sie musste noch einmal versuchen, die Falltür zu öffnen. Irgendwie musste sie es schaffen.

Dann ein polterndes Geräusch. Wellen? Donner? Das stille Meer verschwand. Das Zimmer kehrte zurück. Und nochmals das gleiche Geräusch. Ein lautes Rumpeln.

Sie drehte den Kopf. Etwas Großes zog, von einer Schwester geschoben, langsam an der offenen Tür vorüber.

Eine zweite Schwester fragte: „Was ist los?"

„Frau Doktor Soong will das Ding um sieben im OP haben."

Da durchzuckte es sie – namenlose Wut. Noch eine Sekunde vorher war alles ein seltsamer, verschwommener Traum gewesen. Jetzt erschien alles sonnenklar. Sie konnte das Zimmer und die Gegenstände darin ganz scharf erkennen. Infolge des Schocks reagierte ihr Verstand blitzschnell.

Susan sah, was man dort vorüberschob. Es war eine Konsole. Für sie. Man wollte ihr den Körper wegschneiden und chirurgische Zangen in den Kopf bohren.

Die beiden Schwestern verschwanden am Ende des Korridors und jetzt erinnerte sie sich an alles. Hier war sie schon einmal gewesen. Die junge Frau mit dem rasierten Kopf und mit der roten Einschnittlinie am Hals hatte im selben Bett, im selben Zimmer gelegen.

Nichts wie weg. Sofort! Dein Leben hängt davon ab.

Ihr Herz hämmerte. Sie richtete sich auf und ließ die Beine wieder über den Bettrand hängen. Sie stand. Das Zimmer verschwamm vor ihren Augen. Sie zwang sich, sich zu konzentrieren und sah sich um.

Wie sollte sie es anfangen?

Hier stand das Bett, neben dem Kopfende an der Wand befand sich das Sauerstoffgerät. Dahinter war der Monitor und das Tischchen mit den Medikamenten.

Was konnte sie tun? Plötzlich wusste sie es. Der Monitor. Wenn sie nur die Kraft dazu hatte.

Sie musste rasch handeln, all ihre Energie zusammennehmen, bevor jemand kam. Zuerst irgendeinen Einzelstecker von der Rückseite des Monitors. Den Anschluss für die Atmungsüberwachung konnte sie am ehesten erreichen. Zwei Stecker waren da. Einen davon zog sie vorsichtig heraus. Dann das Stromkabel. Sie zog es gerade so weit heraus, dass es den Monitor noch mit Energie versorgte und sie die Spitze des Einzelsteckers zwischen die beiden unter Spannung stehenden Stifte legen konnte – das aber würde sie erst später tun.

Jetzt das Gefäß mit dem Alkohol. Auf dem Schwesterntisch. Man bewahrte die Fieberthermometer darin auf.

Sie griff danach, aber ihre Kräfte schwanden. Das Zimmer verschwamm wieder vor ihren Augen. Sie sank auf das Bett zurück.

Bleib wach. Lass dich nicht wieder im Meer treiben. Bleib wach. Dein Leben hängt davon ab. Sie wartete, das Meer war warm und still. Wieder schaukelten um sie herum Köpfe. Hallo, Helen. Wieso funktioniert Johns Kennwort nicht?

Ein Geräusch. Das Meer verschwand. Eine Schwester brachte ihre Laken in Ordnung. Dann trat sie an den Tisch, Susan hörte das Geräusch des Stuhls, als sie sich setzte.

Zu spät, sie hatte die Gelegenheit verpasst.

Dann ein plötzliches Geräusch. Die Krankenschwester holte tief Luft und griff aufgeregt zum Telefon. Ihre Stimme verriet Bestürzung. „Frau Doktor? Ich bekomme plötzlich ganz eigenartige Atemwerte."

Sie verstummte. Dann: „Ja, ich verstehe. Nalorphin. Sofort. Als Gegenmittel gegen das Demerol. Ja, Frau Doktor." Sie warf den Hörer hin, kehrte zurück, beugte sich neben dem Sauerstoffgerät über das Bett. Susan spürte, wie aus der Sauerstoffmaske reines, kühles Leben in sie überströmte.

Sie öffnete die Augen. Ein weißer Kittel. Die Krankenschwester stand wieder am Tisch. Ein klirrendes Geräusch, eine Ampulle wurde geöffnet. Susan musste sich wehren. Aber es war zu spät. Die Schwester stand schon wieder an ihrem Bett und steckte die Ampulle in ihren i.v. Zugang.

Zwei Sekunden, drei. Dann bewegte sich etwas in ihr. Es war, als griff eine riesige Hand nach ihr. Plötzlich wallte in ihr wieder das Leben empor, auf einmal konnte sie ganz klar denken und verstand, was geschehen war. Als sie den Stecker der Atmungsüberwachung aus dem Monitor herausgezogen hatte, hatte dieser plötzlich falsche Werte angezeigt. Man hatte geglaubt, dass es sich um ein plötzliches Versagen der Atmung handelte, und hatte ihr diese Injektion verabreicht, um sie wieder auf die Beine zu bringen.

Ein weißer Kittel tauchte plötzlich auf. Dunkle Haare, eine kleine Gestalt. Toni Soong kam angelaufen. Sie warf einen raschen Blick auf den Monitor, holte das Stethoskop heraus und trat ans Bett.

Das kalte Metall berührte Susans Brust. Toni horchte aufmerksam, ihr Gesicht verriet Überraschung. „Susan?"

Eines ihrer Augenlider wurde angehoben. Grelles Licht blendete sie.

„Susan! Kannst du mich hören?"

Nicht antworten. Sie wird es schon herausfinden.

„Was, zum Teufel, ist denn los mit ihr?"

Toni und die Schwester beim Monitor. Toni griff nach dem auf dem Tisch liegenden Krankenblatt. „Puls 68. Temperatur 36,2. Blutdruck 125/80. Pupillenreflex vorhanden." Sie schleuderte das Blatt zurück. „Es ist dieser Scheißmonitor und jetzt haben wir ihr genug Nalorphin verabreicht, um sie ein ganzes Jahr lang wachzuhalten.

Bereiten Sie eine Hunderter Dosis Demerol vor. Und rufen Sie Doktor Luczynski. Sagen Sie ihm, dass es dringend ist. Er sitzt in der Cafeteria."

Jetzt. Es war die letzte Gelegenheit.

Es war einfach. Sie drehte sich herum und stieß den Stecker der Atmungsüberwachung zwischen die Stifte des halb herausstehenden Netzsteckers. Ein lauter Knall, Funken, eine blaue, zischende Flamme.

Toni sah es. „Um Gottes willen!" Sie wollte um den Monitor herumlaufen. „Susan!"

Beine über den Bettrand. Ein kräftiger Stoß. Der Tisch mit dem Monitor rollte weg und traf Toni mit voller Wucht.

Susan stand auf. Sie riss sich die Infusionsschläuche aus den Armen. Die Ständer polterten zu Boden. Die Elektroden lösten sich von ihrer Kopfhaut und fielen hinunter.

Dann geschah alles in Sekundenschnelle. Die Schwester blickte fassungslos, Toni versuchte um den Monitor herum zu gelangen. Susan packte das Thermometergefäß und schüttete den darin vorhandenen Alkohol über die kurzgeschlossenen Drähte. Ein heller Lichtblitz. Die Schwester schrie auf. Toni sprang zurück. Eine Sekunde, zwei. Susan riss sich die Sauerstoffmaske vom Gesicht und warf sie in den Brandherd.

Eine blendend helle, rote Feuersäule schoss bis zur Decke empor. Vor Susans eigener Hand tanzten Flammen hoch, die einen glühenden Schmerz verursachten. Susan steckte die Hand rasch unter die auf dem Bett liegende Decke, sprang zurück, stieß gegen einen Stuhl, fiel darauf nieder, richtete sich wieder auf. Ihre Beine waren plötzlich voll elastischer Kraft, ihre Arme stark wie Stahl. Wutentbrannt raste die Schwester auf sie zu.

„Lassen Sie sie!" Das war Toni. „Holen Sie einen Feuerlöscher!"

Toni riss die Decken vom Bett, um die Flammen damit zu ersticken. Die Bettvorhänge brannten.

Draußen im Korridor sah Susan, wie die Krankenschwester zum Brandmelder lief. Sie hatte nur wenige Minuten Zeit, man würde das Feuer in kürzester Frist wieder gelöscht haben. Es gab nur einen Ort, wohin sie sich flüchten konnte. Der Operationssaal lag direkt gegenüber. Sie huschte hinein.

Stille. Gedämpftes Licht. Niemand war da. Funkelnde Apparate warteten darauf, verwendet zu werden. Spannung lag in der Luft. Man spürte sie beim Anblick des Operationstisches und der Narkoseeinheit mit den Gasflaschen, Schläuchen und Hähnen. Es war, als käme diese Spannung von dem Wagen mit den vielen sterilisierten und in Tücher gewickelten Instrumenten: doppelseitige Schneidegeräte, Wundrandhalter, Lanzetten, Skalpelle, Pinzetten, Aderklemmen; oder vom Operationsmikroskop und dem mit einem Bildschirm ausgerüsteten Carm-Fluoroskop, das über dem Tisch hing, auf dem sie liegen würde, während Michael Burgess operierte. Und sie strömte auch von der Konsole aus, auf die man ihren Kopf setzen würde. Und von der in einer Ecke liegenden, langen, schmalen, blauen Kunststoffbox, die auf ihren enthaupteten, toten Körper wartete.

Nicht einmal fünf Sekunden lang ließ sie den Anblick auf sich wirken, dann rannte sie in den Umkleideraum für die Operateure.

Sie schloss die Tür hinter sich und blieb wie angewurzelt stehen. Katherine stand ihr direkt gegenüber.

Es konnte nicht sein. Und doch war es so. Katherine hatte ihre Kleider abgelegt und auf eine Bank geworfen und stand nur in Slip und BH vor einem Schrank. Das braunrote Haar fiel über die Schultern herab. Sie sah schlank und jung und sehr schön aus.

Ihre Augen weiteten sich, als sie Susan erblickte.

Dann geschah alles blitzschnell. Susan dachte: Du machst dich bereit, um Michael zuzusehen, wie er mir den Kopf abschneidet. Ohne weiter zu überlegen, handelte sie. Rasch. Eine flüchtige Erinnerung. Ein Fußballmatch im Hof ihrer alten Schule. Jungen schrien und brüllten. Sie selbst wollte zu den anderen gehören. Man musste tief unten und kräftig zuschlagen. Mit der Schulter traf sie Katherine hart in die Magengegend; mit voller Wucht knallte der Kopf der Ärztin gegen die harten Fliesen an der Wand hinter ihr. Beide Frauen verloren das Gleichgewicht und stürzten, Katherine fiel über die Bank.

Susan stand wieder auf. Katherine regte sich nicht. Aus ihrem Hinterkopf floss Blut.

Irgendwo in der Ferne war eine Stimme zu hören. Der Operationssaal? Eine Tür wurde geöffnet und wieder geschlossen. Wieder war alles still. Susan wusste, was sie zu tun hatte. Rasch legte sie Katherines Operateurskleidung an, die im Schrank hing. Dann streifte sie eine Haube und eine Gesichtsmaske über. Es lag auch eine Schutzhaube mit Sichtscheibe da. Susan nahm sie und ging hinaus in den Vorraum der Abteilung.

Die diensthabende Schwester blickte auf. „Ich habe eine Brandmeldung aus der OP Vorbereitung bekommen, Frau Doktor. Was ist denn geschehen?"

Sie musste etwas sagen. Antworten. Die Krankenschwester hielt sie ja für Katherine. Ihre Zunge fühlte sich wie Watte an. „Es war nur ein Kurzschluss an einem Überwachungsmonitor. Das Feuer ist schon gelöscht." Mehr durfte sie nicht sagen. Ihre Stimme würde sie verraten.

Susan hob die Hand zum Gruß und ging so ruhig und natürlich, wie sie es nur vermochte, in die Vorhalle hinaus. Der Wächter stand nicht auf seinem Posten beim Fahrstuhl. Wahrscheinlich war er weggegangen, um beim Löschen des Feuers mitzuhelfen. Susan ging quer durch die Vorhalle und über den Korridor in den Überwachungsraum von Abteilung 2. Gerade als sie die Tür erreichte, hörte sie, wie der Fahrstuhl hielt. Sie drehte ein wenig den Kopf, um zu sehen, wer da kam. Es war Al Luczynski, der zur Abteilung 1 hinüberging. Als er sie sah, zögerte er einen Augenblick.

Die Zeit blieb stehen.

Er musste sie für eine Krankenschwester oder vielleicht auch für Katherine halten. Er musste einfach.

Da bemerkte sie, dass sie etwas in der Hand hielt: die Haube mit der Sichtscheibe. Sie hatte vergessen, sie aufzusetzen.

Nichts hastig machen, nicht nervös sein. Sonst verrätst du dich. Hier ist der Türgriff, setz die Haube auf und geh hinein. Ganz ruhig.

Es war, als bewegte sich jemand anderer und nicht sie selbst. Der Griff drehte sich, die Tür öffnete sich. Susan stülpte sich die Haube über, während sie eintrat.

Sekunden später fiel die Tür hinter ihr ins Schloss.

Der Pfleger am Steuerpult drehte sich halb um. „Guten Morgen, Frau Doktor."

Sie antwortete nicht. Konnte einfach nicht, sie hatte nicht die Kraft dazu. Sie trat auf die Bakterienschleuse zu. Plötzlich wurden ihr die Knie weich. Nur nicht schwanken. Nicht jetzt, im letzten Augenblick.

Susan zwängte sich in die Bakterienschleuse und wartete einen Augenblick zwischen den beiden schalldichten Türen in dem unheimlich fluoreszierenden, violetten

Licht. Sie war überzeugt, dass Al ihr folgte. Hier waren ihre Chancen zu entkommen vielleicht besser als im Labor. Plötzlich kam ihr der wirre Gedanke, irgendeine Entschuldigung zu murmeln, an dem Pfleger vorbei wieder in den Überwachungsraum hinauszuschlüpfen und eventuell die Tür hinter sich zu versperren. Damit aber hätte sie keine Chance mehr, weiter nach Johns Kennwort zu suchen; sie könnte nur versuchen, irgendwie aus dem Gebäude hinauszugelangen.

Aber Al kam nicht. Kein blendender Lichtstrahl aus dem Überwachungsraum durchbrach das violette Halbdunkel der Schleuse.

Susan betrat das neurometrische Labor.

## 35

Al Luczynski hatte seit einer halben Stunde an seinem Tisch gesessen, als ihm der Blick auf die Uhr sagte, dass er hinaufgehen musste. Man würde die Patientin jeden Augenblick in den Operationssaal bringen. Katherine war vor ein paar Minuten an seinem Zimmer vorübergegangen, sie hatte ihn vom Korridor aus durch die Tür gegrüßt. Wahrscheinlich war sie schon oben und würde eine ätzende Bemerkung machen, wenn er nicht pünktlich kam. Plötzlich ärgerte er sich über sie. Was, zum Teufel, hatte sie überhaupt bei der Operation verloren, außer, dass sie sich an Susan rächte? Soweit er sich erinnern konnte, war sie im Verlaufe der letzten paar Jahre nur einmal dabei gewesen, und zwar, als Flemming operiert wurde. Katherine war Fachärztin für Psychiatrie. In einem OP Saal hatte sie überhaupt nichts zu suchen. Ihr Praktikum in der Chirurgie hatte sie vor mehreren Jahren absolviert und sie hatte keine Ahnung von den inzwischen entwickelten Techniken. Und wahrscheinlich erinnerte sie sich auch an nichts von alldem, was sie gelernt hatte. Katherines Anwesenheit bei Flemmings Operation hatte sowohl Michael als auch Toni nervös gemacht. Heute würden sie wahrscheinlich noch nervöser sein.

Vor ein paar Minuten hatte eine Hilfsschwester einen Ausdruck von Susans Überwachungsmonitor gebracht. Al überflog ihn ein letztes Mal. Puls, Temperatur, Blutdruck, Enzephalogramm, Atemwerte – alles war da, alles war in bester Ordnung. Susan war keine Todeskandidatin, wie es die meisten anderen Patienten gewesen waren; sie war kerngesund. Er stopfte den Computer Ausdruck in die Tasche und verließ das Zimmer.

Vom Korridor her hörte er sein Telefon klingeln. Das

war ganz sicher Katherine. Kommst du, Al? Verfluchtes Luder.

Er rief den Fahrstuhl, öffnete die Tür mit seiner Ausweiskarte und fuhr hinauf. Als er im zweiten Stock ausstieg, sah er eine Schwester, die vor dem Eingang zu Abteilung 2 stand. Sie trug Operateurskleidung, Haube, Kittel und Maske. Irgendetwas an ihr schien ihm merkwürdig. Sie hatte die Haube nicht auf dem Kopf, sondern trug sie in der Hand und setzte sie erst auf, als sie die Tür öffnete.

Luczynski betrat Abteilung 1 und wollte die diensthabende Schwester fragen, aber sie saß nicht an ihrem Platz. Auch das war eigenartig. Was ging da vor? Vielleicht hatte wieder einmal einer der Köpfe durchgedreht.

Aber als Luczynski den Operationssaal betrat, lief er der Schwester direkt in die Arme. Sie sah erhitzt und aufgeregt aus.

„Was ist denn los?“

„Hat man Sie nicht erreicht? In der OP Vorbereitung hat es gebrannt. Das Feuer ist schon gelöscht, aber die Patientin ist weg.“

Du lieber Gott, dachte Luczynski. Wenn Katherine erst den Verantwortlichen erwischte! Der hat nichts mehr zu lachen. Luczynski grinste die Schwester an. „Weit kommt sie ohnehin nicht. Wo ist Doktor Soong?“

„Eine Schwester hat Verbrennungen erlitten und wird gerade von ihr behandelt.“

„Und Doktor Blair?“

„Sie ist hinausgegangen, um die Wachposten zu alarmieren und die Patientin zu suchen.“

Die Schwester lief auf ihre Station zurück und Luczynski betrat den Umkleideraum des Operationssaals.

Katherine lag noch immer auf dem Boden zwischen der Bank und der verfliesten Wand. Sie hatte sich zusammengekrümmt wie ein kleines Kind, die Arme über den Brüsten gekreuzt. Das schöne, braune Haar fiel ihr über das Gesicht und verbarg es. Bevor Luczynski ihre Haare erblickte, wusste er einen Augenblick lang nicht, wer es war. Dann erkannte er sie.

Stumm starrte er sie an und dann auf den leeren Schrank und auf das Krankenhausnachthemd, das Susan hiergelassen hatte – denn es musste wohl Susans Nachthemd sein. Sein Blick fiel auf den offenen Schrank. Offensichtlich hatte sie Operateurskleidung angelegt, eine Haube und einen Kittel, vielleicht sogar eine Maske. Sie glaubte wohl, dass sie in dieser Verkleidung durchkommen würde. Nun, das konnte sie jedenfalls nicht, das verfluchte kleine Luder. Sie hatte ihn benutzt, als er in sie verliebt gewesen war. Er hatte ihr eine schriftliche Warnung geschickt, hatte ihr Medikamente verschafft, als sie ihn darum gebeten hatte und hatte ihr sogar den OP Saal gezeigt. Für nichts und wieder nichts – bloß Schwierigkeiten hatte er bekommen. Er würde sie finden. Wohin konnte sie denn auch gehen mit ihrem rasierten Kopf und unter dem Einfluss von so starken Medikamenten, dass sie halb bewusstlos sein musste? Michael und Toni würden ihr bald den überklugen Kopf abschneiden und auf eine Konsole setzen und ihren erschlafften Körper, der doch viel zu gut war für andere, würde man in einem blauen Kunststoffbehälter dem Leichenbestatter übergeben.

Zuerst wollte Luczynski sie in Abteilung 2 suchen. Die Krankenschwester, die in einem Operateurskittel hineingegangen war anstatt mit der üblichen Schutzkleidung – das war wahrscheinlich sie gewesen. Wo sonst könnte sie sich besser verstecken, bis die Wirkung der Beruhigungsmittel nachließ? Wer würde sie schon bei den Köpfen suchen?

Er verspürte eine Freude wie schon lange nicht mehr. Wahrscheinlich dachte sie, dass sie hier noch rauskommen würde. Er konnte es gar nicht erwarten, ihr Gesicht zu sehen, wenn er ihr die Hand auf die Schulter legte. „Guten Tag, Miss McCullough. Erinnern sich Eure Hoheit an Luczynski, den Hofnarren?“

Ein schwaches Stöhnen schreckte ihn auf. Er drehte sich um. Katherine. Hier lag sie auf dem Boden. Er hätte sie beinahe vergessen. Katherine, die ihn all die Jahre über schikaniert und ausgelacht hatte; die es fertiggebracht hatte, dass er sich wie ein Dummkopf fühlte, als er sich an sie heranmachen wollte; und dann auch die Geschichte mit Claire. Katherine war wichtiger. Sollten doch die Männer vom Sicherheitsdienst mit Michaels kleiner Hure fertig werden! Ohne gewöhnliche Kleidung und ohne Ausweiskarte konnte sie das Gebäude sowieso nicht verlassen. Katherine aber würde nie wieder so hilflos vor ihm liegen. Und niemand würde je drauf kommen. Nie. Abgesehen von den Haaren waren die beiden schmalen Frauengesichter einander sehr ähnlich, besonders, wenn die Narkosemaske sie zur Hälfte verdeckte.

Und die Haare waren kein Problem. Luczynski holte aus dem Operationssaal eine Haube, eine Injektionsspritze und ein Fläschchen mit Betadine Tinktur. Er führte alles rasch und mit geübter Hand durch. Katherines Haare verbarg er unter der Haube, die er mit Klebeband am Kopf befestigte. Man würde die Haube erst viel später entfernen, wenn die Operation bereits zur Hälfte beendet war und Toni in den Schädel Löcher für die spitzen Enden der Gardner Wells Zangen bohrte, die den Kopf über der Konsole festhalten sollten.

Dann injizierte Luczynski zehn Kubikzentimeter Natriumpentothal in die Vene des Unterarms, zeichnete rasch eine Einschnittlinie um den Hals, mitsamt den kleinen Ziffern. Schließlich streifte er Katherine BH und Slip ab und nahm sie in die Arme wie ein kleines Kind. Er brauchte sie nur noch auf den Operationstisch zu legen. Aber er zögerte, plötzlich erregt von der Wärme ihres Körpers, der Brüste und dem Anblick der dichten Schamhaare. Endlich konnte er mit ihr alles machen, was er wollte, und sie konnte ihn nicht zurückweisen. In Sekundenschnelle würde er sie dafür büßen lassen, dass sie ihn ausgelacht hatte, als er sie begehrt hatte. Er konnte sie ganz einfach wie eine Gummipuppe auf den Boden legen und sie missbrauchen, und wenn er es nicht schaffte, so konnte er immerhin so tun, als habe er es getan.

Sein Körper stand in Flammen und er fing an, doch hielt dann aber inne. Er hatte keine Zeit. Jeden Augenblick konnte jemand kommen.

Rasch trug er sie in den Operationssaal hinüber, schnallte sie auf dem OP Tisch fest und zog das Laken über sie. Wenn man später herausfand, wer sie war, würde man nicht beweisen können, dass er sie hingelegt hatte. Man würde nie sicher wissen, wer es gewesen war; jeder konnte es getan haben.

Ein, zwei Sekunden lang sah er sie noch an. Dann ging er hinüber in die OP Vorbereitung und teilte Toni mit, dass alles vorbereitet sei.

## 36

Susan schien es, als habe sie schon ihr ganzes Leben lang hier in Johns Labor gesessen und auf seinen Terminal geschaut. Seitdem sie hier war, fühlte sie sich sowohl körperlich als auch geistig unfähig, auch nur die geringste Bewegung zu machen. Sie saß einfach regungslos auf dem Stuhl vor dem Terminal, obwohl sie wusste, dass sie etwas tun musste – ihr Leben hing davon ab.

Ohne John wirkte der Raum so merkwürdig, dachte sie. Alles war vertraut, außer der Tatsache, dass er nicht da war. Trotz der vielen Computer und medizinischen Überwachungsgeräte kam ihr der Raum groß und leer vor, ohne die massive, summende Konsole, die John am Leben erhalten hatte.

Und ohne John selbst. Erst jetzt merkte Susan, wie beherrschend er immer und überall gewirkt hatte, selbst als er ein hilfloses EG gewesen war.

Sie wollte sich bewegen, aber es gelang ihr nicht. Eine innere Stimme schrie: „Deine Zeit ist bald um." Aber es war ihr völlig gleichgültig.

Plötzlich wurde die Gegensprechanlage vom Überwachungsraum her eingeschaltet und die Stille durchbrochen. Es war der Pfleger.

„Frau Doktor, Sie haben das Protokoll vergessen. Soll ich es Ihnen hineinbringen?"

Susan erinnerte sich dunkel, dass die Ärzte und Krankenschwestern gewöhnlich das Protokoll überprüften, bevor sie hereinkamen. Es war nützlich, sich über alles zu informieren, was seit dem letzten Besuch bei jedem einzelnen EG vorgefallen war: Nicht nur was die medizinischen Werte betraf, sondern auch die Stimmung, in der sie sich befunden hatten und womit sie sich beschäftigten.

„Frau Doktor!“

Sie zwang sich, zu antworten. „Danke. Nicht nötig.“

Sie hatte eigentlich nicht sprechen wollen. Susan konnte nur hoffen, dass die Gesichtsmaske ihre Stimme so sehr verzerrte, dass der Pfleger sie nicht von Katherine unterscheiden konnte.

„Ist recht, Frau Doktor.“ Die Gegensprechanlage wurde abgeschaltet.

Das aber brachte Susan mit Gewalt wieder in die Wirklichkeit zurück. Möglicherweise blieben ihr nur noch ein paar Minuten Zeit, vielleicht sogar noch weniger. Wahrscheinlich hatte man bereits das halbe Gebäude durchsucht und irgendjemand würde früher oder später auf die Idee kommen, dass sie vielleicht in die Abteilung 2 geflüchtet war.

Susan knipste den Hauptschalter des Terminals an. Der matte Schirm der grauen Kathodenstrahlröhre wurde hell.

Sie holte tief Luft. Sie durfte nicht an das Grauen denken, das sie soeben erlebt hatte, und auch nicht daran, dass jeden Augenblick jemand hereinstürmen und sie zurückholen konnte. Und auch Gedanken an John oder an die anderen im Aufenthaltsraum durften sie nicht beschäftigen.

Einzig und allein auf den Computer kam es an. Auf der ganzen Welt gab es nichts außer ihr selbst, dem Terminal und der Zentraleinheit – und dem Problem, Johns Kennwort erfolgreich anzuwenden. Deswegen war sie hergekommen und darin bestand auch ihre einzige Chance.

Susan hörte Annette fragen: „Was ist los?“

Dann sagte Helen: „Schaffst du es?“

Die EGs sprachen Susan nicht namentlich an, um sich nicht über die Abhöranlage zu verraten, aber sie wussten, dass es weder Katherine noch Toni war. Die beiden Ärztinnen wären direkt zu ihnen gekommen und nicht zu Johns Terminal gegangen. Das letzte Mal hatten die EGs Susan gesehen, als man sie von hier weggeholt hatte. Sie fragten sich wohl, wie sie wieder hierhergelangt war, und errieten wahrscheinlich auch, aus welchem Grund sie gekommen war.

„Sprich mit uns!"

Susan hatte keine Zeit, zu antworten. Durch die offene Tür erblickte sie Rachel, ihr bleiches, mageres, fast schönes Gesicht, die an einen Heiligenschein erinnernden, glitzernden chirurgischen Zangen, den abstoßenden blauen Nylongummikragen mit den Schläuchen, die vom Stumpf des Halses zu der massiven, verchromten Konsole hinunterführten. Rachels dunkle Augen funkelten.

„Können wir dir helfen?"

Susan schenkte den Stimmen keine Beachtung und versuchte noch einmal, das Memorandum zu übertragen, zuerst mit TRIBYSADUN, dann mit BRAIN STUDY als Kennwort.

Als sie beide Male die Antwort „Ungültig" erhielt, erinnerte sie sich dunkel daran, dass sie es schon zuvor damit probiert hatte. Keines von beiden war das richtige Kennwort.

Susan wurde wieder übel, plötzlich hatte sie das Gefühl, wieder im Meer zu versinken. Die Wirkung der Injektion ließ bereits nach; sobald sie gänzlich geschwunden war, würde sie völlig hilflos sein.

Denk nach, Susan. Du darfst nicht wieder in Panik verfallen wie beim letzten Mal. Konzentriere dich. TRIBYSADUN musste etwas sehr Wichtiges sein, weil es ein gesperrter Datensatz war. Auch daran erinnerte sie sich. Ebenso BRAIN STUDY, weil es das Anagramm war. Sie hatte ihr Ziel also fast erreicht. Vielleicht ergaben die beiden Worte zusammen das Kennwort. Sie musste es versuchen, musste ganz methodisch vorgehen, die beiden Wörter rückwärts, vorwärts, in jeder möglichen Kombination eingeben.

Wieder wurde es Susan schwarz vor den Augen. Unter der Haube trat ihr der kalte Schweiß auf die Stirn. Ihre Finger tippten die Befehle in den verschiedensten Zusammenstellungen ein. Jedes Mal erhielt sie dieselbe Antwort: „Ungültig", „Ungültig", „Ungültig".

Susan sank in sich zusammen. Ihr Kopf dröhnte, das Zimmer verschwamm vor ihren Augen. Was war denn falsch? Wieso schaffte sie es nicht? John hatte einmal gesagt, dass es ein ziemlich simpler Verstand gewesen war, der die Sicherheitsvorkehrung für das Kennwort erdacht hatte.

Der Bildschirm des Terminals starrte Susan stumm an.

Dann wurde er zum Meer.

Köpfe ohne Gesichter schaukelten darin. Stimmen murmelten wirr durcheinander. Es waren Rachel, Helen und Annette.

„Was ist los? Sag es uns! Ist dir übel? Können wir dir helfen?"

Lass dich nicht treiben, Susan! Reiß dich zusammen! Sie zwang sich, sich wieder auf das Labor und den Terminal zu konzentrieren, den Bildschirm wieder klar zu sehen.

Vielleicht waren TRIBYSADUN und BRAIN STUDY keine Bezeichnungen in dem Sinne, wie sie sie auffasste, stellten nicht selbst das Kennwort dar. Vielleicht waren beide bloß Hinweise, die auf etwas anderes verwiesen. Dieses andere musste logischerweise mit beiden etwas gemeinsam haben sonst würden diese Wörter im System ja gar nicht auftauchen.

Oder – wenn man weiterdachte – vielleicht hatte es etwas mit der anagrammatischen Beziehung zwischen den beiden Wörtern zu tun. Auch das war logisch. Aber sie kam damit nicht weiter. Es musste irgendetwas Einfaches sein; doch Susan konnte nicht mehr denken. Sie war einfach nicht mehr imstande dazu. Das glänzende, ruhige, spiegelglatte Meer spülte immer wieder über ihre Gedanken hinweg.

Schwach vernahm sie Rachels Stimme: „Beeil dich! Man sucht nach dir."

Susan blickte auf. Durch das Beobachtungsfenster sah sie den Pfleger telefonieren, er gestikulierte wie wild und schaute sie durch das Fenster an. Dann warf er den Hörer hin und schaltete die Gegensprechanlage ein.

„Frau Doktor Blair! Telefon, Frau Doktor! Hören Sie mich?"

Susan antwortete nicht und der Pfleger lief zur Tür der Bakterienschleuse. Sie fiel hinter ihm ins Schloss, als er hereinstürzte. „Frau Doktor Blair, die Sprechanlage scheint nicht zu funktionieren. Admiral Burnleigh wartet am Telefon. Frau Doktor!"

Susan hörte ihn kaum, denn plötzlich kannte sie die Antwort. Sie war einfach, ganz einfach. Und so offensichtlich.

„Frau Doktor!"

Sie lachte, lachte völlig unkontrolliert.

Die Sichtscheibe des Pflegers war plötzlich ganz knapp vor der ihren, er erkannte sie. „Sie sind ja gar nicht Frau Doktor Blair. Wer, zum Teufel, sind Sie denn?"

Er riss ihr die Haube herunter. Susan spürte die kühle Luft auf ihrem rasierten Kopf.

„Um Gottes willen!" Sofort wollte er sie vom Terminal wegzerren. „Jetzt ist es aber genug. Gehen wir."

„Nein!“ Susan entwand sich seinem Griff. „Noch nicht! Ich hab’s, John. Ich hab’s!“ Ihre Finger drückten die Tasten nieder. „Übertrage an TELENET Datensatz 19479B …“

Ein kräftiger Ruck.

„Genug, habe ich gesagt, verdammt noch mal!“

Wieder wollte sie sich wehren, dann gab sie auf. Es war zu spät. Sie war zu schwach dazu. Und dabei war sie ihrem Ziel so nahe.

Doch plötzlich hörte sie aus dem anderen Raum ein tiefes, jämmerliches Heulen, wie das Schreien einer verwundeten Katze.

Dann Helens aufgeregte Stimme: „Pfleger, rasch! Kommen Sie zu Annette!“

Der Pfleger erstarrte.

Das Schreien wurde lauter, es klang unheimlich und schauerlich. Genauso hatte Peggy geschrien. Mit einem Fluch ließ der Pfleger Susan los und lief in den Aufenthaltsraum hinüber.

Susans Beine gaben nach. Mit hängendem Kopf fiel sie wieder auf den Stuhl vor dem Terminal.

Sie vernahm kaum Rachels Zischen: „Schnell! Letzte Gelegenheit.“

Susans Arme waren schwer wie Blei, ebenso ihre Augenlider. Die Tasten und der Bildschirm verschwammen vor ihren Augen. Sie hob eine Hand.

Ganz langsam, Buchstabe für Buchstabe, einen nach dem anderen, schrieb sie: „A N A G R A M M“.

Ein letztes Mal erschien eine grüne Schrift auf dem Bildschirm: „Datensatz wird übertragen“.

Die Falltür öffnete sich, die Botschaft gelangte in die Welt hinaus.

Doch das Meer wogte wieder auf Susan zu und sie nahm nichts mehr wahr. Sie sah auch nicht mehr, wie

Annette plötzlich zu heulen aufhörte und Rachel zuzwinkerte. Oder wie der Pfleger wütend zu ihr zurückkehrte. Ihr Kopf ruhte auf der ruhigen, spiegelglatten Oberfläche des Meeres, ihr Körper versank in den sanften, warmen Fluten. Sie schlief.

Als Walter Burnleigh dreißig Minuten später die schlechte Nachricht erfuhr und Michael zu erreichen versuchte, war es zu spät. Michael operierte bereits seit einiger Zeit und der OP war von der Außenwelt abgeschnitten.

Und niemand konnte Katherine Blair finden.

Die amerikanische Originalausgabe erschien 1985 unter dem Titel „Heads“.

**Pendragon Verlag**
*gegründet 1981*
www.pendragon.de

Gedruckt auf holz- und säurefreiem Naturpapier

Veröffentlicht im Pendragon Verlag
Günther Butkus, Bielefeld 2013
© by Pendragon Verlag Bielefeld 2013
Alle Rechte vorbehalten
Lektorat: Eike Birck, Anja Schwarz
Umschlag und Herstellung: Uta Zeißler, Bielefeld
Umschlagfoto: mauritius images / Johner
Satz: Pendragon Verlag auf Macintosh
Gesetzt aus der Adobe Garamond
ISBN 978-3-86532-358-3
Gedruckt in Deutschland

# David Osborn | Jagdzeit

**Thriller**

Neuübersetzung | 2. Auflage | Originaltitel: Open Season
272 Seiten, Paperback, Euro 10,95 | ISBN 978-3-86532-209-8

Die Jagdsaison ist eröffnet. Greg, Ken und Art, erfolgreiche amerikanische Geschäftsmänner und brave Ehemänner, machen sich jedes Jahr auf zur Jagd: Doch Tiere haben sie nicht im Visier. Es ist vielmehr die Jagd nach Sex und Gewalt. Ein Pärchen wird gekidnappt und in ihre abgelegene Hütte in den Wäldern Nordamerikas verschleppt. Für Martin und Nancy beginnt ein Alptraum. Für die drei Freunde ist es Spaß. Unter ihrer zivilisierten Oberfläche brodelt der Killerinstinkt. Sie geben Martin und Nancy einen kleinen Zeitvorsprung, ehe die Jagd beginnt. Das Paar ist zum Abschuss freigegeben. Doch die Schatten der Vergangenheit sind lang. Plötzlich werden die Jäger zu Gejagten. Und wer kommt lebend raus aus diesem Horrortrip?

*»›Jagdzeit‹ sei allen empfohlen, die einen intelligenten, politischen und zugleich spannend erzählten Thriller lesen wollen, der unter die Haut geht.«*
Behrang Samsami, www.literaturkritik.de

**PENDRAGON - Verlag**

## Robert B. Parker

EIN FALL FÜR JESSE STONE

# Das dunkle Paradies

Job weg, Frau weg, dafür ein Alkoholproblem – lausige Startbedingungen für den Cop Jesse Stone nach seinem Rausschmiss bei der Mordkommission in Downtown L.A. Immerhin: Am anderen Ende des Kontinents, in Paradise, Massachusetts, gibt man ihm eine letzte Chance. Es verspricht ein ruhiger Job zu werden als neuer Polizeichef in der idyllischen Ostküstenstadt. Doch was haben der beschmierte Streifenwagen, die tote Katze vor der Wache und schließlich die Frauenleiche auf dem Schulhof zu bedeuten – alle versehen mit derselben Botschaft!

Jesse Stone nimmt die Ermittlungen auf und entdeckt einen Sumpf aus Geldwäsche, Waffenhandel, rassistischem Verschwörungswahn und unterdrückten sexuellen Obsessionen hinter der Fassade spießiger Wohlanständigkeit. Und ihm wird klar: Auch er ist nur als Figur in einem teuflischen Spiel vorgesehen. Wird er so enden wie sein Vorgänger? Wem kann er hier überhaupt noch trauen? Allein gegen alle nimmt er den Kampf auf …

Originaltitel: Night Passage
Übersetzt von Robert Brack

Paperback, 352 Seiten, Euro 10,95
ISBN 978-3-86532-335-2
*Auch als E-Book erhältlich*

Robert B. Parker

EIN FALL FÜR
JESSE STONE

# Terror auf Stiles Island

Gepflegte Villen mit großzügigen Gärten, ein Jachthafen am Meer: Beinahe paradiesisch geht es zu in Paradise, Massachusetts, einem malerischen Städtchen an der Ostküste. Ein Fall von jugendlichem Vandalismus ist das Einzige, womit sich Jesse Stone auseinandersetzen muss. Nebenbei hat Stone eine kurze Affäre mit einer Immobilienmaklerin und kann sich auch schlecht von der attraktiven Staatsanwältin lösen – und ahnt nicht, dass eine Gangsterbande einen raffinierten wie hinterhältigen Plan schmiedet. Das Ziel sind die Reichen und Schönen auf Stiles Island. Ein Wettlauf gegen die Zeit beginnt …

Die Bücher der Jesse-Stone-Reihe zählen zu den besten Krimis, die Robert B. Parker in seiner langen Karriere geschrieben hat. Die Romane wurden überaus erfolgreich mit Tom Selleck in der Hauptrolle verfilmt.

Originaltitel: Trouble in Paradise
Übersetzt von Bernd Gockel

Paperback, 312 Seiten, Euro 10,95
ISBN 978-3-86532-356-9
*Auch als E-Book erhältlich*

## Robert B. Parker
# Wildnis

Eine Frau wird am helllichten Tage erschossen. Aaron Newman, ein angesehener Schriftsteller, beobachtet den Mord und geht zur Polizei. Auf dem Revier kann er den Täter eindeutig als Adolph Karl identifizieren – ein brutaler Gangster, dem die Polizei bislang nie etwas nachweisen konnte.
Als Newman wenige Stunden später nach Hause kommt, findet er seine Frau Janet gefesselt im Schlafzimmer vor. Eine unmissverständliche Drohung. Newman zieht seine Aussage zurück. Aber selbst wenn er schweigen würde, bedeutet er eine ständige Gefahr für Adolph Karl. Newman muss handeln. Gemeinsam mit seiner Frau und Chris Hood, ein Kriegsveteran, schmieden sie einen Plan und eine mörderische Verfolgungsjagd in der Wildnis der nordamerikanischen Wälder beginnt.

Originaltitel: Wilderness
Übersetzt von Ute Tanner

Paperback, 224 Seiten, Euro 10,95
ISBN 978-3-86532-338-5
*Auch als E-Book erhältlich*

***Ein Thriller, der unter die Haut geht und in bester Tradition von David Osborns „Jagdzeit" steht.***